Sarah Stankewitz

Glow Like Northern Lights

SARAH STANKEWITZ

GLOW LIKE NORTHERN LIGHTS

Roman

Forever

Forever by Ullstein
forever.ullstein.de

Wir verpflichten uns zu Nachhaltigkeit
- Papiere aus nachhaltiger Waldwirtschaft und anderen kontrollierten Quellen
- Druckfarben auf pflanzlicher Basis
- ullstein.de/nachhaltigkeit

MIX
Papier
FSC® C083411

Originalausgabe bei Forever
Forever ist ein Verlag der Ullstein Buchverlage GmbH, Berlin
1. Auflage Mai 2024

Umschlaggestaltung: zero-media.net, München
Gesetzt aus der Scala powered by *pepyrus*
Druck- und Bindearbeiten: CPI books GmbH, Leck
ISBN 978-3-95818-748-1

Und auf einmal wurde aus einem
»Du bist«
ein
»Du warst«

Prolog

Notiz an mich selbst: Auch in Berlin kann man Nordlichter sehen (ich bin eines davon)

Silvesternächte hatten für mich schon immer einen besonderen Zauber. Ich liebe das bunte Feuerwerk am sonst so trostlosen Berliner Himmel, die gute Stimmung in der gesamten Stadt, das Herunterzählen des Countdown kurz vor Mitternacht.

Heute ist alles anders. Heute zähle ich keine Sekunden, sondern Schritte. Zehn Schritte, die mich von dem Zimmer meines Bruders in der stickigen Wohnung unserer Familie in Kreuzberg trennen. Neun Worte meines Vaters, die ich mir am liebsten aus dem Gedächtnis schneiden würde wie totes Gewebe, das mich langsam vergiftet.

Dein Bruder wird die Nacht vermutlich nicht überstehen, Liliana.

Unzählige Tonnen Schmerz in meiner Brust, als ich nur noch wenige Schritte gehe und vor seiner Zimmertür innehalte. Die letzten Monate habe ich unendlich viel Zeit in diesem Raum verbracht, weil es der einzige Ort war, an dem ich zur Ruhe kommen konnte.

Während die meisten Leute aus meinem Abschlussjahrgang inzwischen die Welt bereisen, in Neuseeland Kiwis pflücken, in Australien Koalas retten oder Sonnenuntergänge an der Côte d'Azur genießen, bin ich immer noch hier. Natürlich bin ich das. Weil ich da bin, wo Luca ist. So war es schon immer. Auch wenn es bedeutet, dass ich dadurch in Berlin feststecke, einer Stadt, in die ich nie wirklich hineingepasst habe.

Vielleicht ist das so unter Zwillingen. Man hat neun Monate lang das engste Zuhause miteinander geteilt und teilt sich deshalb auch nach der Geburt alles, was von Bedeutung ist. Jedes Glück, jeden Schmerz, jedes Lachen. Luca war der erste Mensch, den ich geliebt habe. Der erste Mensch, den ich berührt habe. Und er ist der erste und wichtigste Mensch, den ich verlieren werde. *Heute Nacht.*

Der Gedanke, ihn auf seiner nächsten großen Reise nicht begleiten zu können, macht mich taub. Aber ich würde es mir nie verzeihen, jetzt zu gehen, ohne mich noch einmal an sein Bett gesetzt und ein letztes Mal seine Hand gehalten zu haben.

Langsam lehne ich meinen Kopf gegen Lucas Zimmertür, lausche dem unkontrollierten Weinen unserer Mutter auf der anderen Seite. Mein Vater steht direkt hinter mir, ich spüre ihn, aber ich spüre ihn nicht *wirklich*.

Im Alltag meiner Eltern habe ich lediglich die Statistenrolle gespielt, dafür hat mein Bruder die Hauptrolle übernommen, als vor vierzehn Jahren die niederschmetternde Diagnose kam: *Restriktive Kardiomyopathie.*

Tagelang habe ich in Papas neu gekauften Medizinbüchern nach einem Heilmittel für das kranke Herz meines Bruders gesucht, obwohl ich gerade einmal sechs Jahre alt war und kaum mehr als meinen eigenen Namen lesen konnte. Ich wusste nicht, wie man diese beiden Wörter überhaupt buchstabiert, die unser aller Leben innerhalb eines Wimpernschlages auf den Kopf gestellt haben. In den Jahren nach der Diagnose hat sich alles verändert. Krankenhäuser in ganz Deutschland wurden zu unseren Ferienorten, die Fieberschübe meines Bruders gaben den Rhythmus an. Unsere Eltern wurden zu Lucas Eltern, während ich nur am Spielfeldrand stehen durfte. So ist es bis heute, weshalb es einem Wunder gleicht, dass Papa überhaupt mit mir spricht.

»Liliana, warte.«

Ich warte schon seit Jahren, Papa. Darauf, dass du mir endlich deine Hand auf die Schulter legst. Dass du mich in den Arm nimmst und mir sagst, dass wir alles zusammen schaffen können. Weil wir eine Familie sind und weil wir alle durch denselben Krieg ziehen. Stattdessen fühlt es sich an, als sei ich ganz allein in diesem viel zu flachen Schützengraben, der mir keinerlei Schutz bietet. Wenn Luca von uns geht, werde ich noch einsamer sein.

»Worauf? Ich habe keine Zeit, zu warten«, sage ich krächzend. »*Er* hat keine Zeit, zu warten.« Mein Körper steht in Flammen. In mir ist die Hölle ausgebrochen.

»Deine Mutter braucht noch fünf Minuten mit ihrem Sohn allein.«

In meiner Kehle wird es eng. Aus seinem Mund klingt es, als wäre ich gar kein Teil dieser Familie. Da sind nur

Mama, Papa und Luca. Es soll Familien geben, die durch Tragödien wie unsere zusammengeschweißt werden. Unsere zählt nicht dazu. Die Krankheit meines Bruders ist kein Kleber, der uns zusammenhält, stattdessen schneidet sie mich einfach aus dem Familienfoto heraus.

»Ich brauche auch einen Moment mit ihm.« Mit tränengefluteten Augen sehe ich zu unserem Vater auf. Er war als Erster bei Luca im Zimmer, nachdem sein langjähriger Arzt Dr. Bachmann vor einer Stunde mit einem bedauernden Blick unsere Wohnung verlassen hat. Die grünen Augen hinter Papas dunkelblauer Brille sind gerötet, die Schatten unter ihnen schwarz wie die Nacht da draußen hinter den Mauern unseres heruntergekommenen Wohnblocks.

»Er ist mein Zwillingsbruder. Ich muss mich auch von ihm verabschieden.« Abschied. Ich wusste nicht, dass so viel Traurigkeit in acht Buchstaben passt, so viel Kummer in ein Herz. Ich wünschte, ich könnte es mir einfach aus der Brust reißen und Luca schenken, weil seines von Minute zu Minute schwächer wird. Ohne ihn in meiner Welt ist mein Herz ebenfalls zu schwach zum Weitermachen, aber das darf ich niemandem sagen, weil es unfair wäre. Schließlich bin ich das gesunde Kind, das mit dem intakten Herzen. Ich darf nicht zusammenbrechen, nicht jetzt, nicht, solange Luca noch hier ist.

Ich habe meinen Bruder tagelang angefleht, ein weiteres Mal für mich ins Krankenhaus zu gehen. In der Hoffnung, dass es nach all den Jahren der Hilflosigkeit doch etwas gibt, das ihm und seinem kranken Herzen helfen kann. Die Diagnose der Restriktiven Kardiomyopathie führt laut Lucas Ärzten nicht bei jedem zwangsläufig zu einem radikalen und schweren Verlauf, aber mein Bruder scheint die schwarze Karte des Schicksals gezogen zu haben.

Anfang des Monats hat er schließlich den Entschluss gefasst, dass er hier sein will, wenn es passiert. Wenn er nach Hause geht. Ein Zuhause, das hoffentlich wärmer und liebevoller sein wird als dieses hier. Wir haben seinen Wunsch akzeptiert, auch wenn es uns alles abverlangt hat.

Einen Augenblick lang verharre ich mit der Hand auf der Türklinke, höre die Stimme unserer Mutter wie ein entferntes Echo.

»Alles wird gut, mein Schatz. Hörst du?« Mit ihm hat sie schon immer wie mit einem Fünfjährigen gesprochen, dabei ist er mittlerweile volljährig.

»Das wird es. Wo ist Lilly?« Luca ist der Einzige aus meiner Familie, der mich so nennt. »Ich will sie sehen.«

»Bist du dir sicher?«

»Bitte, Mama … kann sie kommen?« Seine Stimme ist genauso dünn und schwach wie die unserer Mutter, doch gleichzeitig ist sie noch immer voller Farbe. Weil Luca niemals seine Farbe verlieren wird, selbst nach dem Tod nicht. Das ist etwas, an das ich ganz fest glaube.

Ein Stuhl knarzt, schleichende Schritte, brechende Herzen. Dann wird die Tür geöffnet, und ich stehe unserer Mutter gegenüber. Ihr fahles Gesicht ist voller Tränen, während mein Bauch voller Sehnsucht nach meinem Bruder ist, obwohl er noch da ist. Wenn man weiß, dass man nur wenige Augenblicke mit seinem Lieblingsmenschen hat, zählt jeder einzelne davon.

Mamas Blick ist gespickt mit Vorwürfen, die sie Luca zuliebe nicht aussprechen wird. Doch ich sehe sie in ihren Augen, sehe, dass sie denkt, ich würde ihr die kostbare Zeit mit ihrem geliebten Sohn stehlen.

Ohne weiter auf sie zu achten, dränge ich mich an ihr vorbei ins Zimmer. Diese vier Wände, in denen so viele Erinnerungen gespeichert sind, dass sie mich beim Übertreten der Türschwelle vollkommen unter sich begraben.

Durch Lucas Krankheit war seine Kindheit nie normal, nie sorglos. Hier in diesem Raum haben wir uns trotzdem immer leicht und unbeschwert gefühlt. Wir sind gemeinsam auf wilde Gedankenreisen gegangen, haben die verrücktesten Spiele gespielt und uns gemeinsam die buntesten Geschichten ausgedacht.

»Mach die Tür zu, Mama«, bittet Luca krächzend. Die Schwäche in seinen Worten, sein angestrengtes Atmen, alles macht es mir schwer, überhaupt zum Bett hinüberzusehen.

Unsere Mutter zögert, gibt schließlich nach und schließt die Tür. Augenblicklich verschluckt die Wahrheit jedes Sauerstoffmolekül hier drin. Die Wahrheit, die wie ein Damoklesschwert über uns hängt, wie ein schwarzes Loch, das alles Licht absorbiert.

»Komm her, Lilly.« Eine Pause voller Schmerz. »Bitte.«

Ich halte meinen Blick nach wie vor gesenkt und kralle meine Nägel tief in die Handballen. Es schmerzt, doch nichts schmerzt so sehr wie die unausgesprochenen Worte zwischen Luca und mir. Ich will mich nicht verabschieden, kann nicht Lebewohl zu ihm sagen. Aber ich kann es auch nicht *nicht* tun. Das ist das Schwierigste an unserer Situation. Alles fühlt sich falsch an.

Also sammle ich meine letzte Kraft, zähle bis drei, hebe den Blick und sehe meinen Zwillingsbruder an. Früher stand an dieser Stelle seines Zimmers immer ein gigantisches Doppelstockbett aus Holz, bis es vor einigen Monaten gegen dieses hochmoderne Pflegebett ausgetauscht wurde, bei dem man die Kopfstütze elektrisch verstellen kann. Luca schläft seit Monaten schlecht, aber dieses Bett hat seine Nächte etwas ruhiger, etwas erträglicher gemacht. Unsere Eltern haben dafür ihren Gebrauchtwagen verkauft und ihre Sparkonten geplündert.

»Keine Angst, Schwesterherz.« Er zwingt sich selbst zu einem Lächeln. »Heute wird es ausnahmsweise mal keine Kissenschlacht geben.«

In diesem Augenblick brechen in mir alle Dämme. Schluchzend stolpere ich auf das Bett zu, und ehe ich michs versehe, liege ich bereits neben Luca. Meinem gleichaltrigen Bruder, der trotzdem immer der Große war und für immer bleiben wird. Ich die Kleine, er der Große. Bald gibt es nur noch mich. Die kleine Lilly, die sich ohne ihren Bruder unvollständig fühlt. Fehl am Platz. In dieser Familie, und schlimmer: in dieser Welt.

»Außer du willst ein letztes Mal gegen mich kämpfen?«, fragt Luca leise, seine Worte sind kaum mehr als ein Flüstern. »Dann hättest du nämlich …« Er holt tief

Luft, und das beschwerte Geräusch, das dabei aus seiner Nase dringt, bringt mich schier um. »Dann hättest du ausnahmsweise mal die Chance auf einen Sieg.«

Er will mich ärgern, um mich zum Lachen zu bringen. Aber eine Welt ohne Luca ist keine Welt, in der ich lachen kann. In der ich lachen *will*.

»Du hattest auch so nie eine Chance gegen mich«, erwidere ich schniefend und drehe mich auf die Seite, damit ich ihn ansehen kann. Meinen großen Bruder, meinen Helden. »Ich habe dich immer nur gewinnen lassen, Bruderherz.«

Eine Mischung aus Husten und Lachen überkommt ihn. Seine leicht bläulichen Lippen verziehen sich zu einem schmalen Lächeln, das seine Grübchen zum Vorschein bringt. Luca hat mit seinen blonden Engelslocken, den seeblauen Augen und genau diesen Grübchen schon immer jedes Mädchen um den Finger gewickelt. Die wenigen Freundinnen, die ich in meiner Schulzeit hatte und die mich hier besucht haben, sind ihm und seinem Charme immer sofort verfallen.

»Dann lasse ich dich mal in dem Glauben.«

Seit Wochen kann Luca das Bett kaum noch verlassen. Weihnachten fand hier in diesem Zimmer statt, und wenn man mich fragt, war es trotz der traurigen Umstände perfekt. Wir haben den *Grinch* im Fernsehen geschaut, *Uno* in seinem Bett gespielt und *Punk Goes Christmas* in Dauerschleife gehört. Es wird kein Weihnachtsfest geben, das ich je gegen dieses letzte mit Luca eintauschen würde.

»Wie geht es dir?« Lange Zeit habe ich mich nicht getraut, ihm diese Frage zu stellen, weil es so offensichtlich ist, dass es ihm nicht gut geht. Irgendwann hat Luca mir anvertraut, dass er es hasst, von allen in Watte gehüllt zu werden. Vor allem von mir.

Seitdem ich die Samthandschuhe ausgezogen habe, ist unsere Beziehung noch enger geworden.

»Ging mir schon mal besser.« Seine Mundwinkel zucken angestrengt ein Stück höher, bevor sein Lächeln in sich zusammenfällt und eine steile Falte zwischen seinen Brauen entsteht. Vor mir muss er keine Maske aufsetzen, das musste er nie. »Ehrlich gesagt habe ich ziemliche Angst, Lilly. Ich hasse es, nicht zu wissen, was mich erwartet.«

»Oh, Luca.« Ich lehne meinen Kopf gegen sein knochiges Schlüsselbein, inhaliere seinen Duft und schließe die Augen. Seit sich Luca für unser Zuhause statt für ein Hospiz entschieden hat, riecht die ganze Wohnung nach Krankenhaus. Ich werde diesen Geruch vermissen, auch wenn ich ihn abgrundtief hasse.

»Und wie geht es dir?« Luca ist der warmherzigste Mensch, den ich kenne. Er liegt im Sterben, und alles, was für ihn zählt, ist, wie es seinen Liebsten geht. Weil ich die Worte nicht über mich kriege und mir noch mehr Tränen in die Augen steigen, schüttle ich lediglich den Kopf und vergrabe das Gesicht in seinem grauen *Guardians-of-the-Galaxy*-Shirt. Gott, wie sehr er diese Filme liebt.

»Hey, Lilly.« Mit der Kraft, die ihm geblieben ist, zieht Luca mich dichter an sich, und als er mir einen brüderlichen Kuss auf die Stirn drückt, kann ich mein Schluchzen nicht länger zurückhalten.

Ich weine bitterlich an seiner Schulter, versuche, mir das Gefühl seiner Umarmung haargenau einzuprägen. Luca liebt Umarmungen, das hat er immer. Schon als kleiner Knirps ist er über den Spielplatz geflitzt und hat einfach so andere Kinder umarmt, weil es für ihn kaum etwas Cooleres gegeben hat. Ich glaube, das fehlt ihm seit der Diagnose am meisten: das Durch-die-Welt-Rennen-und-Menschen-Umarmen.

»Weißt du … was du tun solltest?« Sein Atem geht schwer, als läge ein tonnenschwerer Betonklotz auf seinem Brustkorb. »Wenn das hier vorbei ist?«

Weinend kralle ich mich in seinem Shirt fest und lasse dessen Stoff meine Tränen auffangen. »Du solltest …« Jede Pause, die er macht, lässt mich noch stärker weinen. »… nach Island fliegen.« Innerlich verbrenne ich, aber äußerlich erstarre ich zur Salzsäule. »Flieg nach Island. Ich weiß doch, dass du … ihn sehen willst.«

So schnell wie möglich schüttle ich den Gedanken an Aron ab. Den einzigen Mann in meinem Leben neben Luca, der eine Ahnung davon hat, wie es mir geht. Aber er weiß nicht, dass Luca im Sterben liegt, weil ich in den letzten Tagen nicht die Kraft hatte, ihm zu schreiben.

Was hätte er auch tun sollen, um mich zu trösten?

Er würde wohl kaum in ein Flugzeug steigen und ein Mädchen besuchen, das er nur durch ein Internetforum für Angehörige von herzkranken Menschen kennt. Wir sind im Prinzip Fremde, auch wenn er in den letzten sechs Monaten mein emotionaler Anker gewesen ist. Weil er ganz genau weiß, wie ich mich fühle. Weil er versteht. Auf eine Art und Weise, die nur jemand verstehen kann, der selbst in dieser Lage ist.

»Es geht jetzt nicht um Aron oder mich, Luca. Es geht um dich.«

»Es ging lange genug um mich, meinst du nicht?« Luca legt seinen Arm enger um mich. Seine Haut ist eiskalt, doch seine innere Wärme bekommt diese verdammte Krankheit nicht.

»Jetzt darf es endlich mal um dich gehen, Lilly. Hör auf damit, okay?« Der letzte Satz kommt ungewohnt kraftvoll über seine spröden Lippen, ja fast schon anklagend. Als hätte er gerade eine letzte Portion Energie in dem Pool seiner Kraftlosigkeit gefunden.

»Womit soll ich aufhören?«

»Damit, dich im Schatten zu verstecken. Du ... du bist nicht für den ... Schatten gemacht. Das warst du nie. Weißt du auch, warum?«

Ich schüttle den Kopf, und der Kloß in meiner Kehle nimmt ganz neue Dimensionen an. Unüberwindbare Dimensionen.

»Weil du das Licht bist«, sagt er leise und wuschelt mir dabei durch das Haar.

»Du bist das Berliner Nordlicht.« Es fällt ihm schwer, die Lider offen zu halten. Seine Hand sinkt zwischen uns auf die Matratze, und ich ergreife sie, um sie, so fest es geht, mit meiner zu umschließen.

»Brauchst du mehr Schmerzmittel?«, frage ich ihn

und gebe mir größte Mühe, nicht wieder zu weinen. Habe ich überhaupt aufgehört?

»Ein bisschen wäre gut.« Hustend dreht Luca sich auf den Rücken. »Ich fühle mich wie mit sieben, als ich mich mit Tyler um diese seltenen Pokémonkarten geprügelt habe. Weißt du noch?«

»Natürlich erinnere ich mich. Er hat dir dabei ein paar von deinen Locken herausgezogen!« Verfluchter Tyler Koch! Ich schnappe mir ein Wasserglas von seinem Nachttisch und fische eine Tablette aus der kleinen Medikamentenschachtel. Dann führe ich erst die Tablette an seine Lippen, dann das Glas. Luca fällt jede Regung sichtlich schwer.

Es dauert nicht lang, bis seine Muskeln etwas entspannter werden und der gequälte Ausdruck auf seinem Gesicht verschwindet. Er bekommt diese starken Schmerzmittel schon seit Wochen, aber in den letzten Tagen hat er immer nach mehr verlangt. Für seinen Schmerz gibt es Linderung, für meinen nicht.

»Ist es so besser?«

Sachte nickt Luca. Ich kuschele mich wieder an ihn, lege meine Wange auf seine Brust, so leicht, dass es ihm hoffentlich nicht wehtut. Dann lausche ich.

Sein Herzschlag ist schwach, kaum wahrnehmbar, und für mich ist es trotzdem der stärkste Rhythmus, den ich je gehört habe. Ein kraftvoller Beat, der die Geschichte eines wahren Kämpfers erzählt.

Ich zucke zusammen, als draußen das Zischen einer Rakete ertönt und kurz darauf die Explosion.

»Ist schon Neujahr?«, will Luca mit geschlossenen Augen wissen. Mein Blick wandert zu der digitalen Uhr auf seinem Nachttisch.

»Erst in fünf Minuten.«

Bitte, lass ihn Mitternacht erleben. Der Gedanke, ohne ihn ins neue Jahr zu starten, verknotet meine Organe auf so schmerzhafte Weise, dass ich sie mir am liebsten eigenhändig aus dem Körper reißen würde.

»Okay«, flüstert er und hält die Augen geschlossen. »Hast du dich je gefragt … wie sich die Funken wohl fühlen?« Lucas Frage entlockt mir ein Schmunzeln. Als Kind habe ich meine Familie mit Fragen gelöchert. Ich wollte immer wissen, wie sich diese Welt wohl fühlt, auf der wir leben. Wie sich die Erde unter unseren Füßen fühlt, wenn wir über sie gehen. Wie es dem Wind geht, wenn er außer Kontrolle gerät und zu einem Sturm heranwächst.

Unsere Eltern haben mir immer gesagt, dass ich mit diesem Unsinn aufhören soll, dass ich irgendwann erwachsen werden muss. Also habe ich nur noch Luca gefragt, weil er mich schon immer verstanden hat. Er hat verstanden, was ich selbst nicht wirklich verstehen konnte.

»Die Funken?«, hake ich zitternd nach.

»Ja, die Funken. Vom Feuerwerk.«

Langsam drehe ich mich auf den Rücken, starre an die Decke seines Zimmers und stelle mir ein großes Dachfenster vor, das uns den Blick in den Berliner Himmel freigibt.

»Ich frage mich eher, wie sich der Himmel dabei

fühlt. Ob die Sterne Angst haben, wenn eine Rakete so dicht vor ihren Augen explodiert.« Ich schlucke. »*Ich* habe Angst«, entflieht es mir, weil es das ist, was ich meinem Bruder eigentlich sagen will. »Davor, ohne dich zu sein.«

»Du wirst ... nie ... ohne mich sein.«

Seine Finger zucken, nur ganz leicht. Die Schmerzmittel machen Luca benebelt. Aber heute ist es anders, heute ist alles anders. Es ist, als würde die Welt stehen bleiben, damit Luca aussteigen kann. Damit er seinen nächsten Zug bekommt. Einen, in den ich nicht einsteigen darf, weil ich keine Fahrkarte habe. Am liebsten würde ich mich an ihn ketten, damit er mich mitnimmt, wohin auch immer er geht.

Wir wollten immer zusammen auf Reisen gehen, sobald er wieder gesund ist, doch sein Zustand hat es nie möglich gemacht. Die einzigen Orte, die wir ab und zu besuchen konnten, waren die Kliniken und das Haus unserer Großmutter auf Sylt. Ich wünschte, sie wäre jetzt hier bei uns. Auf der anderen Seite des Bettes, mit ihrem süßen silbergrauen Dutt auf dem Kopf und den geblümten Kleidern, die sie so gerne trägt. Selbst in einem so kalten Winter wie dem diesjährigen.

»Hör nie auf, die Welt auf Lilly-Weise zu sehen, okay?« Seine Bitte ist so eindringlich, dass ich nicht anders kann. Ich muss ihm dieses Versprechen geben. »Egal, was Mama und Papa sagen. Sie ... verstehen es nur nicht. Verstehen dich nicht. Aber ich habe dich immer verstanden.«

»Ich gebe mein Bestes«, verspreche ich ihm. Und

dann fühle ich es. Ich fühle, dass sein Zug anhält. Mit blanker Panik im Bauch drehe ich mich auf die Seite, blicke das blasse Gesicht meines Bruders an, das noch genauso aussieht wie eben gerade, und doch schon irgendwie anders ist.

Friedlicher.

Freier.

Wenige Sekunden später zuckt Lucas rechte Hand nach oben, als würde er in den Himmel greifen. Sobald sie wieder nach unten sinkt, weiß ich es. Ich weiß, dass Luca gegangen ist. Er hat nach den Sternen gegriffen, ein letztes Mal. Um ihnen die Angst vor dem Feuerwerk zu nehmen, das wenige Augenblicke später am Himmel wie eine bunte Symphonie explodiert.

Phase I

Verleugnung

Kapitel 1

Notiz an mich selbst: Schattensprünge können dir Angst machen und sich trotzdem gut anfühlen

Vier Wochen später

01.01. aron: happy new year, lilly! bist du gut ins neue jahr gekommen? bei uns in der lodge war die hölle los, meine mom kam auf die grandiose idee, eine neujahrsparty für die touristen zu veranstalten, die gerade bei uns übernachten. spoiler alert: die idee war beschissen! wusstest du, wie viele seltsame silvestertraditionen es auf der welt gibt? unsere spanischen gäste haben sich beinahe zu tode verschluckt, weil sie versucht haben, zwölf weintrauben in zwölf sekunden zu essen, und thiago aus argentinien meinte, es wäre eine besonders gute idee, altes papier zu zerreißen und aus dem fenster zu werfen. die fetzen

werde ich vermutlich in drei jahren noch finden!
ps: ich hoffe, dass es deinem bruder gut geht … das letzte jahr war hart zu uns beiden, aber das neue jahr wird besser, lilly. dein bruder wird ein passendes spenderherz bekommen, ich weiß es einfach. hör nicht auf, daran zu glauben, okay? hör niemals auf, zu glauben.

05.01. aron: hey, lilly. du warst dieses jahr hier noch gar nicht online – ist alles okay bei dir?

07.01. aron: keine ahnung, ob ich gerade grundlos durchdrehe, aber mich lässt das gefühl nicht los, dass etwas nicht stimmt. geht es luca wieder schlechter? musstet ihr wieder mit ihm ins krankenhaus?

10.01. aron: ich wünschte, ich hätte deine handynummer. ich hab aus reiner verzweiflung sogar bei deinen eltern im blumenladen angerufen, aber es ging niemand ans telefon. bitte melde dich, wenn du meine nachrichten liest. ich mache mir langsam echt sorgen und muss wissen, ob es dir gut geht. außerdem muss ich mit dir reden …

15.01. aron: ich bin immer hier für dich, lilly.

Mir rutscht das Herz in die Hose, während meine Finger über der Tastatur des Laptops schweben. Es könnte so einfach sein. Ich müsste nur drei Worte tippen und auf »Senden« klicken.

Stattdessen tippe ich nur, um wieder zu löschen. Tippen und löschen, tippen und löschen, tippen und löschen. Aron ist mein engster Freund, obwohl ich ihn nur von seinem Profilfoto kenne und ihm nie im wahren Leben begegnet bin, weil uns ziemlich genau 2851 Kilometer voneinander trennen. Mit einem schlechten Gewissen so groß wie der Grand Canyon klicke ich zum hundertsten Mal sein Profilbild an.

Der moosgrüne Hoodie, den er bis zu den Ellbogen nach oben gekrempelt hat, harmoniert perfekt mit seinen grünen Augen, die er auf dem Bild leicht zusammenkneift, weil er aus vollem Herzen lacht. Das Lachen ist ... einfach schön. So schön, dass ich mich unter anderen Umständen kopflos in ihn verknallt hätte. Er hat seine blonden Haare zu einem kleinen Knoten am Hinterkopf zusammengebunden, der ihm unfassbar gut steht, genau wie der leichte Bartschatten, der seinen Mund umspielt und ihn weit älter als zweiundzwanzig aussehen lässt.

Aron.

Mein Herz wird bleischwer und meine Augen noch feuchter, weil ich seit Wochen keinen Kontakt mehr zu ihm hatte, obwohl er neben Luca und Oma der einzige

Mensch ist, der sich je für mich interessiert hat. Für das, was in mir vorgeht.

Ich habe ihn vor einem halben Jahr in dem Forum *stronghearts* kennengelernt, einem Portal für Angehörige von Menschen mit Herzerkrankungen aus aller Welt.

Nur vage erinnere ich mich an den Tag, an dem ich mich auf dieser Website angemeldet habe. Wir hatten gerade die niederschmetternde Nachricht erhalten, dass der Zustand des Spenderherzens, auf das wir monatelang so gehofft hatten, viel schlechter war als angenommen. Also wurde das Herz, das eigentlich das Leben meines Bruders retten sollte, für untauglich erklärt, und wir wurden wieder an den Anfang zurückkatapultiert. Zu diesem Zeitpunkt wusste ich nicht, dass mir die tiefste Dunkelheit erst noch bevorstehen würde.

Ich hätte Aron längst sagen müssen, was passiert ist. Dass Luca gegangen ist und ich ein paar Wochen Pause brauchte, um zu realisieren, dass ich nie wieder mit ihm reden werde. Ihn nie wieder lachen höre. Nie wieder seine Umarmung spüre und das Gefühl habe, einfach nur richtig zu sein. Aber ich kann nicht. Allein die Vorstellung, diese drei Worte zu tippen, bringt mich schier um.

Luca. Ist. Tot.

Wie kann sich etwas, das wahr ist, nur so gelogen anfühlen? Die Wahrheit ist wie ein Albtraum, der einfach nicht endet, egal wie oft ich morgens die Augen öffne. Vielleicht ist es diese Verleugnung, von der all die Trauerbegleiter im Internet immer sprechen.

Die letzte Nachricht von Aron kam vor einer Woche. Es ist nicht fair, dass ich ihn ghoste, nachdem er in den letzten Monaten immer für mich da gewesen ist, wenn es mir schlecht ging und ich jemanden zum Reden brauchte.

Wenn Luca mal wieder ins Krankenhaus musste, weil sein Herz seinen Dienst quittieren wollte. Jedes einzelne Mal hat Aron mich getröstet, hat mich virtuell gehalten und mir wieder Mut gemacht. So wie ich versucht habe, ihm Mut zu machen, wenn es seiner Freundin Jóhanna schlechter ging.

Ich weiß nicht sonderlich viel über sein Leben auf Island, aber ich weiß, dass ich mir mehr als einmal gewünscht habe, einfach in den Flieger zu steigen und auf die karge Insel im Nordwestatlantik zu fliehen. Aron hat in so vielen seiner Nachrichten von den Geysiren und Wasserfällen geschwärmt, dass ich diese Weite und Rauheit so gern mit eigenen Augen sehen würde.

Er arbeitet im Bed and Breakfast seiner Mutter in Vík í Myrdal und ist neben Luca der beste Zuhörer, den ich je hatte. Seine Freundin hat ihre Diagnose vor einem Jahr erhalten, und seitdem kämpft er an ihrer Seite gegen diese schreckliche Krankheit, so wie ich an Lucas Seite gegen seine kämpfte. Im Gegensatz zu mir hat Aron seinen Kampf noch nicht verloren.

Womöglich sträubt sich deshalb alles in mir, ihm zu schreiben. Weil wir nicht mehr auf derselben Seite stehen. Weil es für Arons Freundin Hoffnung gibt, ich hingegen längst alles verloren habe.

Meine Finger schweben immer noch untätig über die Tastatur. Es fühlt sich falsch an, ihm zu schreiben, obwohl es sechs Monate lang das absolut Richtige gewesen ist.

Also klappe ich den Laptop zu, schiebe ihn kraftlos zur Seite und lege mich hin, in der Hoffnung, heute Nacht wenigstens ein paar Stunden Schlaf zu bekommen. Natürlich ist mein Wunsch vergeblich, denn ich drehe mich unruhig von links nach rechts, wie in jeder Nacht seit Silvester.

Es kommt einem Wunder gleich, dass ich tagsüber wie ein Mensch funktioniere, obwohl ich seit vier Wochen nachts kaum länger als drei Stunden schlafe. Ab wann wird Schlafmangel eigentlich chronisch? Und ab wann gefährlich?

Immer, wenn ich die Augen schließe, sehe ich Luca. Ich sehe ihn, höre seine Stimme, die immer noch bei mir ist, aber von Tag zu Tag leiser wird.

Ich zupfe an Lucas schwarzem Shirt, ziehe es über mein Gesicht und inhaliere seinen immer schwächer werdenden Duft, der langsam durch meinen eigenen ersetzt wird. Wenn unsere Mutter sehen könnte, dass ich seine Sachen trage, würde sie mich vermutlich auf die Straße setzen.

Insgeheim will ich genau das provozieren. Ich will, dass mich meine Eltern rauswerfen und ich somit einen Grund habe, mir endlich mein eigenes Leben aufzubauen. Etwas, das ohnehin längst überfällig ist, weil mich alles an dieser Familie und in dieser Wohnung erdrückt.

Zu sagen, dass unsere Eltern mit ihrer Trauer nicht unbedingt gesund umgehen, wäre untertrieben. Papa stürzt sich ununterbrochen in die Arbeit in unserem Blumenladen, dem *Cityflowers*, während Mama vierundzwanzig Stunden am Tag voller Zorn auf die ganze Welt ist. Wie oft höre ich klirrendes Geschirr aus der Küche? Fliegende Tassen, deren Scherben Luca auch nicht zurückbringen können?

Eine Weile wälze ich mich hin und her, weil ich mir fest vorgenommen hatte, heute in meinem eigenen Zimmer zu schlafen. Es ist vergeblich. Also steige ich wie in all den Nächten zuvor leise aus meinem Bett, tapse über den dunklen Flur und gehe in den einzigen Raum dieser Wohnung, der mich ansatzweise frei atmen lässt.

Mama hat mich in der Woche nach Lucas Beerdigung zum ersten Mal in seinem Zimmer erwischt und mir seitdem das strikte Verbot erteilt, mich noch einmal in sein Bett zu legen.

Aber ich scheiße auf dieses Verbot.

Ich bin zwanzig Jahre alt und habe vor vier Wochen meinen Zwillingsbruder verloren. Wenn es mir hilft, auf seinem Kopfkissen zu liegen und seine Sachen zu tragen, um mich ihm näher zu fühlen, dann mache ich genau das.

So sanft wie möglich drücke ich die Tür hinter mir ins Schloss, schlurfe todmüde auf sein Bett zu und rolle mich auf ihm wie eine verängstigte Schnecke zusammen.

»Gute Nacht, Luca«, flüstere ich in die ohrenbetäubende Stille der Dunkelheit. »Ich vermisse dich unendlich.«

Irgendwann muss ich eingeschlafen sein und werde erst wach, als das Licht im Raum angeschaltet wird.

»Liliana!« Die schneidende Stimme meiner Mutter reißt mich aus dem Traum, zerrt mich zurück in die bittere Realität, der ich so dringend entfliehen wollte. »Was zur Hölle machst du hier drin? Habe ich mich beim letzten Mal nicht klar und deutlich genug ausgedrückt?«

Mit verschlafenen Augen sehe ich sie an. Wie sie mit geballten Fäusten mitten im Zimmer steht, ihr Blick wutentbrannt auf das Kind gerichtet, das noch hier ist. Sie würde mich, ohne zu zögern, gegen Luca eintauschen. Ich bin es leid, ihr zu sagen, dass ich dasselbe tun würde. Hätte es die Möglichkeit gegeben, Lucas Platz im Krankenhausbett einzunehmen, hätte ich es getan. Sofort.

Sie massiert ihre Nasenwurzel, als Zeichen ihrer Wut und Überforderung. »Ich habe dir schon so oft gesagt, dass du nicht in seinem Bett liegen sollst, Liliana. Wann verstehst du das endlich?«

Schnell rapple ich mich auf. Wenn sie diesen Raum abschließt, bleibt mir nichts mehr von ihm. »Luca hätte kein Problem damit gehabt.« Noch bevor ich seinen Namen ausgesprochen habe, bereue ich es schon.

Ihre Unterlippe bebt, der Vulkan steht kurz vor dem nächsten Ausbruch. »Sag seinen Namen nicht! Dein Bruder ist nicht hier«, erwidert sie schroff, woraufhin mir ein schnaubendes Lachen entweicht.

Danke für die Erinnerung, Mama. Als hätte ich in den

letzten vier Wochen auch nur eine Sekunde lang vergessen, dass er nicht mehr da ist.

»Ist das etwa seins?« Sie stapft auf mich zu und zerrt an dem Ärmel des schwarzen Shirts, das ich vor zwei Wochen heimlich aus seinem Schrank gezogen habe.

»Du sollst nicht einfach so an seine Sachen gehen! Muss ich sein Zimmer wirklich absperren, damit du dich an unsere Abmachung hältst?«

Ich weiß, dass ich ihr etwas entgegensetzen sollte, aber mir bleiben die Worte auf halbem Wege im Hals stecken.

Von welcher Abmachung sprichst du, Mama? Für eine Abmachung muss man erst einmal miteinander reden. Ein richtiges Gespräch führen, keine einseitigen Gebote auflisten!

Wenn ich genauer darüber nachdenke, ist unser letztes richtiges Gespräch schon Jahre her. Im Grunde genommen weiß ich gar nicht mehr, wer diese Frau vor mir überhaupt ist. Sie ist eine Fremde für mich geworden. Ich würde ihr gern so viele Dinge an den Kopf werfen, wenn sie mich wie eine Aussätzige behandelt. Wann hat sie aufgehört, in mir ihre Tochter zu sehen?

Ich erinnere mich daran, dass sie früher ganz anders war, genau wie Papa. Sie waren liebevolle Eltern. Die Sorte, die sonntags spontan das Auto gepackt hat und mit uns ans Meer zu Oma gefahren ist. Sie haben gelacht, so viel gelacht, dass Mama schon mit dreißig Jahren Lachfalten hatte. Lucas Krankheit hat einen Schleier über all das gelegt. Auch über ihre Liebe zu mir.

»Zieh es aus!« Mama benimmt sich wie ein fünfzehnjähriger Teenager und nicht wie eine fast fünfzigjährige Erwachsene, als sie anfängt, an dem Stoff zu zerren, der meine schweißnasse Haut bedeckt. »Hast du mich verstanden? Zieh sein Shirt aus, Liliana!« Dabei sieht sie mir nicht ins Gesicht. Seit seinem Tod hat sie das kein einziges Mal getan. Und ich verstehe es sogar. Auch mir fällt es schwer, mein Spiegelbild zu ertragen, das seinem so ähnlich sieht.

Während sie mir unter Tränen das Shirt vom Körper reißt und sich fest gegen die Brust presst, bleibe ich auf dem Bett meines Bruders sitzen und falle in mich zusammen. Luca würde es das Herz brechen, uns so zu sehen. So fremd, so entfernt und voller Kummer. *Ob tote Herzen brechen können?*

Ohne auch nur ein Wort mit Mama zu wechseln, springe ich auf, stapfe an ihr vorbei und steuere mein Zimmer an.

Ich muss hier raus. Muss raus aus dieser Wohnung, die mich von Tag zu Tag mehr verschluckt wie ein schwarzes Loch. Wäre Luca nicht hier gewesen, hätte ich mir schon vor Wochen eine eigene Wohnung in Berlin gesucht. Solange er noch hier war, konnte ich Mamas Wutausbrüche aushalten, aber jetzt ertrage ich ihre Nähe nicht länger. Ertrage ihren Zorn nicht, den sie gegen mich richtet, als wäre ich schuld an dem, was passiert ist.

Luca war immer das Lieblingskind, der Sonnenschein der Familie. Ich war die Tagträumerin, die ständig zu spät heimkam, weil sie die Zeit aus den Augen verloren hatte. Das Kind, das zu viel Aufmerksamkeit haben wollte, obwohl es gesund war. Wie konnte ich auch nur eine Sekunde lang denken, dass ich ebenfalls zähle? Dass sich durch Lucas Tod etwas an der Ignoranz unserer Eltern ändern würde?

»Denk dran, dass du heute die Nachmittagsschicht im Laden hast, Liliana!«, ruft Mama mir hinterher. »Außerdem ist da ein Paket für dich gekommen. Es liegt vor deiner Tür.«

Wortlos gehe ich in mein Zimmer und schnappe mir im Vorbeigehen das Paket. Im Hintergrund höre ich Mama in Lucas Zimmer weinen.

Auf dem Poststempel steht Sylt, also muss die Post von Oma sein. Mit zitternden Händen lasse ich mich in meinem Zimmer auf den Boden sinken und reiße das Paket unserer Großmutter auf. Eine beigefarbene, handgeschriebene Karte fällt heraus.

Das Notizbuch hat deinem Bruder gehört, mein Kind. Ich habe es in eurem Zimmer gefunden und dachte, dass du es vielleicht haben möchtest. Du könntest deine Gedanken darin festhalten, genau wie deinen Kummer und deine Träume. Sie waren schon immer zu besonders, um nicht aufgeschrieben zu werden. Wenn du etwas brauchst: Meine Tür steht dir offen, das weißt du, oder? Und das Meer hört dir zu, genau wie ich.
Ich vermisse euch.
In Liebe
Oma

Tränen sammeln sich in meinen Augenwinkeln, überziehen meine Haut wie ein Film aus Wasser und Salz. Das Notizbuch ist schlicht und schwarz, lediglich die silberne Schrift bestätigt, dass das Buch meinem Bruder gehört hat.

»Jumping over shadows to find light«

Dieser Spruch war Lucas Lebensmotto, sein Mantra. Er hat es gehasst, wenn man sich selbst durch Grenzen limitiert hat, so wie er es gehasst hat, dass unsere Eltern dasselbe mit sich und mit mir getan haben.

Mit angehaltenem Atem blättere ich durch die leeren Seiten, inhaliere den Duft von Papier, das von mir gefüllt werden will, auch wenn ich nicht weiß, was ich aufschreiben soll. Ein schwarzer Stift klemmt in dem Einband des Notizbuches, der genauso düster ist wie meine Gedanken.

Mein letztes Gespräch mit Luca drängt sich mit aller Macht zurück in mein Bewusstsein.

Du solltest nach Island fliegen.

Mit dem Daumen zeichne ich die schön geschwungene Schrift nach, und mit jedem Buchstaben, den ich berühre, wächst der Wunsch in mir, endlich mit Aron zu sprechen.

Nicht zu schreiben, sondern von Angesicht zu Angesicht mit ihm zu reden. Ich will in seine grünen Augen sehen, wenn ich ihm sage, dass Luca fort ist. Ich will von ihm in den Arm genommen werden, wenn ich in tausend Teile zerberste.

Mein Blick huscht unruhig zwischen der Tür und

meinem Laptop hin und her. Wäre es völlig verrückt, wenn ich jetzt Hals über Kopf meine Sachen packte, einen Last-minute-Flug nach Keflavík buche und Berlin den Rücken kehre?

Vielleicht ist es an der Zeit für verrückte Entscheidungen. Weil ich es in dieser kleinen Wohnung keine Nacht länger aushalte. Weil Berlin mich erdrückt mit all seinem Beton, seiner Geschäftigkeit und dem ohrenbetäubenden Lärm.

Weil Luca mich darum gebeten hat und ich meinem Bruder jeden Wunsch erfüllen werde.

Kapitel 2

Notiz an mich selbst: Liebe führt zu Schmerz
(fast immer)

Ich habe es wirklich getan.

Wenn der ältere Herr auf dem Sitz neben mir seit dem Start nicht so mürrisch dreinschauen würde, hätte ich ihn längst gefragt, ob er mich einmal fest in den Arm kneifen kann. So ein kleiner Realität-oder-Traum-Check käme mir gerade wirklich gelegen, denn nichts hiervon fühlt sich für mich auch nur ansatzweise real an. Weder das Ruckeln der gigantischen Maschine unter meinem Hintern noch das leise Pfeifen der Klimaanlage über meinen Space Buns.

Ich sitze tatsächlich zum allerersten Mal in meinem Leben in einem Flugzeug. Allein, lediglich mit meiner schwarzen Reisetasche bepackt und Lucas leerem Notizbuch in der rechten Hand.

Über meine Noise-Cancelling-Kopfhörer läuft das neue Album von Ed Sheeran, das so gut zu meiner Lebensstimmung passt, dass ich nicht weiß, ob ich ihn dafür lieben oder hassen soll. Liebe führt zu Schmerz, wie verflucht recht Ed mit dieser Line hat. Liebe bedeutet

Schmerz. Sobald Lucas Gesicht vor meinem inneren Auge auftaucht, blinzle ich es weg. Auf keinen Fall möchte ich neben Mr Grumpy losheulen und mir noch mehr blöde Blicke von ihm einfangen.

Ich erschrecke mich beinahe zu Tode, als ich ohne Vorwarnung an der Schulter berührt werde. Mein grimmiger Sitznachbar deutet auf die blonde, groß gewachsene Stewardess in dem schwarzen Kostüm der Fluggesellschaft, die mich mit einem Tausend-Watt-Lächeln ansieht und offenbar mit mir spricht. Eilig tippe ich gegen die Muschel meines rechten Kopfhörers, um die Musik zu pausieren.

»Entschuldigung«, nuschle ich in meinen dünnen Schal.

»Würden Sie bitte den Sichtschutz nach oben schieben, Miss? Wir landen in zwanzig Minuten.« Ihr Englisch ist perfekt, und ich bin heilfroh, dass ich seit Jahren alle Serien und Filme in der Originalfassung sehe. So muss ich mir in den nächsten Tagen wenigstens keine Gedanken darüber machen, ob meine Englischkenntnisse ausreichen werden.

»Natürlich.« Eilig nicke ich, auch wenn ich dabei ein ziemlich mieses Bauchgefühl habe. Da ich noch nie in einem Flugzeug saß, war der Start für mich alles andere als entspannt. Je länger ich auf die immer kleiner werdende Welt unter mir gestarrt habe, desto schlimmer wurden meine Angst vor der Höhe und das Grummeln in meinem Magen.

Mit polterndem Herzen schiebe ich den Sichtschutz

nach oben, und sobald sich meine Augen an das grelle Licht gewöhnt haben, klappt mir die Kinnlade herunter. Unter mir breitet sich die wohl schönste Landschaft aus, die ich je zu Gesicht bekommen habe. Hüglige Passagen wechseln sich mit kargen Flächen ab, die von Schnee und funkelndem Eis bedeckt sind. Zwischen ihnen schmale Spuren aus gletscherblauem Wasser, das sich durch die komplette Landschaft zieht, als hätte das Meer seine Arme weit ins Landesinnere ausgestreckt. Die Sonne spiegelt sich auf dem Ozean und lässt ihn wie ein Meer aus Saphiren glitzern.

Atemlos lege ich meine Hand auf die kühle Scheibe, starre diese mondähnliche Landschaft unter mir an und kann kaum glauben, dass ich es wirklich durchgezogen habe. Dass ich mir tatsächlich einen überteuerten Last-minute-Flug herausgesucht und ihn von meinen bescheidenen Ersparnissen bezahlt habe. Und all das, ohne auch nur ein Wort mit Aron gesprochen zu haben.

Vielleicht geht mein Vorhaben mächtig in die Hose, aber ich musste einfach weg. Knappe dreitausend Kilometer Luftlinie sollten als Abstand zwischen Mama und mir reichen, damit ich mir darüber klar werden kann, wie es weitergehen soll. Was ich mit meinem Leben ohne Luca anfangen soll. Glühender Widerstand flammt in mir auf, weil es sich so falsch anfühlt, überhaupt darüber nachzudenken.

»Liebe Passagiere, wir setzen jetzt zur Landung in Keflavík an. Bitte denken Sie daran, Ihren Gurt zu verschließen, die Armlehnen herunterzuklappen und den Sitz in seine ursprüngliche Position zu bringen. Island empfängt Sie heute mit ungewöhnlich viel Sonnenschein und einer Temperatur von minus fünf Grad.«

Die Lautsprecher der Fluggesellschaft knacken unangenehm, dennoch hänge ich an den Lippen der hübschen Stewardess, als würde sie die heutigen Lottozahlen verkünden und mir gleich mitteilen, dass ich den Sechzig-Millionen-Jackpot geknackt habe.

»Heute Abend stehen die Chancen auf eine Nordlichtsichtung zwar schlecht, aber in den kommenden Tagen könnten Sie Glück haben und das Naturphänomen aus nächster Nähe betrachten. Vielen Dank, dass Sie mit uns geflogen sind. Wir wünschen Ihnen einen angenehmen Aufenthalt und eine gute Weiterreise.«

Ich habe es tatsächlich geschafft, Luca.

Ich bin nicht nur über meinen Schatten gesprungen, nein. Ich bin über ihn geflogen.

• • •

Eine Wand aus eisiger Kälte schlägt mir entgegen, während ich das Handy aus meiner viel zu dünnen North-Face-Regenjacke ziehe und den Flugmodus ausschalte. Ich befürchte, dass mein Telefon vor verpassten Anrufen heiß läuft, aber alles, was Sekunden später aufblinkt, ist ein einziger von meiner Großmutter. Was bedeutet, dass sie längst weiß, was ich getan habe.

Mit schlechtem Gewissen drücke ich auf den grünen Hörer und rufe sie zurück, damit sie sich keine Sorgen macht. Von zu Hause zu verschwinden, war schon jetzt die beste Entscheidung, die ich je getroffen habe.

»Kindchen, was machst du denn für Sachen?«, begrüßt sie mich gleich.

»Dir auch hallo, Oma«, erwidere ich mit einem schmalen Lächeln auf den Lippen. »Tut mir leid, dass ich dich als Alibi benutzt habe. Aber ich wusste nicht, was ich sonst hätte sagen sollen.«

»Ach, Kindchen, das muss dir doch nicht leidtun. Ich bin gerne eure Komplizin.« Plötzliches Schweigen, als sie zu realisieren scheint, was sie gerade gesagt hat. Dann räuspert sie sich. »Ich bin gerne deine Komplizin, aber eine kleine Vorwarnung hätte nicht geschadet, weißt du? Deine Mutter ist nicht begeistert über deinen …« Sie macht eine Kunstpause. »… Besuch bei mir.«

Fest presse ich meine Lippen aufeinander, folge den restlichen Passagieren über das Gelände Richtung Flughafen und konzentriere mich dabei auf die Worte meiner Großmutter.

»Danke. Ich wollte nur weg, verstehst du? Sie erdrückt mich. Papa ist kaum da, und wir reden nie über Luca. Ich habe es nicht länger ausgehalten.« Kurz bevor ich zum Flughafen aufgebrochen bin, habe ich meiner Mutter einen kleinen Zettel hinterlassen, weil ich mich mies dabei gefühlt hätte, einfach so zu verschwinden.

Fahre für ein paar Wochen zu Oma nach Sylt.
Tut mir leid.
Liliana

Mehr habe ich nicht geschrieben, weil es ohnehin nichts gab, was ich dieser Frau noch hätte sagen wollen. Wieso auch, wenn sie mir sowieso nie zuhört? Allein dass sie nicht einmal versucht hat, mich anzurufen, beweist, wie wenig sie sich für mein Leben interessiert. Andere Eltern wären längst auf die Barrikaden gegangen, hätten sich tierische Sorgen um ihre Tochter gemacht. Aber nicht meine. Meine haben bereits vor Jahren all ihre Sorgen für ihr anderes Kind aufgebraucht.

»Du musst dich nicht vor mir rechtfertigen, Liliana. Nie, hörst du? Außerdem bist du wirklich alt genug, um für dich selbst zu entscheiden. Also sag mir: Wo bist du in Wahrheit, Kindchen?«

»Du wirst mich für verrückt halten, wenn ich es dir erzähle«, nuschle ich ins Smartphone und stoße ein erleichtertes Seufzen aus, als ich endlich aus der Kälte raus bin und das angenehm warme Flughafengebäude betrete. Alles hier ist so sauber, so ruhig. Die Stimmung hier ist ganz anders als am BER. Nicht so hektisch und laut. Deutschland ist für mich die Definition von purem Stress.

»Deine senile Großmutter liebt verrückte Geschichten. Also komm schon, erzähl mir, wo du dich herumtreibst.«

»Ich bin gerade auf Island gelandet.«

Nervös grabe ich meine Schneidezähne in die Unterlippe. Meine Großmutter hat mir nie eine Predigt gehalten, aber jetzt habe ich Angst vor ihrer Reaktion. Davor, dass sie mir sagen könnte, wie dumm diese Aktion ist. Dass ich sofort den nächsten Rückflug nehmen sollte.

»Island? Du meinst dieses kleine, kalte Land mitten im Atlantik, in dem es Trolle und Elfen gibt? Und wo wirst du unterkommen?«

»An die Trolle und Elfen glaube ich erst, wenn ich sie sehe, Oma. Und der Rest findet sich.« Scheiße, gerade komme ich mir wie eine Vollidiotin vor, weil ich das hier nicht eine Sekunde lang durchdacht habe. Ich habe nicht einmal ein Hotelzimmer gebucht, sondern einfach gehofft, dass die Northern Lights Lodge von Arons Familie noch ein freies Zimmer für mich hat. Zur Not würde ich auch die Abstellkammer nehmen.

»Ich weiß, wie überraschend das alles kommt. Ich musste aus Berlin raus. Und ich habe einen Freund hier …« Einen Freund, der keine Ahnung davon hat, dass ich in drei Stunden mit gepackter Tasche und ohne Plan vor seiner Tür stehen werde! Ich seufze und sehe mich schon mitten in der Nacht in meinen viel zu dünnen Klamotten auf der Ringstraße Islands stehen und vergeblich nach einem Taxi Ausschau halten.

»Ich habe das auch mal gemacht.«

»Hast du?« Mit meiner geschulterten Reisetasche schlendere ich durch den Flughafen, lasse mich einfach vom menschlichen Strom in Richtung Ausgang treiben.

»Als ich neunzehn war. Ich hatte einen gigantischen Streit mit meiner Mutter und wollte wie du einfach nur fliehen. Also habe ich mich in den nächstbesten Zug gesetzt und bin nach Frankreich ans Meer gefahren. Ohne

Plan, ohne Verstand.« Eine Pause entsteht. Das verträumte Schmunzeln von Oma habe ich direkt vor Augen, als säße ich ihr bei einer Tasse ihres berühmten Brombeertees gegenüber. Auf ihrer Veranda, mit dem beruhigenden Meeresrauschen als Hintergrundmusik. »Und soll ich dir etwas verraten? Es war die beste Zeit meines Lebens.«

»Über diese Reise musst du mir dringend mehr erzählen, wenn ich dich das nächste Mal besuche.«

»Das werde ich, Kindchen. Wenn deine Mutter fragt, ob du sicher angekommen bist, werde ich ein wenig für dich flunkern. Irgendwann müssen sich meine Stunden im Schauspielunterricht ja mal auszahlen.«

Ich bin mir sicher, dass es meinen Eltern ohnehin scheißegal ist, was ich mache. Wo ich bin. Alles, was sie interessiert, ist mein Job in ihrem Blumenladen. Und ich mag ihn, ich mag ihn wirklich. Es macht mir Spaß, die Natur zu fühlen, mit den Pflanzen arbeiten zu dürfen, ausgefallene Gestecke zu binden und Menschen damit ein Stück Schönheit für ihr Zuhause zu schenken. Aber ich brauche *mehr*. Etwas, das ich in Berlin bis jetzt nicht gefunden habe: mich selbst.

»Du bist die Beste!«

»Ach, papperlapapp. Genieß deine Zeit im Land der Trolle und Elfen, mein Kind.«

»Danke«, sage ich unter Tränen.

»Und, Liliana?«

»Ja?«

»Ich hoffe, du findest auf Island, wonach du suchst.«

Eine Faust schließt sich fest um mein Herz, hindert es am Weiterschlagen, so wie jeder Gedanke an Luca seit vier Wochen. Weil das, wonach ich suche, ohnehin nicht hier sein wird …

Kapitel 3

Notiz an mich selbst: Mein Leben ist kein Rocksong, sondern eine verdammt traurige Ballade

»Wirst du deinen ganzen Urlaub in Vík verbringen, Mädchen?« Der bullig gebaute Busfahrer mit dem grauen Borstenhaarschnitt wirft mir über die Schulter einen fragenden Blick zu. Fokus auf den Verkehr? Fehlanzeige. Es ist, als kenne er die Straßen dieses Landes in- und auswendig. Seltsamerweise fühle ich mich trotzdem sicher in seinem Bus.

»Ich habe keinen Urlaub«, antworte ich eilig. Ein Teil in mir will sofort klarstellen, dass ich nicht zum Spaß auf dieser traumhaft schönen Insel bin. »Ich besuche nur einen Freund.«

»Was spricht denn gegen ein bisschen Sightseeing? Unser Land ist vor allem im Winter wunderschön, wirst schon sehen.«

Die Tatsache, dass mein Zwillingsbruder nicht hier ist. Dass er nicht neben mir sitzt, auf dem leeren Platz in der ersten Reihe, in die er schon immer gehört hat. Das spricht gegen ein bisschen Sightseeing.

»Ich werde vermutlich die meiste Zeit in Vík sein.«

Der Fahrer ist sicher an die sechzig, aber seine Augen wirken wie die eines Kindes, so stark funkeln sie im Licht der goldenen Stunde. Es ist gerade einmal drei Uhr am Nachmittag, und trotzdem geht die Sonne schon über den Bergketten im Landesinneren unter.

Die anderen Fahrgäste sind bereits ausgestiegen, ich bin die Letzte im Bus. Das monströse Gefährt rumpelt unter meinem Hintern, während ich meinen Blick über die magische Umgebung schweifen lasse.

Gibt es auf Island überhaupt einen Fleck, der nicht atemberaubend schön ist? Auf der gesamten Fahrt konnte ich meine Augen nicht von dieser traumhaften Landschaft lassen. Bergspitzen, so schön von der untergehenden Sonne angestrahlt, dass es aussieht, als hätte man sie in rosa Farbe getaucht. Weite Flächen, badend in Gold und Bronze.

Der hellgrüne Touri-Bus kommt ruckelnd vor der Northern Lights Lodge zum Stehen, und die vordere Tür schnauft wie ein Wal beim Auftauchen, als sie sich für mich öffnet. Eilig schnappe ich mir die Reisetasche und verlasse mit schnellen Schritten den Bus. »Danke für die Fahrt hierher.«

»Immer gern, Mädchen. Falls du es dir doch anders überlegst und Lust hast, die Gegend zu erkunden: Der Strand von Reynisfjara ist wirklich einen Besuch wert, auch im Winter. Aber unterschätze die Wellen nicht, die haben schon mehr als einen waghalsigen Touristen hier draußen für immer verschluckt.«

Ich bin nicht waghalsig, ich bin das genaue Gegenteil

davon. Mit fünfzehn war ich ein einziges Mal beim Indoor-Skydiven in Berlin, weil Luca mir dieses Abenteuer zum Geburtstag geschenkt hat, aber mehr Aufregung und Adrenalin gab es in meinem Leben nicht.

»Das merk ich mir«, erwidere ich mit einem dankbaren Lächeln in seine Richtung.

»Rockin' on Iceland«, ruft er mir hinterher und reckt seine Faust in die Höhe. Seine Worte sorgen für ein Stechen in meinem Magen, obwohl er mir sicher nur auf seine Art viel Spaß auf Island wünschen wollte. Er kann ja nicht wissen, dass diese Reise kein spaßiger Rocksong, sondern eine verdammt traurige Ballade sein wird.

• • •

Meine Nerven flattern wie Motten im Licht, weil ich nur wenige Schritte von der Lodge entfernt bin, in der Aron arbeitet. Wie er wohl reagieren wird, wenn er mich sieht? Ob er mich überhaupt erkennt? Schließlich haben wir uns nie Fotos geschickt, wir haben ja nicht einmal unsere Nummern ausgetauscht, weil Handys *widerliche Zeitfresser* sind. Sein Wortlaut, nicht meiner. Je länger ich hier stehe, vor diesem schnuckeligen Gebäude aus Holz, das aus jeder Rille nach Erholung und Urlaub schreit, desto eher will ich wieder fliehen.

Plötzlich spüre ich Lucas Anwesenheit, als stünde er direkt neben mir, würde nach meiner Hand greifen und mich Richtung Lodge ziehen. Ich nehme einen tiefen Atemzug. Sekunden später mache ich stolpernd den ersten Schritt. Im Inneren des Bed and Breakfast brennt dämmriges Licht. Eine hölzerne Terrasse, geschmückt mit zahlreichen Lichterketten, führt einmal um das komplette Gebäude herum. Trotz der langsam abblätternden Lasur des Holzes ist sie wunderschön und wahnsinnig einladend.

Ich drücke die Tür auf und stehe einen Augenblick später in dem wohl gemütlichsten Empfangsbereich, den ich je gesehen habe.

Ein Tresen, gefertigt aus gigantischen Baumstämmen, steht in der Mitte des Raumes, darauf mehrere Vasen mit wunderschönen Trockenblumen. Beim Anblick der weißen Rosen muss ich unweigerlich an den Laden meiner Eltern denken, aber ich dränge alles, was mit Berlin und meiner Familie zu tun hat, kraftvoll nach Deutschland. Damit kann ich mich immer noch befassen, wenn ich zurück bin.

»Hallo?«, rufe ich mit brüchiger Stimme und hoffe, dass mich gleich meine Englischkenntnisse nicht im Stich lassen werden, wenn ich erklären muss, dass ich ohne Reservierung hier aufschlage und um ein Zimmer auf unbestimmte Zeit bitte.

Eine braunhaarige Frau in weiten Baggypants und überdimensional großem Pulli tritt wenig später hinter den Tresen. Auf ihrem Arm ein kleiner zuckersüßer Welpe. Sein flauschiges Fell ist am Rücken schwarz, vorn am Kragen jedoch mit grauen und weißen Stellen durchzogen, als hätte man ihm ein Lätzchen umgebunden.

»Oh, sorry. Wie lange stehst du denn schon hier?«,

fragt sie mich und verzieht ihr Gesicht angewidert, als der Hund quer über ihre Wange schleckt.

»Noch nicht lange«, erwidere ich leise.

»Der kleine Frechdachs meinte, sich mal wieder an den Bioabfällen bedienen zu müssen. Scheinbar kann er es kaum erwarten, Durchfall zu haben.« Sie drückt ihm einen Kuss zwischen die Ohren und lehnt anschließend ihre Stirn gegen seine. »Das Gespräch wird vertagt, Aska!« Mit diesen Worten lässt sie den kleinen Kerl runter, woraufhin er sofort auf mich zutapst.

»Ich hoffe, du hast keine Angst vor aufdringlichen Islandhunden? Blonde Mädchen hat er nämlich ganz besonders gern.« Ein freches Grinsen schmückt ihr hübsches Gesicht. Sie sieht aus wie eines der Skatergirls, die man am Gleisdreieck in Berlin zuhauf antrifft.

»Hab ich nicht«, versichere ich ihr und muss schmunzeln, als der süße Kerl mit den akkurat hochstehenden Ohren an meinen löchrigen Chucks schnuppert. Meine vollkommen durchweichten Socken sagen mir, dass mein Schuhwerk nicht unbedingt islandtauglich ist.

»Also, was kann ich für dich tun, Citygirl? Hast du ein Zimmer bei uns reserviert?« *Citygirl?* Echt jetzt? Fragend blicke ich an mir herab, auf der Suche nach Hinweisen, die meine Herkunft verraten haben könnten.

Sie schlägt ein großes Buch mit kakaobraunem Einband auf. »Ich wusste gar nicht, dass wir heute noch einen Gast erwarten. Eigentlich ist der reguläre Check-in schon vorbei.« Gedankenversunken und kaugummikauend blättert sie durch die Seiten.

»Ich habe kein Zimmer reserviert«, stelle ich klar. »Jedenfalls noch nicht …« Mit einem unsicheren Lächeln sehe ich die junge Frau an. Ihre welligen braunen Haare sind zu einem hohen Pferdeschwanz gebunden und so lang, dass sie ihr beinahe bis zum Po reichen. Bis jetzt waren alle Leute, denen ich begegnet bin, relativ blass, aber sie hat so schön gebräunte Haut, dass ich kurz neidisch werde. Mich könnte man an manchen Tagen mit einem weißen Blatt Papier verwechseln und geradewegs in den Drucker schieben.

»Ah, du bist eine von diesen Backpackern, die sich einfach mit dem Strom des Lebens treiben lassen, hm? Dafür fehlt dir der klassische Drei-Meter-Rucksack, in dem man Leichen transportieren kann.« Ihre runden goldbraunen Augen sind neugierig auf mich gerichtet, während ihr Lächeln eine ziemlich niedliche Zahnlücke präsentiert, die so gar nicht zu ihrem scheinbar losen Mundwerk passt.

»Mein Trip hierher war spontan, und ich hatte gehofft, dass das Glück auf meiner Seite ist.«

»Möge die isländische Macht mit dir sein«, witzelt sie. »Dann schauen wir mal nach.« Sie schnappt sich einen Kugelschreiber, dreht ihn geschickt in ihren Fingern und sieht im Gästebuch für mich nach.

»Jackpot! Wärst du im Sommer gekommen, hätte es deutlich schwieriger ausgesehen, aber in der Nebensaison haben wir meistens etwas frei. Wie lange willst du denn bei uns bleiben, Blondie?«

»Das weiß ich ehrlich gesagt nicht, weil ich mir erst einen Plan machen muss. Ein paar Nächte sollten mir vorerst reichen?«

»Ist das eine Frage oder eine Antwort?«

»Eine Antwort.«

»Soll ich dich dann erst einmal für den Rest der Woche eintragen? Wir sind da relativ entspannt. Halt uns einfach über deine weiteren Pläne auf dem Laufenden. Bezahlen kannst du am Schluss, wir bräuchten nur eine Kreditkarte zur Sicherheit.«

»Danke! Du rettest mir echt den Tag!« Erleichtert reiche ich ihr meine VISA-Card. Mir fallen zehn Kilo Last von den Schultern, weil so zumindest die Frage nach meinem heutigen Schlafplatz geklärt ist. Jetzt muss ich nur noch Aron finden und ihm erklären, wieso ich ihm in den letzten Wochen nicht geantwortet habe und stattdessen einfach ohne Vorwarnung bei ihm auftauche. Dabei kann ich es mir selbst kaum erklären.

Ich weiß, dass Aron nicht in der Lodge, sondern wenige Kilometer entfernt in Vík wohnt, aber dass er fast täglich herkommt, um seiner Mutter unter die Arme zu greifen. Er wird also nicht weit sein, und allein diese Tatsache bringt mich mächtig ins Schwitzen. Was, wenn wir uns im realen Leben gar nicht verstehen? Wenn wir nur über die Distanz als Online-Freunde funktionieren?

Oder schlimmer: wenn Aron so, wie er sich beschrieben hat, gar nicht existiert und ich im letzten Jahr in Wahrheit mit einem fünfzigjährigen isländischen Einsiedler Kontakt hatte, der mit seinen Schafen zurückgezogen im Hochland lebt? Wäre doch möglich, oder? Das Internetzeitalter hat schließlich schon die verrücktesten Geschichten erzählt.

»Du hast das Zimmer mit der Nummer fünf. Einfach die Treppe hoch, dann nach rechts. Ist echt nicht zu verfehlen. In unserer Lodge gibt es auf jedem Flur ein Gemeinschaftsbad, und im Zimmer selbst hast du ein separates Waschbecken zum Zähneputzen und so. An den Eiergestank des Wassers gewöhnt man sich übrigens schnell, nach ein paar Tagen wirst du ihn kaum noch wahrnehmen.«

Zwinkernd überreicht sie mir den Schlüssel, an dem eine kleine, aus Holz geschnitzte Welle mit einer Fünf darauf baumelt. Der Anhänger ist wunderschön, und ich bin mir ziemlich sicher, dass er selbst gemacht ist.

»Soll ich dir vorher vielleicht den Rest von der Lodge zeigen? Jetzt, solange es noch ein bisschen hell ist?«

»Gerne.«

»Ich bin übrigens Elva, aber du kannst mich einfach El nennen.« In dieser Sekunde fällt es mir wie Schuppen von den Augen. Aron hat mir natürlich von seiner besten Freundin seit Kindheitstagen erzählt. Dass sie wie eine Schwester für ihn ist.

Ich will mich ebenfalls vorstellen, doch bevor mein ganzer Name herauskommt, schlucke ich ihn herunter und stelle mich stattdessen mit meinem Spitznamen vor. Hier bin ich nicht Liliana, hier bin ich Lilly. Lucas Lilly. Arons Lilly.

»Okay, *einfach* El. Ich bin *einfach* Lilly.«

»Na dann, *einfach* Lilly. Willkommen in der coolsten

Hütte, die du auf Island finden wirst«, beginnt sie ihren Rundgang und geht vor, damit ich ihr folgen kann. »Hier links findet morgens immer das Frühstück statt. Es gibt eigentlich alles, was das Herz begehrt. Isst du omni, vegetarisch oder vegan?«

»Letzteres.«

»Perfekt, dann wirst du dich extra freuen. Wir haben fast ausschließlich vegane Milch- und Käsealternativen hier. Du wirst auf deiner Reise leider schnell merken, dass es gar nicht so leicht ist, veganes Essen zu finden, vor allem in ländlichen Regionen. Hier leben die Leute noch etwas ... traditioneller. Wenn du willst, sag uns einfach Bescheid, und die Hausherrin macht dir ein paar Sandwiches für deine Trips.« Das dürfte dann wohl Arons Mutter sein. »Und ihre Sandwiches sind die allerbesten«, setzt sie fast schon geheimnisvoll hinterher.

»Das klingt perfekt, danke dir.«

Elva führt mich durch den Speisesaal, der eher einem gemütlichen Wohnzimmer mit Kamin gleicht, und begleitet mich über eine schwere Holztür nach draußen auf den Hof. Das Tageslicht ist inzwischen fast gänzlich untergegangen. Die Dämmerung hüllt alles in einen blassen blauvioletten Schleier, auch den Schnee unter unseren Füßen.

»Woher kommst du denn eigentlich, Lilly?«

»Aus Deutschland. Berlin, um genau zu sein. Und im Vergleich zu dem, was du gerade erzählt hast, ist Berlin das reinste Schlaraffenland für Veganer.«

»Uff, dann wird das Leben auf Island ja ein richtiger

Kulturschock für dich werden. Wir haben viele Deutsche zu Besuch. Trinkst du auch so gerne Bier?« Neckend stupst sie mich mit dem Ellbogen an, als würden wir uns schon länger als fünf Minuten kennen. In Berlin habe ich nur schwer Anschluss bei Gleichaltrigen gefunden. Für die meisten war ich immer nur das traurige Mädchen mit dem todkranken Bruder, das von allen gemieden wurde. Und da sie nicht wussten, wie sie sich mir gegenüber verhalten sollten, haben sie beschlossen, mich einfach zu ignorieren. So recht mir diese Ignoranz auch war, weil Mobbing die deutlich schlimmere Alternative gewesen wäre, so einsam kann sie einen auch machen.

»Wenn du mich fragst, schmeckt Bier nach Käsefüßen«, erwidere ich und vergesse dabei fast, dass ich nicht hier bin, um zu lachen. So schnell wie möglich ziehe ich meine Mundwinkel wieder nach unten.

»Endlich mal jemand, der mich versteht. Aron hat mal so was Ähnliches gesagt. Apropos Aron ... er müsste in der Werkstatt sein. Ist der Sohn meiner Chefin und wie ein Bruder für mich – außerdem leitet er die meisten der Nordlichttouren, die wir anbieten. Er weiß immer, wo man gute Chancen auf eine Sichtung hat. Wir haben auch einen Weckservice. Falls du also Lust auf die grünen Schleier hast, können wir dich wecken, wenn es so weit ist.«

Die Aufregung kribbelt in meinem Bauch, breitet sich in meinem gesamten Körper aus wie ein gigantisches Lauffeuer. Er ist wirklich hier. Er heißt wirklich Aron und lebt Gott sei Dank nicht mit zotteligem Bart in den Highlands.

Am liebsten würde ich nach Elvas Hand greifen und mich an ihr festkrallen, aber das wäre nicht nur seltsam, sondern auch irgendwie übergriffig, schließlich kennen wir uns nicht. Gemeinsam schlendern wir auf eine kleine Holzhütte zu, in deren Innerem ein warmgelbes Licht brennt.

»Hey, du siehst ja ganz blass um die Nase aus. Geht es dir gut? Du brauchst keine Angst vor Aron zu haben, er ist echt der netteste Kerl, den diese Welt zu bieten hat. Er beißt keine Touristen oder so.«

Ich weiß, will ich sagen. Doch offenbar hat Elva keine Ahnung, wer ich bin, weshalb ich diese Antwort für mich behalte.

»Aron?« Die Art und Weise, wie sie seinen Namen ausspricht, irritiert mich im ersten Moment. Starkes A, scharfes R. In meinem Kopf klang sein Name immer weich und melodiös, eher amerikanisch. Aber ich muss auch gestehen, dass ich absolut keine Ahnung von der isländischen Aussprache habe.

»Aron? *Við fáum gesti frá Þýskalandi*!«

Verwirrt starre ich Elva an, woraufhin sie mir ein schiefes Lächeln schenkt. »Ich habe ihm nur gesagt, dass wir Besuch aus Deutschland haben. Mach dir nicht gleich ins Hemd, Blondie. Ich hab doch gesagt, dass er keine Touristen beißt.«

Mit jedem Schritt Richtung Schuppen wächst meine Nervosität. Es ist seltsam, jemanden zum ersten Mal zu sehen, nachdem man ihm so viele seiner intimsten Gedanken anvertraut hat.

Aron weiß, wie schwer die letzten Monate für mich waren, er weiß, wie stark die Beziehung zu meinen Eltern geschädigt ist, und er weiß auch, dass ich mir in manchen Nächten gewünscht habe, Luca wäre endlich von seinen Schmerzen erlöst. Jetzt schäme ich mich dafür, überhaupt jemals so gedacht und gefühlt zu haben. Weil es einen Teil in mir gibt, der glaubt, dass das Universum ihn deshalb mitgenommen hat. Weil ich es mir für ihn gewünscht habe.

Elva zieht die Schuppentür mit einem lauten Quietschen auf. Aron sitzt mit dem Rücken zu uns an einer gigantischen Werkbank und ist vollkommen in seine Tätigkeit versunken. Ich kann meinen Blick nicht von dem breiten Rücken unter dem rot-schwarz karierten Hemd lösen.

Elva lehnt sich räuspernd gegen den Türrahmen des Schuppens, aber Aron scheint uns noch immer nicht bemerkt zu haben. Unter dem Tisch wippt er mit dem Knie, während er mit den Händen auf der Werkbank beschäftigt ist. In monotonen Bewegungen schnitzt er an einem Stück Holz.

Ob er den Schlüsselanhänger gemacht hat, den ich jetzt besonders fest mit meinen Fingern umklammere? Augenblicklich finde ich dieses kleine Stück Holz noch schöner und atemberaubender, weil es sein Kunstwerk sein könnte.

»Erde an Aron!«

Kurz hält er in seiner Bewegung inne, widmet sich dann weiter seiner Arbeit. Uns trennen nur wenige Meter voneinander, und ein viel zu großer Teil in mir will ihm sofort um den Hals fallen und mein Gesicht an seiner Schulter vergraben, wie ich es mir in so vielen Nächten des letzten halben Jahres ausgemalt habe.

»Ich glaube, er hat Kopfhörer drin«, sage ich schmunzelnd, als ich das weiße Kabel entdecke, das in seiner schwarzen Jeanstasche verschwindet.

»Immer diese blöden Kopfhörer.« Elva verdreht die rehbraunen Augen, stapft auf ihren besten Freund zu und fischt nach den Kopfhörern.

»*Þú átt líka gott kvöld*, Elva«, murmelt er.

Kurz halte ich den Atem an, weil mich der Klang von Arons Stimme wie ein Tsunami erwischt. Sie ist dunkler, viel kratziger und gleichzeitig schöner als in meiner Vorstellung.

Ich komme mir völlig fehl am Platz vor, weil sich die beiden auf Isländisch miteinander unterhalten und ich kein Wort verstehe. Schließlich dreht Aron sich um, und ich möchte mich am liebsten in Luft auflösen.

Er blickt mich direkt an. Mir läuft ein Schauer über den Rücken.

»Darf ich vorstellen, Lilly aus Deutschland. Sie hat sich spontan für ein paar Tage bei uns einquartiert.« Elva winkt mich an den Tisch heran, aber ich kann mich nicht bewegen. Denn Arons Blick … er ist wie eingefroren. Ganz sachte lässt er das Holz aus seiner Hand gleiten, legt es auf dem Tisch ab und erhebt sich.

Der Boden unter mir beginnt zu wanken. Sein verflucht schönes Gesicht ist von Nahem noch einnehmender als auf seinem Profilbild bei *stronghearts*.

»Hi«, begrüße ich ihn und winke ihm zu wie ein Vorschulkind. So habe ich mir unser erstes Treffen sicher nicht vorgestellt.

»Lilly?« Es klingt so ungewohnt, meinen Namen aus seinem Mund zu hören, da er ihn bis jetzt immer nur geschrieben hat.

»Überraschung?«, sage ich mit piepsiger Stimme und fühle mich wie ein Eindringling. »Ich weiß, dass ich dir vorher hätte schreiben sollen, aber …« Ein faustdicker Kloß wächst in meiner Kehle und erschwert mir das Atmen. Er zieht die Brauen eng zusammen, wodurch eine steile Falte zwischen ihnen entsteht. Freude sieht auch auf Island anders aus, da bin ich mir sicher.

»Moment mal – ihr zwei kennt euch?« Elva blickt verwirrt.

»Ja«, ist Arons knappe Antwort. Ich habe darauf gehofft, vielleicht etwas wie Wärme bei ihm zu finden, stattdessen schlägt mir nur eine trostlose Kälte entgegen. Er freut sich nicht über meinen Besuch, will mich nicht hier haben, das ist nicht zu übersehen. Die Frage ist nur: Warum? Wieso reagiert er so distanziert, obwohl er mir doch vor ein paar Tagen erst geschrieben hat, er sei für mich da. Wenn ich traurig war, hat er mir dämliche Flachwitze erzählt, und wenn er traurig war, habe ich dasselbe für ihn getan. Etwas stimmt hier ganz und gar nicht.

»Es tut mir leid, dass ich mich so lange nicht gemeldet

habe«, wage ich einen neuen Versuch. Vielleicht ist er wütend, weil ich all seine Nachrichten ignoriert habe, aber ich bin ja hier, um es ihm zu erklären. Um mich bei ihm für mein Verhalten zu entschuldigen.

Elva zieht ihre filigran gezupften Augenbrauen zusammen. Aron schweigt, stattdessen weicht er meinem Blick aus, fährt sich mit der Hand über den Mund und schiebt sich die Kopfhörer zurück in die Ohren. Dann geht er ohne ein weiteres Wort aus der Werkstatt. Sein Duft rauscht an mir vorbei, eine Mischung aus frisch geschlagenem Holz und salzigem Meer, gepaart mit einer Portion Enttäuschung, die er in der Luft hinterlässt.

Perplex sehe ich ihm nach, diesem trainierten Rücken unter dem karierten Hemd, der so angespannt ist. Seinen schnellen, entschlossenen Schritten, mit denen er vor mir … flüchtet? Was zur Hölle passiert hier gerade eigentlich? Habe ich einen Teil des Drehbuchs übersprungen?

»Du hättest mir ruhig sagen können, dass ihr euch kennt«, sagt Elva, noch immer mit purer Verwirrung in der Stimme. »Keine Ahnung, was gerade mit ihm los ist, aber ich sollte ihm wohl besser hinterhergehen. Findest du dein Zimmer allein?«

Ich nicke, auch wenn ich am liebsten den Kopf schütteln und schreien würde. Aron will mich nicht hier haben, hat es ja nicht einmal geschafft, mit mir zu sprechen. Geschweige denn, mich anzusehen. Vielleicht habe ich in den letzten Monaten alle Zeichen falsch gedeutet. Vielleicht habe ich mir die Verbindung zwischen uns, das zarte Band, das von Nachricht zu Nachricht stärker wurde, nur eingebildet.

Verloren stehe ich in dieser Hütte, mit glühenden Tränen in den Augen und so viel Kummer im Bauch, dass ich mich am liebsten wie ein Kind auf den Boden werfen würde, bis dieser Albtraum vorbei ist.

Elva und Aron sind längst aus meinem Sichtfeld verschwunden, hinterlassen haben sie nur Stille und Kälte, die nichts mit den Temperaturen hier draußen zu tun haben. Mit dem Handrücken wische ich mir über die feuchten Wangen, versuche krampfhaft, weitere Tränen zurückzuhalten. Aber es ist zwecklos, weil mich der Mensch, der in den letzten Monaten mein größter Halt war, einfach fallen gelassen hat.

Ich vergrabe die Hälfte des Gesichts in meinem Schal, packe die Reisetasche etwas fester und renne mit schnellen Schritten zur Lodge zurück. Im Eingangsbereich springt Aska schon wieder freudig an mir hoch. Wenigstens einer scheint sich über mein Auftauchen hier zu freuen.

Hinter dem Tresen steht jetzt nicht mehr Elva, sondern eine Frau mittleren Alters mit weißblondem Haar und weichen Gesichtszügen. Arons Mutter? »Entschuldigen Sie … ich …« *Reiß dich gefälligst zusammen, Liliana! Du bist erwachsen, also benimm dich auch so!* Ich höre die Stimme meiner Mutter im Ohr.

»Ich habe eigentlich ein Zimmer gebucht, aber ich würde es gern stornieren.«

»Ist etwas mit dem Zimmer nicht in Ordnung?«

»Doch, das Zimmer ist perfekt ... eigentlich habe ich es gar nicht gesehen. Ich muss nur ... doch schon weg.« Warum habe ich das Gefühl, die ganze Zeit flüchten zu müssen? Erst habe ich Berlin den Rücken gekehrt, und jetzt möchte ich sogar von hier fliehen, obwohl ich gerade erst angekommen bin und mich bereits jetzt in dieses wunderschöne Land verliebt habe. Mit leicht geneigtem Kopf sieht mich Arons Mutter – sie muss es einfach sein – an.

»Schwerer Tag, *Elskan*?« Ich weiß nicht, was dieses isländische Wort bedeutet, doch es hört sich irgendwie tröstlich an. Wie eine weiche, warme Decke, die mir jemand um die Schultern legt, weil ich innerlich friere.

»Schweres Leben«, erwidere ich und beiße mir im selben Moment auf die Zunge. Warum zum Teufel habe ich das gesagt? Geht es noch ein bisschen dramatischer?

»Was hältst du davon: Du kannst das Zimmer heute Nacht kostenlos haben, und morgen früh siehst du weiter, okay? Es ist jetzt dunkel draußen, und du wirst vermutlich keine Mitfahrgelegenheit mehr in die Stadt finden.«

»Ich weiß nicht.« Unsicher wippe ich von links nach rechts. Der Gedanke, Aron noch einmal zu begegnen, der Kälte in seinem Blick, bereitet mir Kopfschmerzen.

»Damit würdest du auch mir einen Gefallen tun. Ich möchte dich nur ungern in der Dunkelheit gehen lassen. Also hier mein Vorschlag: Morgen früh mache ich dir ein nettes Frühstück, und dann rufe ich dir ein Taxi, in Ordnung?«

Wie ferngesteuert nicke ich, obwohl ich nur eins will:

weg sein. Bei Luca. Erneut kämpfen sich die Tränen nach oben, mit so viel Wucht, dass ich es gerade so in mein Zimmer schaffe, bevor ich zusammenbreche.

Kapitel 4

Notiz an mich selbst: Ein Meer ungesagter Worte lässt sich nur überqueren, indem man miteinander spricht

Neunhundertzweiundfünfzig.

So viele Nachrichten haben Aron und ich uns in den vier Wochen vor dem dunkelsten Tag meines Lebens geschrieben. Von den Nachrichten, die wir in den Monaten davor miteinander geteilt haben, ganz zu schweigen.

Texte, die allesamt von Mut, Hoffnung und tiefer Traurigkeit handelten. Seit Aron mich einfach stehen gelassen hat, fühlen sich all diese Nachrichten wie ein schwerer Betrug an.

Die Nacht war noch unruhiger als sonst, weil ich permanent seinen kalten Blick vor Augen hatte. Alle paar Minuten wollte ich aufstehen, meine noch nicht ausgepackten Sachen schnappen und mich klammheimlich nach draußen schleichen. Aber die Frau am Empfang hatte recht, und es war die viel vernünftigere Entscheidung, über Nacht zu bleiben.

Seit dem Morgengrauen tigere ich in meinem Zimmer auf und ab und frage mich, wie es weitergehen soll.

Soll ich einfach ohne ein Wort der Klärung verschwinden? Oder Aron noch einmal konfrontieren?

Prüfend werfe ich einen Blick in den bodentiefen Spiegel neben dem Bett, richte meine Haare und stelle erleichtert fest, dass man mir wenigstens nicht ansieht, wie ich die letzte Nacht verbracht habe: nämlich weinend und zu einer kleinen Schnecke zusammengerollt auf dem Bett.

Ich bin schon so weit gekommen, ich kann jetzt nicht einfach zurück. Wohin auch? Ich muss mit Aron sprechen, sonst war alles umsonst.

Ich spreche mir Mut zu und verlasse mein Zimmer. Am unteren Treppenabsatz stolpere ich über einen Korb und fluche in mich hinein.

Die Brötchen, deren köstlicher Duft mir das Wasser im Mund zusammenlaufen lässt, verteilen sich über den Boden. Seit meiner Abreise aus Berlin habe ich nichts mehr gegessen und bin mittlerweile regelrecht am Verhungern.

Ich erstarre zu Eis, als sich Schritte nähern und Aron wenig später vor mich tritt. Es ist unmöglich, den Blick aus seinen grasgrünen Augen zu deuten, aber wenn ich mich nicht täusche, ist er weit weniger kalt als gestern Abend, sondern eher ... verunsichert? Der Aron Ericsson, den ich kennengelernt habe, war nie verunsichert. Viel eher schien er immer ganz genau zu wissen, was er im Leben will.

»Lilly«, haucht er meinen Namen und schluckt, wobei sein Adamsapfel leicht hüpft. Dann fällt ihm das Chaos auf, das ich mit meiner Tollpatschigkeit angerichtet habe, und ich lasse mich auf die Knie fallen, um zu retten, was zu retten ist. Eilig sammle ich die warmen Brötchen auf, um sie zurück in die mit Tüchern ausgelegte Kiste zu verfrachten. Immer wieder rutschen mir dabei die Gebäcke aus der Hand, sodass ich mich wie eine verdammt miese Jongleurin in einem noch mieseren Zirkus fühle.

»Moment, ich habe es gleich«, versichere ich ihm. Meine Hände zittern so stark vor Anspannung, dass es eine halbe Ewigkeit dauert. Er kniet sich neben mich und hilft mir, die Brötchen zurück in den Korb zu legen.

Wir berühren einander dabei nicht, aber wir *könnten* es. Und allein diese Tatsache bringt mich mächtig ins Schwitzen.

»Du musst dich nicht so beeilen«, murmelt Aron mit abgewandtem Blick.

»Was ist mit der berühmten Drei-Sekunden-Regel? Gilt die auf Island nicht?«, versuche ich mich an einem lockeren Gespräch.

»Auf Island schon, aber nicht in der Gastro-Branche. Wir können sie jetzt eh keinem Gast mehr anbieten.«

»Tut mir leid«, nuschle ich.

»Halb so wild.«

Gerade weiß ich nicht, was schlimmer ist: die Tatsache, dass er gestern kein Wort mit mir gewechselt hat, oder die Art und Weise, wie er mich *jetzt* behandelt. Als wäre ich bloß eine Fremde, die er nach diesem peinlichen Zusammentreffen ohnehin nie wiedersehen wird. Doch eigentlich sollte ich definitiv keine Fremde mehr für ihn sein, dafür habe ich mich ihm viel zu oft viel zu verletzlich gezeigt.

Schweigend legen wir die restlichen Brötchen in den Korb, streng darauf bedacht, dass wir uns bloß nicht berühren. Dabei habe ich mich am allermeisten auf die Umarmungen gefreut, die Aron mir in seinen Nachrichten so oft versprochen hat.

Sollten wir uns jemals sehen, werde ich dich so lange und fest umarmen, bis du umfällst, Lilly Sommer. Verlass dich drauf.

Meine Enttäuschung erreicht ein komplett neues Level, weil er seine Versprechen nicht wahr gemacht hat und ich einfach nicht verstehe, wieso.

»Wie gesagt, es tut mir wirklich leid. Ich habe den Korb nicht gesehen.«

»Wie gesagt«, wiederholt er meine Worte mit einem gezwungenen Lächeln. »Halb so wild.«

Er stellt den Korb auf dem Tresen der Rezeption ab und vergräbt die Hände in den Taschen seiner Jeans. Auch er scheint nicht zu wissen, was er sonst mit ihnen anstellen soll. Ich starre auf seine Brust unter dem grünen Shirt, weil ich es nicht schaffe, ihm in die Augen zu sehen.

»Ich muss jetzt wieder an die Arbeit«, bricht er das Schweigen schließlich.

»Du musst … *was?*«

Mir entflieht ein Laut, irgendwo zwischen hysterischem Lachen und Schniefen. Eigentlich hatte ich mir fest vorgenommen, ruhig zu bleiben, aber er macht es mir wirklich schwer. »Was ist los, Aron?« Auch wenn es mich eine Wagenladung an Überwindung kostet, sehe ich doch zu ihm auf. »Findest du nicht, dass wir reden sollten?«

Will er mich etwa schon wieder einfach so stehen lassen, als hätten die letzten Monate rein gar nichts bedeutet? In was für einem bescheuerten Film bin ich bitte gelandet?

»Ich will mit dir sprechen, Lilly, aber ich habe leider keine Zeit. Nicht jetzt.« Im Hintergrund höre ich die Frau vom Empfang auf Isländisch mit ihm reden, und während er ihr antwortet, hält er den Blick fest auf mich gerichtet.

»Wann hast du dann Zeit für mich? Ich bin extra hergekommen. Deinetwegen«, wispere ich und hasse mich dafür, weil ich so bedürftig klinge. Aron schuldet mir nichts, das weiß ich. Ich bin nur irgendein Mädchen aus Deutschland, mit dem er ein paar Monate lang geschrieben hat und das ohne Ankündigung hier aufgetaucht ist. Dennoch habe ich mehr als das verdient. Der verdammte Flug hat mich über fünfhundert Euro gekostet!

»Wir werden reden, okay?« Er macht eine entschuldigende Miene, was den Knoten in meinem Bauch zumindest ein kleines bisschen lockert. »Aber ich muss dafür sorgen, dass unsere Gäste gleich etwas Essbares auf dem Tisch haben, das nicht auf dem Boden lag.«

Bilde ich mir das nur ein, oder ist da der Hauch eines Lächelns auf seinen Lippen? Aron fährt sich mit der Hand über den Mund, wischt das winzige Lächeln fort und scheint zu überlegen, noch etwas zu sagen. Stattdessen dreht er sich um und steuert die Tür hinter dem Tresen an.

»Ich wollte mir nach dem Frühstück ein Taxi rufen lassen, das mich zurück zum Flughafen bringt.«

Er bleibt kurz stehen, lässt den Kopf hängen und dreht sich zu mir um. Ein flehender Ausdruck huscht über seine Miene. »Bitte bleib noch, Lilly. Ich will dir alles erklären, aber jetzt gerade habe ich wirklich keine Zeit.«

»Und wann reden wir dann, Aron?«

»Komm heute Abend um neun zu mir in die Werkstatt«, antwortet er so leise, dass ich es mir auch nur eingebildet haben könnte.

• • •

Selbst meine Fußspuren im Schnee sehen traurig aus. Todtraurig. Diese Erkenntnis erschüttert mich, als ich mich am Abend auf den Weg in Arons Werkstatt mache. Zum hundertsten Mal an diesem Tag rutscht mir das Herz in die Hose. Ich bin nicht sonderlich gut in Konfrontationen, aber dieser hier kann ich nicht länger aus dem Weg gehen.

Der frische Wind streift meine Wangen, und als ich kurz meinen Kopf in den Nacken lege, blicke ich auf den wohl schönsten Himmel, den ich je gesehen habe. Kleine Diamanten, wie gestickt auf die mitternächtliche Himmelsdecke. In Berlin kann man froh sein, wenn man mal einen einzelnen Stern entdeckt, der sich nicht als Satellit herausstellt. Das hier ist eine ganz neue Welt für mich.

Genau das wollte ich, als ich ins Flugzeug gestiegen bin. In eine schönere Welt fliehen. Eine, in der mein Herz etwas weniger wehtut. Stattdessen schmerzt es schlimmer als in Berlin. Weil ich ohne Luca hier bin und Island immer an der Spitze seiner »Want-to-see«-Liste stand.

Als ich über die Türschwelle der kleinen Hütte trete, knarzt das Holz unter meinen Schuhsohlen. Aron blickt auf von dem Werkzeug, das er gerade fein säuberlich auf dem Tisch sortiert hat. Tausend Gefühle huschen über sein Gesicht. Meine Anwesenheit überfordert ihn offensichtlich genauso, wie seine emotionale Abwesenheit mich überfordert.

Ganz langsam lässt Aron die Zange in seiner Hand los, dann strafft er seine Schultern und baut sich zu seiner vollen Größe auf. Er wirkt beinahe wie ein Riese in diesem kleinen Schuppen, in dem alles aus Holz besteht. Selbst die Deckenlampen, die einen buttergelben Schein auf uns werfen.

»Du bist zu früh«, sagt er leise, aber ohne den Hauch eines Vorwurfs.

»Was soll ich sagen? Ich komme aus Deutschland. Bei uns ist Pünktlichkeit die größte Tugend.« Weil Aron mir nicht antwortet und wieder dieses unangenehme Schweigen wie ein Unwetter über uns hereinzubrechen droht, spreche ich weiter.

»Es tut mir leid, dass ich dich mit meinem Besuch so überrumpelt habe.«

Er schluckt.

Während ich nachmittags stundenlang am schwarzen

Strand von Vík spazieren war und die rauen Felsformationen bestaunt habe, die wie Majestäten aus dem Wasser ragten, habe ich mir all die Worte zurechtgelegt, die ich Aron sagen will. Jetzt ist da nur bleierne Leere in mir.

Aus seinem Zopf hat sich eine einsame Strähne gestohlen, die vorhin noch nicht da war und jetzt sein kantiges Gesicht umrahmt. Sein Bartschatten ist voller als auf seinem Profilbild.

Das, was Aron jetzt sagt, entscheidet darüber, ob ich wieder zurück nach Deutschland gehen werde oder nicht. Darüber, ob ich meinen spontanen Trip als bloße Dummheit abstempeln oder in einem halben Jahr zu meiner Großmutter sagen werde, dass es die beste Entscheidung meines Lebens war. So wie ihre Reise nach Frankreich die beste Entscheidung ihres langen Lebens gewesen ist.

Während ich auf Arons Reaktion warte, hänge ich ohne Halt in der Luft. Ich habe furchtbare Angst davor, er könnte mir sagen, dass ich zurück nach Deutschland fliegen soll. Dass ich nie hätte herkommen sollen. Wen hätte ich dann neben meiner Großmutter noch?

»Warum bist du hier, Lilly?« Arons Stimme klingt erstaunlich weich. Die emotionale Distanz zwischen uns bröckelt wie eine alte Steinmauer, aber sie verschwindet nicht ganz. »Ich habe mir Sorgen um dich gemacht.« Er hält den Blickkontakt. »Um euch«, setzt er hinterher und verpasst mir damit den Gnadenstoß. Aron redet von Luca mit einer Selbstverständlichkeit, die mir den Atem raubt. Er gräbt seinen Finger in die tiefste Wunde, die ich je erlitten habe.

»Luca ist ...«

Und plötzlich breche ich in Tränen aus, halte mich an einem Holzbalken fest, damit ich nicht umfalle. Laute Schluchzer platzen aus mir heraus. Dieser eine Satz, weswegen ich hergekommen bin, will mir nicht über die Lippen kommen. Ich kam her, um ihm zu sagen, dass mein Bruder ...

Ich schließe die Augen, weil ich ihn nicht ansehen kann, wenn unser zartes Band reißt, das mich in den letzten Monaten vom Aufgeben abgehalten hat. Ich stehe bereits zu nah am Abgrund.

Doch bevor ich falle, sind da auf einmal zwei starke Arme, die mich auffangen. Der Duft von Holz, isländischem Meer und endlos scheinender Geborgenheit. Aron umarmt mich fest, und ehe ich mir dessen bewusst werde, grabe ich meine Finger fest in seinen Rücken, weil ich etwas zum Festhalten brauche. Weil ich *ihn* brauche.

»Hey, Lilly«, flüstert er in mein Haar, legt seine Arme enger um mich und wiegt mich, als hätte er es schon tausend Male zuvor getan. Mich gehalten, meinen Namen geflüstert, mich getröstet. »Sag mir, was passiert ist.«

Kopfschüttelnd vergrabe ich das Gesicht im Stoff seines karierten Hemdes.

Meine Stimme versagt wieder einmal. Aus wässrigen Augen sehe ich zu ihm auf und muss dabei meinen Kopf in den Nacken legen. In dieser Sekunde scheint Aron mich wortlos zu verstehen. Ich kann aus nächster Nähe dabei zusehen, wie er die einzelnen Puzzleteile zusammensetzt. Mein Untertauchen, die unbeantworteten

Nachrichten, meinen plötzlichen, unangekündigten Besuch. Auf magische Weise werden seine grünen Augen zu Seen voller Trost, aus denen ich nie wieder auftauchen will.

»Ich kann nicht …« Wieder ein Schluchzen. »Ich kann es nicht …«

»Schon gut. Du musst es nicht sagen«, unterbricht er meinen schwachen Versuch, mich zu erklären. Was ist so schlimm daran, diese drei Worte endlich auszusprechen?

Weil es dann zu einer Wahrheit wird, mit der ich nicht leben kann.

»Wann?«, will er vorsichtig wissen. »Wann ist es passiert?«

»An Silvester«, sage ich leise und merke, wie schwer mir selbst diese beiden Worte fallen. Mit Luca konnte ich mich immer stundenlang über Gott und die Welt unterhalten, über Leben und Tod, Trauer und Freude. Mein Bruder scheint all meine Worte mit sich genommen zu haben, wohin auch immer er ohne mich gegangen ist.

»Fuck, Lilly. Es tut mir so leid.« Aron zieht mich fester an sich, schiebt seine Hand in meinen Nacken und drückt mich gegen seine Brust. Es müsste sich seltsam anfühlen, ihm so nah zu sein, weil wir bis gestern nie im selben Raum gestanden haben, aber das tut es nicht. Eher im Gegenteil. Es fühlt sich absolut vertraut und richtig an.

»Deshalb hast du mir nicht mehr geschrieben?«

»Ich wollte dir schreiben. Jeden einzelnen Tag.«

Jede Sekunde trifft es eher.

»Aber ich konnte nicht. Ich konnte es nicht schreiben,

konnte nicht mal einen richtigen Satz beenden. Deshalb bin ich hier. Um mich bei dir zu entschuldigen, weil ich einfach untergetaucht bin. Ich habe es zu Hause nicht mehr ausgehalten, und ich wollte dich sehen.«

Mit jedem Satz, den ich laut ausspreche, bekomme ich wieder etwas leichter Luft, doch die Schwere in meinem Herzen verschwindet nicht. Natürlich bleibt sie, da sie inzwischen ein Teil von mir geworden ist.

Ich bin froh, dass Aron nicht weiter nachfragt. Weil ich noch lange nicht bereit bin, an die Einzelheiten dieser Nacht zurückzudenken. Ich habe sie fest in mir verschlossen, in einen gepanzerten Tresor, dessen Code nur ich kenne. Irgendwann werde ich die Erinnerungen an unser letztes Gespräch wieder zulassen können, aber dieses *Irgendwann* ist sicher nicht jetzt.

»Hättest du mir Bescheid gesagt, dann hätte ich dich vom Flughafen abgeholt.«

»Also bist du nicht sauer auf mich, weil ich hier bin?«

»Ich bin nicht sauer auf dich, Lilly«, versichert er mir, und ich glaube ihm jedes Wort, das über seine geschwungenen Lippen kommt. Aron hat äußerst schöne Lippen, wie ich jetzt sehen kann. Unsere Nähe ist fast schon zu intim, vor allem in Anbetracht der Tatsache, dass er eine Freundin hat.

»Ich habe mich wie das größte Arschloch der Welt verhalten, als ich dich gesehen habe, und dafür muss ich mich bei dir entschuldigen. Nachdem du mich wochenlang geghostet hast, hat mich dein Auftauchen hier einfach ...«

»Überrannt?«

»Könnte man so sagen.«

Sein linker Mundwinkel zuckt nach oben, zaubert ein schiefes Lächeln. Eine Weile lang sehen wir einander an, bevor mich eine hohe Welle der Überforderung erwischt und auf den kalten, unberechenbaren Ozean aus Trauer hinausspült, der in den letzten vier Wochen mein Zuhause gewesen ist. Ich bin tatsächlich hier, auf Island. Ohne und gleichzeitig mit meinem besten Freund.

»Du zitterst ja. Ist dir kalt?« Aron zieht die dichten Augenbrauen hoch, von denen die linke einen kleinen Cut in der Mitte hat, als er mein ziemlich bemitleidenswertes Outfit unter die Lupe nimmt. »Bitte sag mir, dass du noch ein paar dickere Sachen in deinen Koffer gepackt hast.«

»Nicht wirklich?«, antworte ich mit einer Gegenfrage.

»Du weißt schon, dass der isländische Februar unberechenbar sein kann, oder?« Sein Lachen legt sich wie warmer goldener Honig um mein Herz.

»Zu meiner Verteidigung: Die Reise war äußerst spontan, und wir Berliner sind diese arktische Kälte nicht gewohnt.«

Arons Lachen ist so ruhig, dass er mich tief im Inneren erdet. Diese Wirkung hatten auch seine Nachrichten immer auf mich, aber hier bei ihm ist sie dreimal so stark. Ach, was sage ich da? Dreizehnmal. Dreizehn, wie Lucas Lieblingszahl. Er fand immer, dass sie zu Unrecht einen so miesen Ruf hat. Wie gern würde ich ihm sagen, dass ich jetzt verstehe, was er meint. Neben den eintausend anderen Sachen, die ich ihm gerne sagen würde.

»Hier, nimm meine.« Ehe ich michs versehe, liegt Arons Jacke bereits über meinen Schultern. Ich kuschele mich ein, lehne mich mit dem Rücken gegen den Balken und sehe mich um. Hier würde sich Pinocchio wohlfühlen.

»Arbeitest du hier?«

»Hobbymäßig jedenfalls«, erwidert Aron und schiebt seine Hände in die Taschen seiner dunklen Jeans, nachdem er sich die verirrte Strähne hinters Ohr geschoben hat. »Meine Mom leitet die Lodge, und ich helfe ihr auf dem Hof und mit den Tieren, so gut ich kann.«

»Welche Tiere? Meinst du Aska?«

»Aska gehört seit Kurzem auch zu der Familie, ja. Ich meine aber eher die Pferde.«

»Moment mal. Ihr habt Pferde? Die habe ich auf dem Weg zum Strand gar nicht gesehen.«

»Unsere Koppel befindet sich oben an der Hauptstraße. Wenn du willst, kann ich sie dir die Tage vorstellen?«

Ob meine Augen so strahlen wie mein Herz aufgrund seines Angebots?

»Unbedingt! Ich wollte früher immer ein Pferd haben!«

»Ich weiß.« Aron lehnt sich gegen die hölzerne Werkbank und lässt mich nicht aus den Augen. Bis jetzt bin ich noch nie jemandem begegnet, der einem Menschen so tief in die Augen sieht wie er mir in diesem Moment.

Es ist ungewohnt, es ist aufregend und irgendwie beängstigend. Als könne er mir geradewegs in die Seele blicken und mich filterlos betrachten. »Du hast mir schon mal von Miss Unicorns umstrittenen Abenteuern erzählt«, setzt er erklärend hinterher.

»Oh Gott, wirklich?« Peinlich berührt vergrabe ich mein Gesicht in den Händen. Miss Unicorn war lange Zeit mein imaginäres Haustier, das ich quer über den Berliner Kiez geführt habe. Bis meine Eltern mir eingetrichtert haben, dass Einhörner nicht existieren und ich endlich erwachsen werden soll. Damals war ich gerade einmal neun Jahre alt. Aus dem Mund meiner Mutter klang es nie, als wäre dieses Erwachsensein auch nur ansatzweise erstrebenswert. Und das ist es auch nicht. Erwachsensein ist absolut beschissen, und ich wünschte, ich müsste es nicht sein.

Bei meiner kleinen Raumobservation fällt meine Aufmerksamkeit auf das deckenhohe Regal links neben der Tür. »Hast du die alle gemacht?« Staunend betrachte ich die kleinen und größeren Holzschnitzereien, die in dem Regal aufgereiht stehen. Jedes Teil so einzigartig wie die Schneeflocken auf dieser Insel. Aron tritt neben mich, seine Hände immer noch tief in den Taschen seiner Jeans vergraben.

»Die sind alle von mir. Wir verkaufen sie als Souvenirs an unsere Gäste.«

»Sie sind wunderschön«, flüstere ich und nehme eine kleine Kugel aus Holz in die Hand, die sich schwer und gleichzeitig federleicht zwischen meinen kalten Fingern anfühlt. Ganz filigran hat Aron die Umrisse der Kontinente in die tennisballgroße Kugel geschnitzt.

»Sie sind okay«, erwidert Aron mit einem Schulterzucken. »Das sind nicht meine besten Arbeiten, aber meine Mutter bringt es auch nicht übers Herz, sie wegzuwerfen.«

»Das würde ich auch nicht zulassen! Vorher würde ich sie alle in meine Reisetasche stopfen und sie nach Deutschland schmuggeln.«

»Uh, du bist ja richtig kriminell!«, stößt Aron lachend aus, und fast bin ich gewillt, in dieses Lachen mit einzustimmen. Aber nur fast. In letzter Sekunde hindere ich meine Mundwinkel daran, nach oben zu tanzen. Weil es falsch wäre und ich das Gefühl hätte, Luca zu hintergehen.

»Was soll ich sagen? Ich komme aus der Berliner Vorstadt und bin immer für ein paar Überraschungen gut, gewöhn dich besser schnell dran.«

»Werde ich, sobald ich realisiert habe, dass du wirklich hier bist.«

Verunsichert schaue ich zu ihm.

»Ist es wirklich okay für dich? Ich hatte gestern das Gefühl, dass du mich nicht hier haben willst.« Ob es an seiner Freundin liegt? Hat er Angst, dass sie falsche Schlüsse ziehen könnte? Schließlich habe ich keine Ahnung, ob Jóhanna überhaupt von meiner Existenz weiß. Hätte ich einen festen Freund, würde ich wissen wollen, mit wem er jeden Abend schreibt.

»Das war nicht meine Absicht, Lilly. Ich glaube, ich

komme einfach nicht so gut mit Überraschungen zurecht. Selbst wenn es schöne Überraschungen sind.« Ich verstehe ihn. Ich bin selbst kein Freund von Überraschungen, weil ich mein Leben lang versucht habe, auf alles vorbereitet zu sein. Alles kontrollieren zu können. Das, was Luca passiert ist, hat mir gezeigt, dass es Dinge gibt, die man nicht kontrollieren kann. Überraschungen sind nicht planbare Variablen des Lebens, mit denen man sich wohl oder übel abfinden muss.

»Beim nächsten Mal warne ich dich vor, versprochen.« Beim nächsten Mal? Was sage ich da bloß? Ich stupse Aron mit dem Ellbogen an, noch immer in seine warme Jacke gehüllt, die eindeutig besser zu dem isländischen Winter passt als meine, genau wie die schwarzen Boots, die er trägt.

Ganz behutsam lege ich die kleine Holzkugel zurück in das Regal, zu all den anderen Unikaten, die sich hier in ihrer Schönheit aneinanderreihen. Meine Augen brennen nicht nur vor Tränen, sondern inzwischen auch vor Müdigkeit. Der Schlafmangel der letzten Wochen bahnt sich fast schon brutal einen Weg in meinen Körper, auch wenn ich die ganze Nacht an Arons Seite in diesem Traum aus Holz stehen könnte.

»Ich sollte wohl langsam ins Bett gehen«, sage ich und gähne so laut, dass es fast schon unhöflich ist. »Der Jetlag hat mich echt voll im Griff.«

»Der Jetlag, hm?«, zieht Aron mich auf und lässt mir den Vortritt. »Du weißt schon, dass der Zeitunterschied zwischen Island und Deutschland nur läppische zwei Stunden beträgt?«

»Machst du dich etwa über mich lustig, Ericsson?«, frage ich ihn herausfordernd und versuche, meinen nächsten Gähner mit dem Handrücken zu verstecken.

»Würde ich niemals wagen.« Er hebt abwehrend und mit unschuldiger Miene die Hände. »Komm, ich bringe dich zu deinem Zimmer.«

Bevor wir die Werkstatt verlassen, schaltet Aron das Licht aus, und dann gehen wir Seite an Seite Richtung Lodge. Über uns die Decke aus Sternen, unter uns der knirschende Schnee.

Wir sagen nichts mehr, bis wir im ersten Stock des Hauses auf dem schmalen Flur der Northern Lights Lodge stehen und ich ihm seine Jacke zurückgebe. Etwas unbeholfen sehe ich die Holztür an, die in mein Zimmer führt. Ich will nicht ins Bett gehen und stundenlang an eine fremde Decke starren, aber mein Körper ist müde, und auch Aron wirkt erschöpft. Sicher muss er meine Überraschung erst einmal verdauen. *Und mit seiner Freundin reden.* Auf keinen Fall will ich für Ärger zwischen den beiden sorgen, das war nie meine Absicht.

»Dann werde ich jetzt wohl mal meinen Mords-Jetlag bekämpfen gehen.« Langsam gehe ich rückwärts, bis ich mit dem Rücken gegen die Tür stoße, meinen Blick immer noch an Arons grüne Augen gekettet.

»Viel Glück dabei.« Seine Stimme klingt wie in Buchstaben gegossene Traurigkeit. Aber vielleicht liegt es auch an mir, dass ich seit vier Wochen in jedem Ton etwas

Trauriges höre, in jedem Bild, und mag es noch so schön sein, nur Schmerz sehe.

»Lilly?«

»Ja, Aron?«

»Ich frage mich, ob wir morgen vielleicht zusammen frühstücken wollen?«

Sein Vorschlag lässt mein Herz umgehend schneller schlagen. Voller Dankbarkeit, weil er mir zum ersten Mal seit meiner Ankunft das Gefühl gibt, doch willkommen zu sein. Zu Hause hatte ich dieses Gefühl nie, dort war ich immer der Eindringling, selbst in meinem eigenen Zimmer.

»Das wäre schön.«

»Super, dann hole ich dich um neun ab?«

Zögernd drücke ich die Klinke herunter, schiebe die Tür mit meinem Fuß auf und husche in den gewärmten Raum. Dann drehe ich mich zu Aron um und nicke.

»Da ist noch etwas«, schiebt Aron hinterher. Durch den Spalt sehe ich ihn an. Diesen Mann, der mir so fremd und zugleich so vertraut scheint. Wieder erwischt mich dieses Gefühl des Sich-Erinnerns. An etwas, das noch gar nicht passiert ist. »Ich freue mich wirklich, dass du hier bist, Lilly.«

Kapitel 5

Notiz an mich selbst: Das Gute daran, sich selbst zu verlieren: Man kann sich wiederfinden

»Lass es dir schmecken, *Elskan.*«

Mit diesen Worten verlässt die Frau vom Empfang, die sich tatsächlich als Arons Mutter Anna herausgestellt hat, den Frühstücksraum, um wieder in der Küche zu verschwinden. Elva hat nicht zu viel versprochen, das Frühstück ist ein Traum für jeden Veganer, und Anna hat sich besonders viel Mühe gegeben, es schön für mich herzurichten. Mein Tisch, der direkt am Fenster steht und somit den Blick auf den gefährlichen schwarzen Sandstrand freigibt, ist voller köstlich duftender Leckereien.

»Was heißt *Elskan* eigentlich?«, frage ich Aron, der mir gegenübersitzt und an seiner Tasse Kaffee nippt. Er hat mich vor fünf Minuten von meinem Zimmer abgeholt, in dem ich zum ersten Mal seit Wochen etwas mehr als drei Stunden Schlaf bekommen habe. Diese Nacht war wie ein Neustart für meinen Körper, hat sich angefühlt wie das Drücken der Resettaste. Der Groll gegenüber Aron ist verschwunden. Und auch er scheint über Nacht zu der Leichtigkeit zurückgefunden zu haben, für die ich ihn in den letzten Monaten immer bewundert habe.

»Das heißt so viel wie Schatz oder Liebling«, erklärt er mir mit zuckenden Mundwinkeln. »Meine Mutter überschüttet ihre Gäste zwar gerne mit Liebe, aber so hat sie noch nie jemanden genannt. Das ist eine Premiere.«

»Nicht einmal dich?«, necke ich ihn und beginne, meinen Teller zu füllen. Es gibt warme Brötchen (die hoffentlich nicht auf dem Boden lagen), weiches Brot, verschiedene Aufstriche, frisches Obst und sogar perfekt runde Pancakes, die aussehen, als hätte man sie mit einem Zirkel ausgeschnitten.

»Nicht einmal mich, nein.«

»Willst du nichts essen?«, frage ich Aron, als ich eine Ecke des Pancakes abschneide und zögernd in meinen Mund schiebe. Ich finde es immer etwas seltsam, vor anderen zu essen, vor allem, wenn sie mich dabei ansehen wie Aron mich in diesem Augenblick. Anscheinend macht er das besonders gerne, denn er hört gar nicht mehr damit auf. Es ist fast schon unangenehm angenehm. Wie ein Lichtstrahl, der dein Gesicht kitzelt und die Kraft hat, dich zu verbrennen.

»Mein Frühstück besteht normalerweise nur aus schwarzem Kaffee.«

»Dann soll das alles für mich sein?«, nuschle ich mit vollem Mund und starre den prall gefüllten Tisch an. »Dann kann ich ja nur noch über die Ringstraße rollen.«

»Guter Punkt. Weißt du schon, wie lange du bei uns bleiben wirst?« Aron stellt seine Tasse ab, lässt den Henkel jedoch nicht los. Der restliche Frühstücksraum ist bis auf einen älteren Herrn neben dem Kamin, der versunken in seinem Krimi liest, leer und ruhig.

»Ehrlich gesagt habe ich keine Ahnung.« Entschuldigend sehe ich zu Aron auf und schlucke. »Ich habe einfach den erstbesten Flug gebucht und bin von zu Hause verschwunden. Da war nicht viel Zeit für Pläne oder Überlegungen.«

»Du weißt also nicht, was du alles sehen willst?« Seine Haare trägt Aron heute offen, sie reichen ihm knapp über die Ohren und lassen ihn aussehen wie Charlie Hunnam in Jung. Habe ich schon erwähnt, dass ich eine ausgewachsene *Sons-of-Anarchy*-Obsession habe? Fehlen nur die Lederjacke, die Harley Davidson und die obligatorische Kippe hinter dem Ohr – schon säße die isländische Ausgabe von Jax Teller vor mir. Nur mit deutlich weniger Dreck am Stecken, Blut an den Händen und Schimpfwörtern auf den Lippen. Jax Teller in der Good-Guy-Version, sozusagen.

»Nö, aber ich lasse mir gerne ein paar Tipps von einem eingefleischten Isländer wie dir geben.«

»Was machst du denn am liebsten, wenn du im Urlaub bist?«

»Im Urlaub?«, erwidere ich hustend und schiebe das Vollkornbrötchen auf meinem Teller mit dem Messer gedankenversunken von links nach rechts. »Ich weiß ehrlich gesagt nicht so richtig, ob das hier ein Urlaub ist. Ich war noch nie im Urlaub, vor allem nicht allein. Was würde man da tun?«

Über Arons Gesicht huscht ein Schatten aus Mitgefühl.

»Okay, anders gefragt: Was magst du, Lilly Sommer? Kultur? Wandern? Action? Auf Island kannst du alles oder nichts haben. Die meisten Leute kommen her, weil sie die Wasserfälle, den Geysir und die Gletscher sehen wollen. Andere wollen nur die Ruhe unserer Natur genießen. Und natürlich die Nordlichter sehen.«

»Elva meinte schon, dass du der beste Nordlichtjäger bist. Die will ich auf jeden Fall auch sehen.«

»Also setzen wir die Nordlichter schon mal auf unsere Liste.«

»Wir machen eine Liste?« Ganz zaghaft klopft ein Gefühl der Vorfreude in mir an. Wäre da nicht immer noch diese schwarze Wolke, die über mir schwebt und mich begleitet, seitdem ich Lucas Zimmer an jenem Abend verlassen habe.

»Natürlich machen wir eine Liste!« Aron lehnt sich auf seinem Stuhl weit zurück und betrachtet mich mit leicht geneigtem Kopf. »Du hast nicht auf meine Frage geantwortet. Was magst du, Lilly?«

»Ich ...« Mir steckt ein Stück Pancake im Hals, das ich mit Orangensaft herunterspülen will. Dabei fällt mir auf, dass es etwas anderes ist, das meine Kehle blockiert. Nämlich die traurige Tatsache, dass ich keine Ahnung habe, was ich auf seine Frage antworten soll. *So schwer kann es doch nicht sein ... denk dir irgendwas aus!*

»Ich weiß nicht so richtig, was ich mag.«

Aron schweigt.

»Das klingt vielleicht albern, aber ich hatte nie wirklich Zeit, das herauszufinden, weißt du? Nach Lucas Diagnose hat mein Leben die Pausetaste gedrückt, und seitdem stecke ich fest. Es gab in den letzten Jahren immer nur Besuche im Krankenhaus.« Nervös beiße ich mir auf die Zunge, bevor ich noch mehr düstere Gedanken von mir gebe.

»Tut mir leid, ich wollte nicht so deprimiert klingen«, seufze ich.

»Hey, du musst dich für gar nichts entschuldigen.« Mich durchzucken Blitze, als Aron über den Tisch nach meiner Hand greift und sie umschließt. Seine Finger sind warm und tröstlich, so wie seine Umarmung gestern Nacht.

»Wenn du nicht weißt, was du magst, kannst du es jetzt ja herausfinden.«

Kann ich? Darf ich? Würde es nicht bedeuten, dass ich einfach weitermache, obwohl es einen großen Teil in mir gibt, der nicht einmal weiß, ob er ohne Luca weitermachen *will*?

»Ich habe eine Idee.« Aron fischt eine weiße Serviette aus dem silbernen Spender neben uns, breitet sie vor sich aus und holt einen schwarzen Filzstift aus der Tasche seines grau karierten Hemdes.

»Was machst du da?«, frage ich, während er beginnt, etwas auf die Serviette zu kritzeln. Neugierig schiele ich über den Tisch, kann seine Worte von gegenüber aus jedoch nicht lesen. Sobald Aron den Stift zur Seite legt und mir die Serviette hinhält, ist da wieder dieses verräterische Zucken meiner Mundwinkel.

»Wer ist Lilly Sommer?«, lese ich die Worte vor, die er an die oberste Kante der Serviette geschrieben und einmal unterstrichen hat. Darunter stehen bereits die ersten zwei Stichpunkte:

- sie will unbedingt die Nordlichter sehen
- sie wird rot, wenn man sie beim Essen beobachtet

»Du analysierst mich!«, tadle ich ihn halbherzig. Weil diese Geste so schön und bedeutsam für mich ist, dass mir die Worte fehlen. Aron will mir helfen, mich selbst zu finden.

»Ich bin ein guter Beobachter und Zuhörer.« Mit einem Schulterzucken faltet er die Serviette und steckt sie ein. »Außerdem können wir so herausfinden, was du magst, Lilly. Es ist traurig, dass dein Leben bis jetzt eine Pause gemacht hat.« Er spricht so offen und ehrlich mit mir, wie er es auch in seinen Nachrichten immer getan hat. »Lass mich helfen, dein Leben wieder auf Play zu stellen.«

»Ich weiß nicht, was ich sagen soll«, sage ich leise und merke wieder Tränen aufsteigen, weil mich Arons Worte vollkommen überrumpeln.

»Wie wäre es mit: Danke, Aron?«, neckt er mich und trinkt dann zwinkernd seinen Kaffee aus.

»Danke, Aron.«

»Gern geschehen.« Sein Blick huscht auf die Smartwatch an seinem rechten Handgelenk. »Ich würde gerne schon heute mit unserer Sightseeingtour anfangen, aber ich habe nachher einen Termin in Reykjavík, den ich wahrnehmen muss. Was hältst du davon, wenn wir heute Abend ins *Aska* gehen?«

»Ins *Aska*?«

»Das ist unsere Stammbar in Vík.«

»Habt ihr euren Hund echt nach einer Kneipe benannt?«, frage ich ihn mit erhobenen Augenbrauen.

»*Aska* ist isländisch und bedeutet Asche. Der kleine Kerl ist Elva vor vier Wochen auf dem Hinterhof der Bar zugelaufen und war komplett unterkühlt und verängstigt. El arbeitet im *Aska* und hat es einfach nicht übers Herz gebracht, ihn ins Tierheim zu bringen. Sie sagt, der Kleine hat sich wie ein Phoenix aus der Asche erhoben ... und seitdem gehört er zur Familie.«

Die Vorstellung ist so traurig, dass ich schlucken muss. Wer weiß, wie lange die Fellnase schon allein und verängstigt auf der Insel unterwegs gewesen ist?

»Jedenfalls tritt heute Abend eine Liveband im *Aska* auf, die ziemlich gut sein soll. Ich könnte dich meinen Leuten vorstellen, wenn du willst.« Sein einnehmendes Lächeln macht es mir schwer, die Einladung abzuschlagen.

Der Gedanke, seinen Freunden und eventuell sogar Jóhanna zu begegnen, sorgt für ein unangenehmes Ziehen in der Magengegend. Wir haben uns bis jetzt noch nicht über Arons schwer kranke Freundin unterhalten, und ich weiß nicht, ob es mich zu sehr an Luca erinnern wird, wenn ich ihr über den Weg laufe. Ob die Bilder, die ich seit meiner Flucht aus Berlin so krampfhaft zu verdrängen versuche, wieder an die Oberfläche kommen werden.

Auf der anderen Seite möchte ich unbedingt mehr Zeit mit Aron verbringen, möchte sein Leben kennenlernen, das so anders ist als meines. Deshalb bin ich hier. Weil ich einen Tapetenwechsel brauche, etwas, das mich ablenkt. Etwas, das nicht deprimierendes Beton-Berlin ist.

»Klingt nach einem perfekten Plan für meinen ersten richtigen Abend hier.«

»Super, ich schreibe dir die Adresse der Bar auf.« Aron fischt eine zweite Serviette aus dem Halter und notiert die Anschrift darauf. Anschließend reicht er sie mir.

»Vielleicht willst du den Tag ja in Vík verbringen, und wir treffen uns um zwanzig Uhr direkt in der Bar? Falls du nicht weißt, wie du in die Stadt kommen sollst: Meine Mutter kennt jede Buslinie in- und auswendig.« Sein linker Mundwinkel zuckt. »Wobei es auf Island auch nicht sonderlich viele davon gibt.«

Mit diesen Worten steht Aron auf, und als er an mir vorbeigeht, wuschelt er mir leicht übers Haar, genau so, wie Luca es immer getan hat, wenn wir uns aus Spaß gestritten haben. Aron wünscht mir einen schönen Tag und verschwindet dann aus dem Frühstücksraum, während in mir das reinste Gefühlschaos ausbricht.

Bis eben konnte ich mich noch gut von den düsteren Gedanken ablenken, konnte für wenige Minuten vergessen, wieso ich hier und nicht mehr in Berlin bin. Eine

Träne kullert über meine Wange. Ich mache mir nicht einmal die Mühe, sie wegzuwischen, weil ich weiß, dass sie ohnehin nicht die einzige bleiben wird. Der Appetit ist mir vergangen, weshalb ich meinen Blick anstatt auf meinen Teller lieber nach draußen in die wunderschöne Natur richte.

Dichte, fast schon nebelige Luft macht es einem schwer, den Punkt auszumachen, an dem das Meer endet und der Himmel beginnt. Offenbar ist das Wetter auf Island heute genauso trüb wie das in meinem Kopf.

Ich vermisse ihn so sehr!

Kapitel 6

Notiz an mich selbst: Ich kann die Welt für uns beide entdecken

Das *Aska* sticht mit seiner dunklen aschgrauen Fassade und den Holzelementen wie ein Diamant unter den anderen, eher schlichten Häusern in Vík hervor. Wenn jemand denkt, dass man einen kompletten Tag in dieser Stadt, die eigentlich eher ein Dorf ist, verbringen kann, hat er sich getäuscht.

Nach zwei Stunden hatte ich bereits alles gesehen, was es zu sehen gab – und auch das war nicht sonderlich spektakulär. Umso erleichterter bin ich, dass es kurz vor zwanzig Uhr ist und ich gleich mit Aron in dieser Bar verabredet bin, um seine Freunde kennenzulernen. Nervös knete ich meine Hände und schiele ins Innere der Kneipe. Ich sehe Elva hinter dem rustikalen Tresen summend Gläser spülen.

Nachdem ich anfangs das Gefühl hatte, eine Verbindung mit ihr zu haben, war sie heute Nachmittag in der Lodge seltsam distanziert zu mir. Ich weiß nicht, woran es liegt, ich weiß nur, dass es mir Bauchschmerzen bereitet.

Sobald ich das *Aska* betrete, erfassen mich all die Sinneseindrücke wie ein zartes Laubblatt im Herbstwind. Es riecht nach einer Mischung aus Holz, Dufterfrischer und unterschwellig nach Alkohol. Im Hintergrund läuft *Metallica*, aber in so angenehmer Lautstärke, dass man sich trotzdem problemlos unterhalten kann.

Als Elva mich entdeckt, runzelt sie die Stirn.

»Blondie? Hast du dich verlaufen, oder was machst du hier?«

»Aron hat mich eingeladen, damit ich seine Freunde kennenlerne«, antworte ich verunsichert, weil sie so viel verkniffener wirkt als bei meiner Ankunft in der Lodge. Worüber haben sie und Aron gesprochen, nachdem sie mich wie einen vergessenen Koffer in der Werkstatt haben stehen lassen?

»Tja, Aron ist noch nicht da, also …?« Sie zieht das letzte Wort künstlich in die Länge und deutet auf einen Platz am Tresen. »Kann ich dir solange was zu trinken machen?«

»Später vielleicht, danke.« Ich sehe mich ein weiteres Mal um. »Dieser Ort hier ist echt …«

»Was?«, fragt sie, und ich hoffe, mir den bissigen Unterton in ihrer Stimme nur einzubilden.

»Winzig. Dieser Ort ist winzig.«

Sie formt ihre Lippen zu einem stummen O, bevor sie wieder eine harte Linie bilden. Vermutlich hat sie damit gerechnet, dass ich ihren Arbeitsplatz beleidige oder so.

»In Vík klappen die Bürgersteige um sieben Uhr abends nach oben, Citygirl.« Elva behandelt mich von oben herab, während sie den Tresen wischt. Langsam komme ich mir fehl am Platz vor, und hätte ich mich nicht mit Aron hier verabredet, wäre ich längst wieder verschwunden.

»Weißt du, wann er hier sein wird?« Prüfend sehe ich mich in der Bar um, aber von dem blonden Wikinger fehlt noch immer jede Spur, obwohl es bereits nach acht ist. Stattdessen entdecke ich eine Handvoll Leute, die sich an dem Tisch neben den Dartscheiben versammelt haben und miteinander anstoßen.

»Aron hat es nicht so mit Pünktlichkeit«, antwortet sie lapidar. »Ist eine alte Marotte von ihm.« Dabei klingt es, als würde sie in Wahrheit etwas ganz anderes sagen wollen, etwas, das zwischen den Zeilen geschrieben steht. Leider in einer Sprache, die ich nicht lesen kann.

»Ich kann dir in der Zwischenzeit ja schon mal Jólav vorstellen.«

»Hat hier jemand unseren Namen gerufen?« Ein kräftig gebauter Kerl mit Monsterbizeps taucht hinter mir auf, an seiner Seite ein weiterer, weitaus kleinerer Typ mit rotblonden Haaren und unzähligen Sommersprossen im Gesicht. Beide halten Händchen und sehen über meinen Kopf hinweg zu Elva.

»Ich, du Witzbold. Aron will euch heute Abend eine *Freundin* vorstellen. Voilà: Blondie aus Deutschland.«

Sofort ist mir die ungewollte Aufmerksamkeit unangenehm. Ich mag es nicht, im Mittelpunkt zu stehen, selbst dann nicht, wenn es nur drei Leute sind, die ein Dreieck um mich bilden.

»Blondie?«, fragt der Rothaarige mit funkelnden Augen. »Spannender Name.«

»Eigentlich heiße ich Lilly.«

Ehe ich mich darauf vorbereiten kann, nimmt mich der Kleinere von beiden in den Arm und drückt mir beinahe die Lunge aus dem Brustkorb. »Arons Freunde sind unsere Freunde. Schön, dich kennenzulernen, Lilly! Bitte sag mir, dass du trinkfest bist. Reicht schon, dass Aron immer die Spaßbremse raushängen lässt.«

»Als trinkfest würde ich mich nicht unbedingt bezeichnen«, erwidere ich etwas überrumpelt, weil ich es nicht gewohnt bin, von wildfremden Menschen umarmt zu werden.

»Nichts, woran man nicht arbeiten kann«, klinkt sich der Mann mit dem Kleiderschrankoberkörper ein und reicht mir die Hand, während sein Freund einen Arm um mich legt.

»Und wer von euch ist jetzt ... Jólav?«

»Ich«, sagen sie im Chor.

»Ihr habt beide denselben Namen?«

»Nein, Schätzchen. Ich bin Jón«, stellt sich der Rotblonde vor und nippt an dem Mixgetränk in seiner Hand.

»Und ich bin Olav.« Etwas distanzierter hebt der Bizeps auf zwei Beinen die Hand.

»Ah ... Jón und Olav. Jólav«, kombiniere ich, ganz in Enola-Holmes-Manier. Mit geschürzten Lippen sehe ich Elva hinter dem Tresen an, die uns drei mit Argusaugen beobachtet.

»Wir haben irgendwann angefangen, sie einfach bei

ihrem Shipnamen zu nennen, weil die beiden eine Symbiose sind. Ruf einfach Jólav, und einer von beiden wird schon um die Ecke kommen«, erklärt sie monoton.

»Hey, das klingt, als wären wir voll das toxische Pärchen, das keine Sekunde voneinander getrennt sein kann«, protestiert Jón augenrollend. »Aber du hast recht. Vielleicht hocken wir wirklich ein bisschen viel aufeinander.«

»Vielleicht?«, grunzt Elva und räumt die sauberen Gläser in die Vitrine hinter sich.

»Du, Mädchen, bist doch bloß neidisch!«, sagt Jón empört, woraufhin sich Elva auf dem Tresen abstützt und ihn lieblich grinsend anschaut. Sie hat es echt faustdick hinter den Ohren.

»Falsch! Ich genieße mein Singleleben in vollen Zügen. Weißt du auch, wieso?«

»Weil du es hasst, dir ein Bett mit jemandem zu teilen?«, brummt Olav hinter mir und entlockt ihr damit ein Zungenschnalzen.

»Wieder falsch! Ich genieße es, weil ich mir genau aus diesem Grund die Nummer des schnuckeligen Sängers besorgen kann, damit ich beim nächsten Mal ein kleines Privatkonzert von ihm bekomme. Ganz ohne schlechtes Gewissen!« Ihr Blick schweift zu der Bühne, auf der drei Kerle bereits ihr Set aufbauen.

»Du trägst so viel Romantik in dir«, seufzt Jón und wendet sich an mich. »Komm, Lilly, wir setzen uns an unseren Stammtisch, während El den Sänger mit ihren Blicken vögelt.«

»Du bist bloß neidisch, weil du es nicht darfst!«

Gerade als Jón mich von hinten bei den Schultern packt und zu einer der Sitznischen führt, wird die Tür der Bar geöffnet. Ohne hinzusehen, weiß ich, dass es Aron ist. Innerhalb von Millisekunden bündeln sich all meine Sinne und richten sich auf ihn. Er trägt eine schwarze Mütze, unter der seine blonden Spitzen hervorlugen, und hat ein so breites Lächeln auf den Lippen, dass meine Anspannung sofort nachlässt.

Unser Gespräch beim Frühstück ist mir den ganzen Tag über durch den Kopf gegeistert. Noch jetzt spüre ich diese kleine Sonnenblume, die Aron mit seiner Idee, eine Liste für mich anzulegen, in meine Brust gepflanzt hat.

»Bitte sag mir, dass sie dich nicht verschreckt haben.« Mit diesen Worten schält Aron sich im Gehen aus seiner Winterjacke und tritt auf uns zu.

»Wir?«, fragt Olav lachend. »Wenn, dann eher Jón. Aber ich glaube, die Kleine mag ihn.«

»Natürlich mag sie mich. Jeder auf dieser Insel mag mich! Einheimischer oder Nicht-Einheimischer, das spielt keine Rolle. Der Jón-Charme trifft jeden im Umkreis von einhundert Kilometern.«

»Dem kann ich nur zustimmen«, bestärke ich ihn. In seiner Nähe fühle ich mich deutlich wohler als in Elvas. Immer wieder huscht mein Blick zu Aron, der uns zu der braunen Lounge führt und auf den Platz neben sich deutet. Dankbar lasse ich mich neben ihn fallen. Während Jólav in eine Diskussion darüber verfallen, wer von den beiden heute Abend Auto fahren muss und wer trinken darf, sieht Aron mich an.

»Wie war dein Tag?«, will er sofort wissen, und ich frage mich, wie eine Stimme nur so widersprüchlich klingen kann. Widersprüchlich, weil sie auf der einen Seite so kratzig, so rau klingt, aber auf der anderen so samtig. Sicher kann er mit dieser Stimme wahnsinnig gut singen.

»Ich habe die Größe von Vík etwas überschätzt und bin fünfmal an derselben Kirche vorbeigegangen, weil ich nicht wusste, was ich mir noch ansehen soll. Außerdem kenne ich jetzt jeden Mülleimer hier. Schätze, mir hat mein persönlicher Guide gefehlt.«

»Ich hätte dich vielleicht vorwarnen müssen, hm? In Vík steppt wirklich gar nichts. Kein Bär, kein Mensch, einfach gar nichts.«

»Lüge!«, ruft Jón empört dazwischen. »Hier drin steppt gleich eine ganze Bärenfamilie. Spätestens, wenn das Schnuckelchen hinterm Mikro endlich anfängt zu singen.«

»Das überhöre ich mal«, murmelt Olav. Nun ist er es, der die Augen verdreht. Dabei halten die beiden ununterbrochen Händchen. Die zwei sind purer Zucker.

Elva tritt mit ihrer schwarzen Kellnerschürze an unseren Tisch. Darauf ist das Logo der Bar in Weiß abgebildet – die Silhouette eines Vulkans. In ihrer Hand hält sie ein braunes Serviertablett.

»Aron? Ich hab dich gar nicht kommen sehen. Wie war es …« Ihr Blick huscht für den Bruchteil einer Sekunde zu mir, bevor sie sich wieder mit einem verkniffenen Lächeln ihrem besten Freund zuwendet. »Wie war es in der *Stadt*?«

Vielleicht bilde ich es mir nur ein, doch ich könnte schwören, dass Aron sich neben mir leicht versteift.

»Es war gut«, erwidert er knapp. Aron hat mir beim Frühstück gesagt, dass er heute nach Reykjavík fahren muss, aber er hat mit keiner Silbe erwähnt, was er dort vorhat. Ist ja nicht so, als wäre er mir in irgendeiner Form Rechenschaft schuldig. Das hier ist sein Leben, sein Alltag, in den ich einfach wie eine Bombe reingeplatzt bin. Ich bin schon froh, dass er mich daran teilhaben lässt, indem er mich seinen Freunden vorstellt. Mehr kann ich gerade wirklich nicht verlangen.

»Hast du ... sie gesehen?« Man merkt Elva an, dass sie dieses Gespräch eigentlich nicht vor meinen Augen führen will. Dasselbe Gefühl, vor dem ich in Berlin geflohen bin, ploppt in mir auf. Das Gefühl, nicht willkommen zu sein. Anscheinend reichen knapp dreitausend Meilen doch nicht aus, wenn man den ganzen Ballast in einem Rucksack bei sich trägt und ganz offensichtlich selbst das Problem ist.

»Moment mal, redet ihr von Jóhanna?«, wirft Jón mit geweiteten Augen ein und wendet sich an Aron. »Hast du heute etwa mit ihr gesprochen?«

Das betretene Schweigen, das daraufhin entsteht, und Arons versteinerte Miene verstärken das ungute Gefühl in mir, irgendwie fehl am Platz zu sein. Was geht hier vor sich?

»Wieso ist Jóhanna eigentlich nicht da? Ich würde sie

gern kennenlernen«, beteilige ich mich am Gespräch und fange mir dafür einen giftigen Blick aus Elvas kastanienbraunen Augen ein.

Dabei entsprechen meine Worte der Wahrheit, auch wenn ich Angst vor meiner ersten Begegnung mit Arons Freundin habe. Sie hat nicht dieselbe Form der Kardiomyopathie, die Luca hatte, aber ihr Herz ist dennoch krank. Nur deshalb sitze ich jetzt hier. Weil Aron, genau wie ich, jemanden brauchte, der ihn und seine Sorgen versteht. Die Trauer hat uns auf eine Art miteinander verbunden, die ich in Berlin mit niemandem teilen konnte.

»Jóhanna ist gerade in Reykjavík bei ihren Eltern«, erklärt Aron in meine Richtung, sieht mir dabei zum ersten Mal an diesem Abend nicht in die Augen. Etwas stimmt hier gewaltig nicht. Etwas, das in der Luft hängt wie schwerer Gewitterregen. Die Stimmung ist kurz davor, zu kippen, als ein erlösender Gitarrensound ertönt.

»Der Gig geht los«, jubelt Jón, sichtlich froh über die Ablenkung. »Gott sei Dank. Kann ich noch eins hiervon haben, El?« Er reicht Elva seine leere Flasche.

»Klar. Wem kann ich noch etwas bringen?« Ihr Blick streift mich nur flüchtig.

»Ich nehme einen Flóki auf Eis«, bestellt Olav.

»Für mich nur eine Cola«, setzt Aron hinterher. Unter dem Tisch wippt sein Bein nervös auf und ab. Ein viel zu großer Teil in mir würde ihm gern die Hand auf das Knie legen, damit er mich ansieht und ich ihn fragen kann, ob alles in Ordnung ist. Warum die Stimmung am Tisch so seltsam geworden ist, als es um Jóhanna ging. Hat sich ihr Zustand vielleicht verschlechtert?

»Wieder mal nur Cola«, grunzt Jón.

»Du weißt, dass ich nicht trinke, Jólav! Außerdem muss ich nachher Lilly zurück zur Lodge fahren.«

Vielleicht kann ich Aron auf dem Rückweg nach Jóhanna fragen, wenn Elva nicht danebensteht und mich so feindselig mustert. Dann kann er mir auch gleich noch erklären, was zur Hölle das Problem seiner besten Freundin ist. Je länger ich an diesem Tisch sitze und den Gesprächen der anderen lausche, desto mehr schweifen meine Gedanken ab.

Bilder von Luca schieben sich wie eine Glasscheibe vor mein Gesicht, trennen mich von Aron und seinen Freunden, auch wenn ich sie durch die Scheibe noch sehen und gedämpft hören kann.

Luca würde die rockige Musik der Band gefallen, genau wie diese kunterbunte Truppe, die perfekt in Lucas Lieblingsserie *How I met your mother* hineinpasst. Jón beginnt, leidenschaftlich mit zwei Salzstangen auf die Tischplatte zu trommeln. Olav schaut ihn dabei verliebt an und streicht ihm gedankenversunken über den Arm. Wenn es ihre Arbeit zulässt, tritt Elva an unseren Tisch und wirft Flachwitze in den Raum, über die alle lachen müssen. Ich eingeschlossen.

Bei dem Gedanken, wie gut mein Bruder hier reinpassen würde, wummert mein Herz immer stärker. Es fühlt sich an, als würde ich etwas völlig Verrücktes tun. Als würde ich *leben*. Luca und ich haben so viele Dinge verpasst, so vieles nicht erleben können. Aber ich bin noch hier, kann uns einen Teil unserer Jugend zurückholen. Und genau das werde ich tun.

Ich werde diese Welt für uns beide entdecken.

Und auf Island fange ich an!

Kapitel 7

Notiz an mich selbst: Man sollte isländischen Whiskey nicht unterschätzen

Seit das kleine Livekonzert im *Aska* läuft, bestellen wir eine Runde nach der anderen. Bei jeder neuen Runde weiß ich, dass ich die Handbremse ziehen muss, aber Jón ist wirklich trinkfest und verdammt überzeugend.

Als der schnuckelige Sänger seinen Refrain ins Mikrofon schmettert, bewege ich mich wie in Trance auf der von Jón und mir errichteten Tanzfläche. Dass wir die Einzigen sind, die ihre Körper zu dem rockigen Sound der Band bewegen, ist mir dank des Alkohols in meiner Blutbahn erstaunlich egal.

Aron und Olav sitzen noch immer in der Nische und beobachten uns, während wir den Macarena-Tanz zum Besten geben, obwohl er so gar nicht zu diesem Song passt. Nachdem das Jóhanna-Thema vom Tisch war, hat sich die Stimmung zum Glück schnell gebessert, und die Gewitterwolken haben sich verzogen.

Jólav haben von ihrem bevorstehenden Urlaub in England gesprochen, und Aron hat einen weiteren Punkt auf seiner »Wer-ist-Lilly-Sommer?«-Liste notiert:

- Sie verträgt nicht ansatzweise so viel Whiskey wie Jón

Die Quittung dafür, über meine Grenzen gegangen zu sein, werde ich spätestens morgen früh erhalten, in Form eines Mordskaters, der sich mit meinem Mini-Jetlag paart und zusammen den ultimativen Endgegner bildet.

»Du hast einen guten Hüftschwung, Lilly aus Deutschland!«, ruft mir mein Tanzpartner anerkennend zu.

»Du auch, Jón aus Island!«

Ich drehe mich im Kreis, blende alle anderen Gäste der Bar aus und fokussiere mich auf die rauchige Stimme des Sängers. Doch je weiter der Abend voranschreitet, desto schwerer fällt es mir, mich auf den Beinen zu halten. Hin und wieder sinke ich schwankend gegen Jóns Brust, lasse mich von ihm auffangen und bin erstaunt darüber, wie sehr ich ihm vertraue, obwohl ich ihn erst heute Abend kennengelernt habe. Manche Menschen haben etwas so Liebenswertes an sich, dass man sich in ihrer Nähe sofort wohlfühlt. Jón gehört definitiv zu dieser Sorte Mensch.

»Ich brauche etwas zu trinken!«

»Wir sollten dir wohl lieber etwas Wasser besorgen, du Schluckspecht.«

»Wasser, Whiskey, Wodka ... Hauptsache etwas mit W«, erwidere ich hicksend.

»Das sieht Aron sicher anders. Wenn ich dir jetzt noch einen Whiskey bestelle, verprügelt er mich mit Elvas Serviertablett.« Jón zieht mich in Richtung Bar. Ich blicke zu Aron, der mich mit einer Mischung aus Sorge und Entschlossenheit ansieht, eine Mischung, die meine Beine in unbrauchbare Puddingstäbchen verwandeln.

»Bring uns mal ein Wasser für die kleine Schnapsdrossel hier, El.«

»Hey, Lilly.« Aron taucht neben mir auf, und, ohne zu zögern, schlinge ich meine Arme um ihn, als wäre er mein Teddybär. Dabei merke ich, dass er das komplette Gegenteil eines Teddys ist. An Aron ist nichts weich und flauschig, sondern alles äußerst durchtrainiert und hart. Ob er viel Sport treibt? Oder bekommt man so einen Körper vom Holzschnitzen? Sicher nicht.

»Hey, du«, begrüße ich ihn und blinzle mehrfach, damit sich meine Sicht schärft. »Was hältst du davon, mit mir zu tanzen?«

»Gegenfrage: Was hältst du davon, dass ich dich zur Lodge bringe?«, fragt er mich sanft und fährt mit seiner Hand über meinen Oberarm. Die Sorge in seinem Blick ist immer noch nicht verschwunden, das erkenne ich sogar in meinem betrunkenen Zustand.

Elva reicht mir derweil ein Wasserglas, welches ich eilig und beinahe in einem Zug herunterstürze. Gott, tut das gut! Gerade könnte ich einen ganzen Fluss leer trinken. Mit dem Handrücken wische ich mir ein paar Tropfen vom Kinn.

»Also? Was sagst du? Darf ich dich zur Lodge fahren?«

Gott, er ist so ... *nett*! Und das meine ich zu einhunderttausend Prozent als Kompliment. Manche Frauen finden Männer, die *zu nett* sind, ja unattraktiv. Ich gehöre nicht zu diesen Frauen. Was zur Hölle soll an einem Mann, der dich respektiert und dich nicht wie ein Stück Dreck behandelt, auch unattraktiv sein? Aron ist sowohl innerlich als auch äußerlich das genaue Gegenteil davon. Er ist perfekt. Und ich sollte allein wegen Jóhanna nicht so über ihn denken.

»Du darfst«, murmle ich und merke, dass mir langsam, aber sicher schlecht wird. »Am besten schnell. Irgendwie dreht sich alles. Du drehst dich! Drehst du dich? Hör auf damit!«

Während Elva leise auf Aron einredet, hilft Jón mir in meine Jacke. »Hat mich echt gefreut, dich kennenzulernen, Lilly aus Deutschland. Hoffentlich sehen wir uns noch, bevor du zurückfliegst.«

»Versprochen!« Ich halte Jón meinen kleinen Finger hin und warte glucksend darauf, dass er seinen mit meinem verschränkt. Was er einen Atemzug später bereits tut.

»Und jetzt ab mit dir ins Bett, du Schnapsdrossel!«

Ein überraschter Laut kommt über meine Lippen, als er mir einen kleinen Klaps auf den Hintern gibt, bevor er zurück zu seinem Liebsten geht.

Aron tritt neben mich, in seinem Gesicht kann ich nicht lesen, was in ihm vorgeht. Worüber er und Elva sich gerade so hitzig an der Bar unterhalten haben. Sobald uns die Kälte der Nacht in Empfang nimmt, beginne ich, am ganzen Körper zu bibbern.

»Wir sollten dir wirklich eine dickere Jacke besorgen,

wenn du noch länger bleiben willst«, sagt Aron lachend und legt mir – nun schon zum zweiten Mal an zwei Tagen – seine Jacke um die Schultern.

»Ist das jetzt unser Ding? Dass du mir deine Jacke gibst und dir selbst den süßen Hintern abfrierst?« *Mist, habe ich das gerade echt laut gesagt?* Peinlich berührt schlage ich mir die Hand vor den Mund, als könnte ich meine Worte dadurch wieder in mich hineinstopfen. Zurück mit euch!

»Ich bin an die Temperaturen hier besser gewöhnt, Lilly. Außerdem gibt es da ein magisches Geheimnis.«

»Erzähl es mir!«, fordere ich ihn auf, während er mich zu seinem Auto auf der gegenüberliegenden Straßenseite führt, einem schwarzen Pick-up mit großer Ladefläche.

»Ich weiß nicht, ob ich dir dieses Geheimnis wirklich anvertrauen sollte. Es ist ein echter Gamechanger.« Damit kitzelt er die Neugier nur umso stärker in mir wach.

»Bitte, Aron!« Schmollend schiebe ich meine Unterlippe vor, damit er den Ernst der Lage versteht und mich endlich einweiht. Ich lehne inzwischen mit dem Rücken an seinem Pick-up, schlinge seine Jacke eng um meinen Oberkörper und sehe zu ihm auf. Im Hintergrund hört man ganz leise die Musik aus dem *Aska*, zu der ich immer noch tanzen würde, wenn Jón mich nicht gebremst hätte.

»Okay, aber du musst mir versprechen, dass du es für dich behältst.« Mein Mund wird trocken, als er dichter an mich herantritt. So dicht, dass seine Halsbeuge nur wenige Zentimeter von meiner Nase entfernt ist. Gott, er riecht so gut! Dieser Duft sollte entweder verboten oder in

Flaschen gefüllt werden. Gerade weiß ich nicht, was besser wäre ... für meinen Seelenfrieden sicher Ersteres.

»Also?« Mit flatternden Lidern sehe ich zu ihm auf. Seine Nähe macht mich viel nervöser, als sie mich machen sollte, und ich schiebe es vorsorglich auf den hochprozentigen Flóki in meiner Blutbahn.

Er hat immer noch eine Freundin, Lilly! Eine Freundin, die krank ist und vielleicht keine Ahnung hat, dass es dich überhaupt gibt. Halt dich gefälligst zurück!

»Bist du wirklich schon bereit für das Geheimnis?«, will Aron schmunzelnd wissen, und ich widerstehe nur schwer dem Wunsch, ihm die schwarze Mütze zurechtzurücken, die leicht schief auf seinem Kopf sitzt.

»Bin ich«, hauche ich und sehe die kleine Atemwolke zwischen uns tanzen, die viel kleiner und bunter ist als die düstere Wolke, die mich seit Lucas Tod bei jedem Schritt begleitet.

»Okay.« Aron zieht die Unterlippe zwischen seine Zähne, bevor er sich über mich beugt. Sein Atem kitzelt mein Ohr, lässt mich am ganzen Körper erschaudern. »Thermounterwäsche«, raunt er mir zu.

»Thermo-was?«, frage ich perplex und versuche, die vom Alkohol eingeschlafenen Synapsen in meinem Hirn wach zu rütteln.

Grinsend baut Aron sich wieder zu seiner vollen Größe vor mir auf. »Thermounterwäsche. Das ist mein Geheimnis. Nicht unbedingt sexy, aber äußerst praktisch und effektiv.«

»Oh, du!« Ich pikse ihm mit dem Zeigefinger gegen

die Brust und kann mein Lachen nicht mehr zurückhalten. Es bricht so laut und gleichzeitig schief aus mir heraus, dass ich mir sicher bin, Elva und Jólav hören es trotz Livemusik im *Aska*.

»Und ich dachte schon, du erzählst mir etwas richtig Gutes!« Kichernd halte ich meinen Bauch fest, der inzwischen schon wehtut, weil ich mich so verkrampfe.

»Hey, ich habe es dir nicht anvertraut, damit du mich auslachst!« Arons empörte Reaktion lässt mich nur noch stärker lachen. So lange, bis mir Tränen in die Augen schießen. Als die erste über meine Wange kullert, realisiere ich erst, was hier gerade passiert. Dass ich aus voller Kehle lache, obwohl ich mir geschworen hatte, dass ich es nie wieder tun würde. Nicht ohne Luca. Ohne meinen Seelenverwandten an meiner Seite.

Innerhalb eines Wimpernschlags überrollt mich das schlechte Gewissen wie eine Lawine aus Schuldgefühlen, und ich breche noch stärker in Tränen aus. Tränen, die jetzt einen ganz anderen Ursprung haben und sich nicht mehr gut, sondern beschissen anfühlen. Weil Luca nicht mehr da ist und meine Welt ohne ihn keine glückliche sein sollte. Das alles hier ist so was von falsch! *Ich* fühle mich falsch. Heuchlerisch.

»Hey, Lilly. Ist alles okay?« Arons Frage macht das Chaos in mir nur größer. Kopfschüttelnd vergrabe ich das Gesicht in den Händen, die inzwischen eiskalt sind.

»Bring mich zurück«, erwidere ich erstickt und traue mich kaum, ihn anzusehen. Weil ich Angst davor habe, Zustimmung in seiner Miene zu lesen. Darüber, dass ich zu schnell weitermache. Zu schnell akzeptiere, was passiert ist.

Wortlos führt Aron mich zur Beifahrertür, hilft mir beim Einsteigen in das hohe Auto und nimmt auf dem Fahrersitz Platz. Schluchzend ziehe ich die Füße auf den Sitz, umschlinge meine Knie und mache mich so klein wie nur möglich. Ich vergrabe mich in Arons Duft, in seiner Jacke, lasse mich von der Heizung seines Wagens wärmen. Aber die Kälte in mir bleibt, weil sie inzwischen zu mir gehört. Wie mein Herz, das jeden Tag schmerzt.

Die Fahrt bis zur Lodge nehme ich verschwommen wahr, weil ich immer wieder in einen kurzen Dämmerschlaf abdrifte. Doch auch in diesen kurzen Episoden versiegen meine Tränen nicht. Weil ich gelacht habe. Und schlimmer noch: weil dieses Lachen echt gewesen ist. Etwas in mir will Aron die Schuld daran geben, weil er mich dazu gebracht hat, aber ich weiß, dass es absolut kindisch und unangebracht wäre.

»Wir sind da.« Aron berührt mich an der Schulter, woraufhin ich müde und bis auf die Knochen erschöpft den Kopf hebe. Die Lodge ist auch nachts von außen beleuchtet, sodass ich ihre Umrisse in der Dunkelheit ausmachen kann.

Aron steigt aus dem Wagen, kommt auf meine Seite und öffnet mir die Tür. Dann hilft er mir beim Aussteigen und merkt schnell, dass meine Beine nicht mehr richtig mitspielen. Alles schmerzt. Jeder Muskel, jede Faser, jede kleine Bewegung. Von den Gedanken in meinem Kopf fange ich besser gar nicht erst an. Sie brüllen mich an, attackieren mein Gehirn und fressen sich durch mein Fleisch.

Ohne dass ich ihn darum bitten muss, hebt Aron mich hoch, trägt mich auf seinen Armen die Stufen zur Lodge hinauf. Ich sinke erschöpft gegen seine Brust, spüre seinen Atem, der meinen Kopf streichelt. Als er mich schließlich auf dem Bett meines Zimmers ablegt, würde ich ihn am liebsten bitten, heute Nacht bei mir zu bleiben. Weil ich nicht allein sein will, nicht allein sein kann. Aber es wäre nicht fair, ich will ihm nicht zur Last fallen, da er mit Jóhannas Krankheit genug zu kämpfen hat. Es darf nicht nur um mich gehen, das ging es auch beim Schreiben nie. Es ging immer um uns beide. Außerdem wäre es seiner Freundin gegenüber nicht richtig.

»Serviette …«, murmle ich schlaftrunken und rolle mich auf die Seite.

»Was hast du gesagt?« Die Matratze gibt an meinem Bauch leicht nach. Aron muss sich auf die Bettkante gesetzt haben, ich spüre seinen Körper an meinem Nabel und versuche, nicht zu viel in dieses Gefühl der Wärme hineinzuinterpretieren. Ich bin bloß traurig und sehne mich nach Zuneigung, das ist alles. Muss alles sein. Weil da nicht mehr sein darf.

»Ich bin eine leere Serviette«, stammle ich.

»Es ist mir egal, dass du nicht weißt, wer du bist, Lilly Sommer«, sagt er sanft. »Und dass deine Serviette noch fast leer ist. Ich mag dich trotzdem.«

Eine federleichte Berührung an meiner Wange, die sich weltverändernd anfühlt, obwohl sie das nicht dürfte.

Weil er eine Freundin hat. Eine, die er über alles liebt und die ihn bedingungslos zurückliebt. Ich meine, wie könnte man auch nicht?

Phase II

Gefühlschaos

Kapitel 8

Notiz an mich selbst: Jedes Mal, wenn ich dich sehe, hört mein Herz für einen kurzen Moment auf zu schlagen

Mamas Gesicht erscheint auf dem Display meines Handys und lässt mich zusammenfahren. Obwohl mir klar war, dass sie irgendwann anruft und ich diesem Gespräch nicht ewig aus dem Weg gehen kann, würde ich sie am liebsten einfach wegdrücken. Dass sie sich noch vor dem Ende meiner ersten Woche auf Island bei mir meldet, habe ich allerdings nicht erwartet.

Mit einem mulmigen Gefühl im Bauch betrachte ich das Handy in meiner Hand und Mamas müdes Grinsen auf dem Bild. Ich weiß nicht mehr genau, wann dieses Foto von ihr entstanden ist, aber es ist nicht zu übersehen, wie traurig sie war, als der Auslöser gedrückt wurde.

Im Grunde genommen war Mama in unserer ganzen Jugend traurig und geistig nicht wirklich anwesend. Zumindest nicht für mich, während sie für Luca vierundzwanzig Stunden, sieben Tage die Woche da war.

Bis jetzt bin ich jedem Konflikt mit meinen Eltern aus dem Weg gegangen, weil es so für Luca einfacher war. Doch jedes Mal, wenn ich Arons wundervoller Mutter gegenüberstehe, die sich mehr für mein Seelenbefinden zu interessieren scheint als meine eigene, versetzt es mir einen Stich in meiner Brust. Ich hasse diesen Anflug von Neid, der in mir aufkommt, und ich kann ihn nicht verdrängen. Weil sich unsere Probleme nicht einfach wie Wasserdampf in Luft auflösen werden, wenn wir nicht darüber sprechen, nehme ich das Telefonat schweren Herzens an.

»Hi, Mama.« Ich sitze auf dem Bett meines Zimmers in der Northern Lights Lodge, spiele an den Fransen des weißen Dekokissens und warte mit geschlossenen Augen auf ihre Predigt.

Doch statt mir einen Vortrag zu halten oder mich zu fragen, ob ich noch alle Tassen im Schrank habe, stellt sie mir nur eine simple Frage. Eine, welche die Luft mit einem kräftigen Stoß aus meiner Lunge drückt, so wie es zuletzt Jóns Umarmung getan hat.

»Wann wirst du endlich wieder im Laden sein?«

Ihre spitzen Worte verursachen mir höllische Bauchschmerzen.

»Das ist alles, was dich interessiert?« Langsam presse ich die Worte über meine Lippen. Auf keinen Fall werde ich ihr die Genugtuung geben, wegen ihr loszuheulen. In den letzten Jahren habe ich gewiss genug Tränen ihretwegen vergossen, von denen keine einzige je gesehen oder getrocknet wurde. Das muss endlich aufhören!

»Was soll ich dich sonst fragen, Liliana?« Sie klingt kühl und weit, weit weg. Und das liegt nicht an der geografischen Distanz zwischen uns, sondern an dem Graben, den Lucas Diagnose zwischen uns geschlagen hat. »Du hast hier Verpflichtungen und kannst dich nicht einfach so aus dem Staub machen, wie es dir beliebt. So funktioniert das Leben nun mal nicht.«

»Ich fasse es nicht«, sage ich leise. Normalerweise würde ich mich an dieser Stelle kleinmachen, mich in meinen Schutzpanzer zurückziehen und ihre Worte einfach über mich ergehen lassen. Aber seit ich auf Island bin, hat sich etwas in mir verändert.

»Ich weiß nicht, ob du es in den letzten Jahren vergessen hast, aber ich bin kein Punchingball, den ihr nach Lust und Laune benutzen könnt. Ich bin eure Tochter.«

»Jetzt werde nicht albern, Liliana. Natürlich bist du unsere Tochter. Aber auf dieses Niveau müssen wir nicht sinken.«

»Stimmt, müssen wir nicht mehr. Weil wir längst ganz unten angekommen sind«, sage ich und kann es nicht fassen, dass dieses Gespräch wirklich real ist. Dass ich fast eine Woche von zu Hause fort bin und alles, was meine Mutter interessiert, meine verdammte Arbeit im Blumenladen ist. Eine Arbeit, die mir zwar Spaß macht, die mir aber schon vor langer Zeit von meinen Eltern kaputtgemacht wurde.

»Dein Vater arbeitet zu viel, seit du gegangen bist, Liliana. Er übernimmt deine Schichten, und das ist nicht in Ordnung.«

»Gut, dann kündige ich eben! Ihr dürft euch liebend gern jemand anderen suchen, der für euch Überstunden macht.« In mir brodelt so viel Wut, dass ich mich wie der isländische Vulkan Fagradalsfjall fühle, von dem Aron mir gestern bei unserem Trip erzählt hat. Funken und Lava, Wut und Enttäuschung. Und zwar viel davon. So viel, dass all die Worte, die ich jahrelang brav heruntergeschluckt habe, jetzt aus mir herausbrechen wollen. Und es gibt so vieles, das ich meiner Mutter sagen könnte.

»Gib mir deine Großmutter ans Telefon, Liliana«, fordert Mama ruhig. Vermutlich glaubt sie, dass Oma mich zur Vernunft bringen kann, dabei vergisst sie, dass ihre Mutter schon lange auf meiner Seite steht. Immer auf meiner Seite stand und immer auf meiner Seite stehen wird.

»Ich bin nicht bei ihr.«

»Das ist nicht witzig, Liliana. Hol sie mir ans Telefon, sonst rufe ich sie selbst an.«

»Ich scherze nicht, Mama. Ich bin nie nach Sylt gefahren. Von mir aus, ruf Oma an und frag sie.«

»Und wo sollst du bitte sein?«

Blanker Hohn in ihrer Stimme, der mich wieder einmal so kleinmacht, dass ich problemlos unter dieses Bett hier passe. Aber ich bin es leid, mich so zu fühlen. So unbedeutend, so winzig, so durchsichtig. Ich will gesehen werden, will wahrgenommen werden, und zwar genau so, wie ich bin.

»Ich bin nicht mehr in Deutschland, Mama.« Mit angehaltenem Atem warte ich auf die Reaktion meiner Mutter.

»Das glaube ich dir nicht, Liliana. Du bist gar nicht selbstständig genug, um allein zu verreisen.«

»Ich bin kein kleines Mädchen mehr, nur weil ich mich nicht wie ein verkopfter Erwachsener verhalte. Weil ich nicht bin, wie ihr durch Lucas Krankheit geworden seid. Glaubst du, er hätte das hier gewollt? Dass wir so auseinandergehen?«

»Du weißt, dass wir nicht über deinen Bruder sprechen!«

»Glaub mir, das weiß ich. Aber nur, weil wir die Tatsachen totschweigen, heißt es nicht, dass all das nicht passiert ist. Luca wäre traurig, wüsste er, dass wir seit Silvester nicht ein einziges Mal über ihn gesprochen haben!«

Stille kehrt am anderen Ende der Leitung ein. Zu hören ist lediglich der stockende Atem meiner Mutter, ihr Schock über meine Worte wabert durch die Luft. Ich sehe sie bildlich vor mir. Ohne Farbe, nur schwarz-weiß. Mit gesenktem Kopf, gebeugter Haltung, auf seinem leeren Bett sitzend. Etwas, das sie mir nie erlaubt hat.

»Ich lege jetzt auf, Mama.« Bevor sie etwas erwidern kann, habe ich den roten Hörer gedrückt und das Telefonat beendet. Meine Fingerknöchel treten weiß hervor, und die Anspannung durchfährt meinen Körper bis in die Zehenspitzen.

Am liebsten würde ich mein Handy gegen die Wand feuern, damit ich nicht auf die dumme Idee komme, noch einmal mit ihr zu telefonieren. Stattdessen schalte ich es einfach aus.

Seit meinem Alkoholabsturz hat sich etwas in mir verändert. Wo vorher nur Taubheit und Leere waren, ist da jetzt so viel Wut, die herausgelassen werden will. Das Einzige, was mich vom Durchdrehen abhält, sind meine Ausflüge mit Aron.

Er hat sich die Woche fast jeden Tag Zeit dafür genommen, mir die Schönheit seiner Insel näherzubringen. Zuerst hat er mir zwei atemberaubende Wasserfälle gezeigt, den Seljalandsfoss und den Gulfoss-Wasserfall, die beide absolut überwältigend waren und deren Bilder ich mir auch jetzt noch voller Begeisterung auf meinem Handy ansehe.

Außerdem waren wir gemeinsam bei dem größten Geysir der Insel, haben ihn bei Sonnenaufgang besucht und ihm bei seiner täglichen Magie zugesehen. Alle paar Minuten spuckte er eine riesige Fontäne in die kühle Februarluft, verteilte seinen schwefelhaltigen Sprühregen in der Welt. Selten war ich so aufgeregt wie an diesem Morgen, während ich wie ein kleines Kind darauf gewartet habe, dass es wieder passiert.

Als der Geysir zum ersten Mal losging, prickelte ein Gefühl von Ehrfurcht in meiner Brust. Ehrfurcht vor dieser atemberaubenden Erde, die so viel Unglaubliches zu bieten hat. Vor der Macht des Wassers, der Macht dieser magischen Insel, die mit jedem weiteren Tag etwas mystischer auf mich wirkt.

Mit jedem Kilometer, den Aron und ich in seinem Pick-up zurücklegten, habe ich mich etwas mehr in dieses Land und seine atemberaubende Natur verguckt.

Obwohl ich Blumen liebe und Island zu den kärgsten

Ländern Europas zählt, geht mein Herz inmitten der weitläufigen Flächen vollkommen auf. Bis jetzt habe ich keinen einzigen Fleck auf dieser Insel gesehen, der nicht wunderschön und einnehmend gewesen ist. Ich fühle mich schon nach einer Woche nicht mehr wie Lilly aus Deutschland, sondern wie Lilly, die ihr Herz an Island verloren hat.

Ein dumpfes Klopfen an der Tür löst mich aus meinen Gedanken. Augenblicklich beschleunigt sich mein Puls, auch wenn ich diese Reaktion meines verräterischen Körpers mit aller Macht zurückhalten will. Weil ich in Arons Nähe kein Herzflattern bekommen darf, keine weichen Knie. Wir haben nach dem Abend im *Aska* nicht mehr über meinen Nervenzusammenbruch gesprochen, aber ich spüre sein Herz immer noch dicht an meiner Wange schlagen, als er mich ins Bett trug. Seine sanfte Berührung, seine perfekten Worte, die mich bis heute nicht losgelassen haben, weil sie mir die Welt bedeuten.

Ich weiß vielleicht nicht, *wer* ich bin, aber ich weiß, dass Aron für mich da ist und mich genau so mag, *wie* ich bin. Etwas, das ich mir so lange von meinen Eltern gewünscht und nie bekommen habe: Akzeptanz. Zuneigung. Jemanden, der zuhört. Der für mich da ist.

»Lilly? Ich bin es!«

»Ich komme!«, rufe ich, als Aron erneut anklopft.

Mit einem schnellen Blick in den Spiegel prüfe ich, ob man mir das aufwühlende Telefonat mit meiner Mutter ansieht, und stelle erleichtert fest, dass meine Augen komplett trocken geblieben sind. Das ist definitiv als Fortschritt zu verbuchen. Ich binde im Gehen meine Haare zu einem wilden Knoten am Hinterkopf zusammen, dann öffne ich die Tür.

Kaum stehe ich ihm gegenüber, habe ich das Gespräch mit meiner Mutter fast wieder vergessen. Diese Wirkung hat nur er auf mich. In Arons Nähe schaffe ich es jedes Mal, zurück ins Hier und Jetzt zu kommen. Er strahlt eine so enorme Ruhe aus, dass sich mein Nervensystem sofort entspannt, wenn er da ist. Aron Ericsson ist wie eine wandelnde, isländische Meditation, die ich mir gerne wieder und wieder auf die Ohren lege.

»Was machst du so spät abends noch hier?«, begrüße ich ihn und lasse meinen Blick über ihn schweifen. »Müsstest du nicht längst zu Hause sein?«

In der linken Hand hält er eine dunkelbraune, sauber gefaltete Decke, die mich stutzig werden lässt. Was hat er vor? Es ist zehn Uhr am Abend, und normalerweise ist er um diese Uhrzeit entweder in seiner Werkstatt oder bereits bei sich in Vík.

»Die Aktivität ist heute hoch«, erwidert er grinsend.

»Moment mal … meinst du die Nordlichter?«

Aron nickt. »Ich dachte, du hättest vielleicht Lust auf eine kleine Privattour? Die anderen Gäste sind alle außer Haus, sodass wir allein wären.«

Aron und ich. Allein unter den Nordlichtern. Ich weiß nicht, ob es die beste oder schlechteste Entscheidung meines Lebens ist, seine Einladung anzunehmen. Mein Wunsch, die Nordlichter mit eigenen Augen und nicht nur auf schicken TikTok-Videos zu sehen, ist stärker als mein Zweifeln. Viel stärker.

Schnell laufe ich zu dem Fenster in meinem Zimmer, ziehe die schweren Vorhänge zur Seite und blicke in den nächtlichen Himmel. Doch von den grünen Schleiern fehlt jede Spur, stattdessen sind da nur Sterne über Sterne, die sich wie eine atemberaubende Lichterkette über die nordische Welt legen.

»Hier wirst du vermutlich noch keine sehen, aber in einer Stunde steigt der KP-Wert auf sieben an. Wie sieht es aus? Lust auf eine kleine Spritztour?«

Kapitel 9

Notiz an mich selbst: Schokoladenkekse schmecken besser, wenn du sie mit mir teilst

»Hörst du das?« Ich taste in der Dunkelheit nach der Kurbel und drehe die Scheibe des Pick-ups herunter, lausche dem heftigen Rauschen des Wassers, das die nächtliche Stille durchbricht. Währenddessen parkt Aron seinen Wagen und sieht leicht gebeugt durch die Windschutzscheibe in die Dunkelheit. Offenbar sind seine Augen von Natur aus besser an die isländische Finsternis gewöhnt, denn er sieht etwas, das ich noch nicht sehen kann.

»Das, meine Liebe, ist die mächtige Stimme des Skógafoss.«

»Wir sind am Skógafoss?« Ganz automatisch schnalle ich mich ab, stütze mich am Rahmen des Fensters ab und blicke nach draußen. Und tatsächlich, in der Richtung, aus der das Rauschen kommt, kann ich ganz schwach die Umrisse des bei den Touristen berühmten Giganten ausmachen.

»Das ist mein liebster Wasserfall auf der ganzen Insel, und ich kann dich nicht gehen lassen, solange du ihn nicht mit eigenen Augen gesehen hast. Komm, lass uns aussteigen.«

Das muss er mir sicher nicht zweimal sagen! In Blitzgeschwindigkeit springe ich aus dem Pick-up, lande mit meinen von Arons Mutter ausgeborgten Wanderschuhen mitten im knöchelhohen Schnee und sehe staunend zu dem Wasserfall hinüber, der unter dem Sternenhimmel in die Tiefe stürzt.

»Früher war da vorne mal die südlichste Küstenlinie des Landes.« Ich sauge jede Information, die Aron mir über sein Heimatland gibt, wissbegierig auf. Irgendwann will ich selbst ein menschlicher Island-Wikipedia-Eintrag sein. »Am Ende der letzten großen Eiszeit hat sich die Insel bis zu diesem Punkt angehoben.« Aron fischt eine Taschenlampe aus seiner Jacke und deutet mit ihrem starken Lichtstrahl vage auf die Stelle, an der das Wasser kraftvoll über die Kante reißt.

Ich kenne den Skógafoss bisher nur von Bildern und Online-Reisemagazinen, die ich in den letzten Tagen durchforstet habe, doch bei Nacht hat das Rauschen des gigantischen Wasservorhangs, der laut Google eine Breite von fünfundzwanzig Metern misst, eine ganz besondere Energie.

»Hier hat man meistens einen guten Blick auf die Nordlichter. Außerdem finde ich seinen Klang ziemlich beruhigend.«

»Und ein kleines bisschen angsteinflößend«, witzle ich, meine es aber ernst. Unter diesen Wasserfall will man nicht geraten, wenn man an seinem Leben hängt. In der Ferne sehe ich ein paar Touristen, die mit ihren Stativen bewaffnet ebenfalls auf die Nordlichter warten.

Aron öffnet die Klappe der Ladefläche, breitet die braune Decke darauf aus und klopft auf den freien Platz neben sich. »Setz dich zu mir. Ein bisschen Geduld muss man haben.«

Ich steige auf die Ladefläche, lasse meine Beine über den Rand nach unten baumeln und sehe den wässrigen Riesen vor uns ehrfürchtig an. Je länger ich hier draußen bin, desto mehr gewöhnen sich meine Augen an die Dunkelheit. Zum Glück habe ich mich vorgestern in Vík mit islandtauglicher Kleidung eingedeckt, sodass ich mir jetzt nicht mehr den Hintern abfrieren oder Aron seine Jacke stehlen muss. Ganz besonders dankbar bin ich für die dicke weiße Pudelmütze, die meine armen Ohren vorm Erfrieren bewahrt.

»Lakritz oder Schokolade?«, fragt Aron, während er seinen Wanderrucksack öffnet.

»Du hast Süßigkeiten dabei?«

Allein bei dem Wort Schokolade hatte er mich!

»Ich habe ein paar isländische Sachen eingekauft. Keine Ahnung, ob es davon auch einiges in Deutschland gibt, aber ich dachte mir: Wie kann man am besten herausfinden, was man mag? Richtig: indem man Sachen ausprobiert.«

Aron nimmt die Sache mit der Serviette wirklich ernst, und dafür könnte ich ihn ununterbrochen knutschen. Natürlich nur auf die Wange, aus ganz offensichtlichen Gründen.

Auf meine Frage, wie lange seine Freundin noch bei ihrer Familie sein wird, hat Aron distanziert reagiert und meinte, dass er es nicht weiß. Dass Jóhanna zu Hause einige Dinge klären muss. Worum es dabei geht, hat er mir selbstverständlich nicht anvertraut. Es passt nicht zu dem sonst so offenen Aron, dass er sich so sehr verschließt, doch mir bleibt nichts anderes übrig, als es zu akzeptieren. Er wird mit mir darüber reden, wenn er sich dafür bereit fühlt, so wie ich über meinen Bruder sprechen werde, wenn ich dazu bereit bin. Manche Sachen brauchen mehr Zeit als andere.

»Also, Lakritz oder Schokolade?«

»Schokolade, natürlich! Wer Lakritz isst, isst auch kleine Kinder.« Angewidert verziehe ich das Gesicht.

»Bitte sag mir, dass das bloß ein seltsames Sprichwort aus Deutschland ist und ihr nicht wirklich kleine Kinder mit Lakritz-Topping esst.«

»Das wirst du nie erfahren«, necke ich ihn und greife gierig in eine Tüte mit Schokoladenkeksen, die er mir reicht. Sobald die ersten Krümel in meinem Mund landen, stöhne ich auf. Gott, sind die gut!

»Ich mag auch keine Lakritze. Keine Ahnung, wie El dieses Zeug überhaupt runterbekommt«, sagt er mit einem Lachen, das süßer ist als die Geschmacksexplosion auf meiner Zunge.

»Wie hast du sie eigentlich kennengelernt? Du hast mir erzählt, dass ihr schon seit Kindestagen befreundet seid, aber nie, wie es dazu gekommen ist.« Hin und wieder huscht mein Blick zum Himmel, an dem sich noch immer kein grüner Schleier zeigt. Während wir auf das berühmte Naturphänomen warten, fühle ich mich wie ein aufgeregtes Kleinkind, das am liebsten alle paar Minuten fragen würde, wann sie da sind – die Lichter.

»Elva kommt ursprünglich aus Bosnien. Sie war zwei, als ihre Mutter mit ihr nach Island kam und angefangen hat, für unsere Lodge zu arbeiten. Wir haben uns sofort gut verstanden, genau wie unsere Mütter, und sind seitdem unzertrennlich.«

»War da je mehr?«, schießt es urplötzlich aus mir heraus, woraufhin ich mir einen Keks in den Mund stopfe, damit ich nicht noch mehr unüberlegte Dinge sage, die ein völlig falsches Bild vermitteln könnten.

»Zwischen Elva und mir?«, hakt Aron mit erhobenen Brauen nach und beißt von seinem nächsten Keks ab. Wir beide tragen so dicke Handschuhe, dass es sich gar nicht so leicht gestaltet, in die Tüte zu greifen, ohne die Kekse zu zerbröseln.

»Also nicht, dass es mich etwas angeht. Ich dachte nur ... man kennt sie doch, die ganzen süßen Friends-to-Lovers-Geschichten, die einem das Herz erwärmen?«

»So war es zwischen Elva und mir nie. Sie ist wie eine Schwester für mich, und ich bin wie ein Bruder für sie.« Wieso um Himmels willen erleichtert mich seine Antwort? Sie ändert rein gar nichts an der Tatsache, dass Aron seit drei Jahren glücklich vergeben ist. Auch wenn ich dieses »glücklich« mittlerweile gedanklich in Klammern setze, weil er auf mich einen anderen Eindruck macht. Stattdessen tritt ein trauriges Schimmern in seine Augen, wenn ich ihn auf Jóhanna anspreche.

»Und? Magst du isländische Schokokekse?«, fragt Aron. Offenbar will auch er das Thema so schnell wie möglich wechseln.

»Du kannst liebend gern auf meine Serviette schreiben, dass ich diese Teile liebe!« Wieder wandert mein Blick Richtung Himmel.

»Wie entstehen Nordlichter eigentlich?«

Aron klopft sich die Kekskrümel von den Handschuhen und stützt sich anschließend mit den Händen auf der Ladefläche des Wagens ab.

»Die Elektronen des Sonnenwinds treffen auf die Moleküle unserer Atmosphäre und tauschen dabei ihre Energien aus. Dadurch laden sich die Moleküle elektrisch und energetisch auf, was sie zum Leuchten bringt.«

»Sieht man sich jemals an ihnen satt?« Tief in meinen Tagträumen versunken zähle ich die Sterne am Himmelszelt und warte gespannt auf Arons Antwort.

»Es gibt sicher einige Einheimische, für die das Nordlicht nichts Besonderes mehr ist. Ich bin immer noch genauso fasziniert wie damals mit vier, als ich sie zum ersten Mal bewusst wahrgenommen habe. Damals dachte ich aber, dass es die Ninja Turtles sind, die mir verschleierte Botschaften schicken wollen.«

»Wie enttäuscht warst du, als du die Wahrheit erfahren hast?«, frage ich und stupse ihn freundschaftlich mit dem Ellbogen an.

»Ich habe alle Ninja-Turtles-Poster wütend von den

Wänden gerissen und in den Müll geschmissen. Reicht dir die Antwort?«

Wie jedes Mal in Arons Nähe wollen meine Mundwinkel ein Lächeln zaubern, so wie die Sonnenwinde im Einklang mit der Atmosphäre die Polarlichter erschaffen. Dieses Mal kämpfe ich nicht dagegen an, weil ich so dankbar dafür bin, mit ihm hier zu sein. Dafür, dass er mir den Zauber seiner Heimat näherbringt.

»Viele Länder haben ihre ganz eigene Mythologie in Bezug auf die Lichter. In Island glaubt man zum Beispiel, dass es Unglück bringt, wenn man den Nordlichtern winkt, für sie singt oder pfeift. Weil dann angeblich die Geister der Lichter auf die Erde kommen und keine guten Absichten haben. Stattdessen kann man ihnen applaudieren, um ihnen zu zeigen, dass man sie ehrt.«

»Applaudieren?«, wiederhole ich glucksend. »Wenn ich wissen will, ob die Nordlichter aktiv sind, muss ich also nur darauf achten, ob die Einheimischen klatschen wie bei der EM 2016?«

»Na, hör mal!«, sagt Aron empört. »Bei der EM wurde deutlich mehr geklatscht!« Ich muss kichern.

»Gibt es auch schönere Mythen als eure?« Neugierig wandert mein Blick zu dem gigantischen Felsen, aus dem der Skógafoss herausbricht wie ein gewaltiges Ungetüm.

»In Nordamerika glauben einige Völker, dass es die Lichter anlockt, wenn man für sie flüstert. So sollen Nachrichten an Verstorbene verschickt werden können.« Am Ende des Satzes zieht Aron scharf die Luft ein. »Tut mir leid. Ich wollte nicht ...«

»Schon gut«, beschwichtige ich ihn, noch immer mit einem schmalen Lächeln auf den Lippen. Heute Nacht will ich der Traurigkeit nicht die Oberhand geben. Ich will dankbar sein. Dafür, dass ich hier sein darf. Gemeinsam mit Aron unter den Sternen, die auf Island so viel heller und prächtiger wirken als in Berlin. Vielleicht sind sie auch schöner geworden, weil Luca jetzt unter ihnen weilt. Weil er jeden Ort, an dem er war, mit seinem Sein immer schöner gemacht hat. Weil er jetzt ein Stern ist. *Der wichtigste im ganzen Universum.*

Eine Weile sagen wir beide nichts. Erst, als Aron mir ein breites Grinsen – ein richtiges Nordlichtgrinsen – schenkt, komme ich wieder in die Gegenwart zurück.

»Was ist?«, frage ich ihn überrascht und leicht verunsichert. Es ist traurig, dass mich ein so schönes Grinsen wie seines sofort in Unruhe versetzt. Meine Mutter hat wohl ganze Arbeit geleistet.

»Sieh nach oben.« Aron legt den Kopf in den Nacken, und ich tue es ihm gleich. Meine Kinnlade klappt herunter, sobald ich die ersten Schleier über uns tanzen sehe.

»Sie sollten gleich stärker werden. An manchen Tagen kann man die Nordlichter nur als blassweiße Schleier wahrnehmen, aber heute haben wir offenbar Glück.«

Ich arbeite mich umständlich in den Stand und traue meinen Augen kaum. Der Himmel über uns verfärbt sich zusehends in mystische Grüntöne. Ganz langsam schlängeln sich die Lichtwellen über die Sterne, verändern von Sekunde zu Sekunde stärker ihre Form.

»Ich glaube, ich verstehe jetzt, wieso man ihnen applaudieren will.« Sie sind wunderschön!

Mit geöffnetem Mund beobachte ich das Naturschauspiel, für das so viele Menschen aus aller Welt nach Island reisen. Dieses Wunder mit bloßen Augen einzufangen, hat seinen ganz eigenen Zauber, einen, den man nicht wirklich in Worte fassen kann. Egal in welcher Sprache.

Unter das Grün mischt sich ein leichtes Lila und lässt die Wellen noch schöner, noch einnehmender aussehen. Es ist, als würde jemand das Licht am Himmel anschalten und einen Dimmer bis zum Anschlag drehen.

Im Hintergrund höre ich das Grölen einiger Fotografen, die den Skógafoss unter dem Nordlichthimmel ablichten und damit sicher den Shot ihres Lebens machen.

»Ich habe im Internet gelesen, dass es eine Treppe gibt, die zur Spitze des Wasserfalls führt.«

»Da hat sich jemand schlaugemacht, was?«

»Können wir da raufgehen?«, frage ich völlig euphorisiert und sehe zu Aron hinab, der inzwischen auf dem Rücken liegt und dem himmlischen Schauspiel zusieht.

»Ich glaube nicht, dass es eine gute Idee ist. Es ist zu dunkel und eindeutig zu gefährlich.«

»Bitte, Aron! Ich will den Lichtern näher sein!« Langsam knie ich mich neben ihn, nehme ihm die Taschenlampe ab und schalte sie ein. Dann richte ich das Licht auf mich.

»Kannst du diesem Gesicht einen Wunsch abschlagen?« Schmollend schiebe ich meine Unterlippe vor. Ich will um jeden Preis mit ihm da hoch, und dafür fahre ich alle Geschütze auf, die ich habe!

Aron sieht mich an, seine Augen fest auf meinen Schmollmund gerichtet. Dass er sich bewegt hat, merke ich erst, als seine Hand die meine umschließt und er mir die Taschenlampe abnimmt. Das Auto gibt unter seinem Gewicht nach. Er steht vor mir auf der Ladefläche.

»Nächster Punkt auf deiner Liste: Du bist eine emotionale Erpresserin.«

»Und? Bin ich wenigstens gut darin?«

Sein folgendes Lachen ist Antwort genug.

Kapitel 10

Notiz an mich selbst: Dein Leben ist Licht (auch an dunklen Tagen)

»Wer hätte gedacht, dass ich mit meiner untrainierten Lunge mehr Kondition habe als du?« Hinter mir höre ich Arons angestrengtes Atmen, während ich das Ende dieser unsicheren Treppe fixiere. Wie man das hier als Treppe bezeichnen kann! Vielmehr sind es Gitter aus Stahl, die einem den Weg direkt in die Hölle ebnen. Ein falscher Schritt, und das Ende ist nah.

»Zu meiner Verteidigung: Ich habe seit Ewigkeiten keinen Sport mehr gemacht!« Aron erreicht wenige Sekunden nach mir die Spitze des Skógafoss. Hier oben pfeift ein fieser Wind, aber er hält mich nicht davon ab, meine Arme auszubreiten und mich für einen kurzen Augenblick wie die Königin dieser Insel zu fühlen.

»Du treibst keinen Sport?«, frage ich Aron mit geschlossenen Augen. »Dafür bist du ziemlich …« *Mist, sollte ich lieber die Klappe halten?* »… gut gebaut«, beende ich kleinlaut meinen Satz und lasse den Wind hoffentlich die Röte von meinem Gesicht wegpusten. Das Rauschen des Wassers ist hier oben so laut, dass man seinen eigenen Atem kaum hört.

»Ich hab vor einem Jahr aufgehört. Das, was du hier siehst, sind nur die traurigen Überreste meiner Vergangenheit.« Aron bemüht sich, Leichtigkeit in seine Worte zu legen, aber ich höre etwas anderes: Trauer. Sofort nehme ich die Arme herunter, drehe mich zu ihm um und leuchte ihn mit der Taschenlampe an.

»Warum hast du aufgehört?«

»Habe ich dir je erzählt, dass ich mal Kitesurfer war?« Er breitet unsere Decke abseits der Touristenplattform auf dem Boden aus.

»Bisher nicht, nein«, flüstere ich.

Aron nimmt auf der Decke Platz, und ich steige vorsichtig über die Abgrenzung, um mich zu ihm zu setzen. Über uns explodiert der Himmel noch immer in seinen schönsten Farben.

»Weißt du, was Kitesurfen ist?«, fragt Aron in das kraftvolle Rauschen der Natur hinein.

»Benutzt man dafür nicht ein Brett und ein Segel?«

Aron lacht. Es ist ein Lachen, das tief aus seiner Brust zu kommen scheint und genauso tief in mein Herz dringt. »Es nennt sich eigentlich Lenkdrachen, aber ja. Ich habe die Sportart für mich entdeckt und die ersten Anfängerkurse belegt, als ich gerade vierzehn geworden bin. Ein paar Jahre lang hat man mich nicht mehr aus dem Wasser bekommen. Ich habe es geliebt, eins mit dem Meer zu werden, meinen Körper den Wellen anzupassen und den Wind als Antrieb zu nutzen. Kitesurfen ist für mich die Sportart der Elemente und gleichzeitig pure Achtsamkeit. Na ja, zumindest war es immer so.«

Gebannt hänge ich an seinen Lippen, lausche seinen Worten, die einen perfekten Tanz aus Melancholie und Glück vollführen, weil es so offensichtlich ist, dass er diese Leidenschaft verloren hat.

»Und jetzt kannst du nicht mehr surfen?«

Er schüttelt angespannt den Kopf, nimmt gedankenversunken einen Stein vom Boden und wirft ihn Richtung Abhang. Ein Abhang, der beängstigend ist und mich trotzdem – oder gerade deswegen – so fasziniert.

»Irgendwann bin ich ziemlich leichtsinnig geworden, und es hat mir nicht mehr gereicht, nur auf dem Meer zu surfen. Ich wollte mehr. Mehr Aufregung, mehr Nervenkitzel. Wo andere Leute in meinem Alter gerade angefangen hatten, Drogen zu nehmen oder Alkohol zu trinken, wurde der nächste Adrenalinkick meine Sucht. Also habe ich die Extreme gesucht und bin in Gletscherlagunen auf der ganzen Insel gesurft. Das war im Nachhinein betrachtet vielleicht nicht die allerbeste Idee.« Aron verstummt für einen Moment. »Ich erinnere mich nur verschwommen an diesen Tag. Es ging mir nach dem Aufstehen nicht gut, und Elva hat mir schon beim Aufbruch gesagt, dass ich lieber nicht aufs Brett steigen sollte. Aber ich wollte es, brauchte es damals wie die Luft zum Atmen.«

»Surft Elva auch?« Ich stelle mir die beiden Seite an Seite auf ihren Brettern vor und muss traurig lächeln, weil es irgendwie so gut zu ihnen passt.

»Ja. Und nicht nur das, wir hatten sogar einen gemeinsamen Kanal auf Instagram. Ihre Idee, nicht meine. Du weißt ja, dass Handys für mich ...«

»... widerliche Zeitfresser sind«, beende ich den Satz für ihn.

Er nickt.

»An diesem Tag im Januar ging alles schief, was nur schiefgehen konnte, und ich habe mich am Eis verletzt.«

»Wie schlimm war es?« Instinktiv will ich seine Hand nehmen, um sie zu halten, doch ich habe zu viel Angst davor, wieder eine Grenze zu überschreiten. In seiner Nähe will ich das viel zu oft. Grenzen überschreiten und nicht über die Konsequenzen nachdenken.

»So schlimm, dass ich sofort danach operiert werden musste. Seitdem war ich nicht mehr auf dem Brett.«

»Das tut mir leid, Aron.« Es ist nicht zu übersehen, wie viel ihm das Surfen bedeutet hat. »Das Leben ist manchmal wirklich ein Arschloch.«

Erst hat es Aron seine Leidenschaft genommen, und ein Jahr später nahm es mir meinen Bruder. Nichts daran ist fair, und doch können wir nichts anderes tun, als es zu akzeptieren.

»Wieso hast du mir nie davon erzählt? Oder geschrieben?«, will ich wissen. Wir haben in dem letzten Jahr über alles gesprochen, zumindest dachte ich das. Aber es gibt so vieles, was ich nicht über Aron weiß und unbedingt erfahren will.

»Weil es zu sehr geschmerzt hat.« Aron klingt abwesend, als wäre er in einer anderen Welt. Einer, in der er immer noch auf dem Brett stehen und sich den Elementen hingeben kann. Etwas in der Luft sagt mir, dass ihm mehr auf dem Herzen brennt, aber ich will ihm Zeit geben. Langsam lasse ich mich nach hinten gleiten und sehe nach oben in den grün-violetten Himmel.

»Ist dir warm genug?«, fragt Aron und legt sich ebenfalls hin. Unsere Oberarme berühren einander, während wir Seite an Seite in den Himmel blicken. Ich korrigiere: während ich in den Himmel blicke und Aron mich ansieht.

»Mir ist kuschelig warm. Willst du auch wissen, wieso?«

Ich drehe mich auf die Seite, sodass ich ihm nun gegenüberliege. Hier oben, über dem gigantischen Wasserfall, dessen Kante einst der südlichste Punkt der Insel war. »Aber ich muss dich warnen: Mein Geheimnis ist ein echter Gamechanger«, wiederhole ich Arons Worte mit einem Zwinkern.

Er hat seinen Kopf in meine Richtung gedreht, unser Atem zaubert zwei kleine Wolken in die Luft. Sie vermischen sich, werden eins, tanzen miteinander.

»Ich trage Thermounterwäsche«, verrate ich ihm hinter vorgehaltener Hand.

»Shit, aus deinem Mund klingt das auch noch sexy«, erwidert er lachend, und ich kann mir ein Kichern nicht verkneifen. Es ist so leicht, an Arons Seite Freude zu empfinden. Umso schmerzhafter ist es, weil ich es mir eigentlich nicht erlauben will. Ich will nicht, dass mein Leben einfach weitergeht, als wäre nichts passiert. Als hätte meine Welt vor fünf Wochen nicht aufgehört, sich zu drehen. Aron scheint zu bemerken, dass meine Gedanken wieder einmal den Kurs wechseln.

»Willst du über ihn reden?« Seine Frage wirbelt so viele Gefühle in mir auf, die ich in den letzten Wochen versucht habe, nicht zu fühlen. Doch das ist das Problem mit den Gefühlen: Man kann sie für eine gewisse Zeit unter Wasser drücken, aber irgendwann finden sie ihren Weg an die Oberfläche von ganz allein und mit voller Wucht. Und dann tun sie so richtig weh.

»Ich will dich nicht dazu drängen, Lilly. Du sollst nur wissen, dass ich hier bin. Wenn du über Luca sprechen willst, meine ich. Manchmal hilft es.«

»Ich will über ihn reden. Das will ich wirklich«, sage ich und erschrecke mich darüber, wie leicht die Antwort über meine Lippen kommt. »Es tut nur so verflucht weh, weißt du? Zu Hause konnte ich nie über ihn sprechen, weil meine Eltern es nicht einmal ertragen haben, seinen Namen zu hören. In den letzten Wochen bin ich permanent wie über gesprungenes Glas gelaufen. Bei jedem Schritt hatte ich Angst, dass es endgültig unter mir wegbrechen könnte.«

»Weil da niemand war, der dich auffangen konnte«, vollendet er meine Gedanken. Bilde ich es mir nur ein, oder sind Aron und ich uns näher gekommen? Ich spüre sein Bein dicht an meinem, seinen Arm an meinem Brustkorb. »Hier hast du mich, Lilly. Du fällst nicht mehr allein.«

»Genau deshalb wollte ich herkommen«, flüstere ich.

Alles in mir bebt. »Weil ich wusste, dass du mich verstehst. Dass du verstehst, wie es in mir aussieht.« Ich schließe die Augen, und die Flashbacks rasen wie fliegende Patronenkugeln durch meinen Geist. Luca, abgemagert in seinem Bett, nicht mehr in der Lage, das Zimmer zu verlassen. Luca, angeschlossen an Schläuchen und Maschinen, die ihn am Leben halten sollten und doch versagt haben.

»Die letzten Wochen waren besonders hart. Er wurde immer schwächer, von Tag zu Tag. Es war, als würde mein Bruder verblassen. Ein bisschen wie die Nordlichter.«

»Du solltest lernen, seinen Tod genau so zu verstehen«, sinniert Aron und sieht dabei in den Himmel. Ehe ich darüber nachdenken kann, ob das, was ich tue, falsch oder richtig ist, rutsche ich noch dichter an ihn heran. Aron hebt seinen Arm ganz automatisch, legt ihn um mich und lässt zu, dass ich mein Gesicht auf seine Schulter bette. Wir liegen hier, wie Freunde beisammenliegen könnten, aber es fühlt sich nach so viel mehr an.

»Vielleicht ist dein Bruder tatsächlich wie ein Nordlicht, Lilly. Er ist nicht wirklich weg, er hat nur seine Form verändert.«

Das Bild, das Aron für mich zeichnet, ist heilsamer als alles, was in den zahlreichen Trauerforen stand, in denen ich vergeblich nach einem Umgang mit meinem Schmerz gesucht habe.

»Luca ist ein Nordlicht.« Ein trauriges Lächeln tanzt auf meinen Lippen. »Der Gedanke gefällt mir.« Ich kuschle mich enger an Aron und fühle mich an seiner Seite so beschützt wie schon lange nicht mehr.

»Meine Mutter hat mich vorhin angerufen.« Die Erinnerung an ihre kalten, herzlosen Worte schmerzt. Ist fast stark genug, mir die guten Gefühle zu nehmen, die Aron mir gerade geschenkt hat, aber das lasse ich nicht zu.

»Willst du wissen, wieso sie mich angerufen hat? Weil sie wissen wollte, wann ich wieder im Blumenladen arbeite. Sie hat nicht einmal gefragt, wie es mir geht, Aron. Ich bin seit einer Woche von zu Hause weg, und sie interessiert sich einen Scheiß für mich. Als ich ihr sagte, dass ich in den nächstbesten Flieger gestiegen bin, hat sie mir das Gefühl gegeben, es ohnehin nicht allein zu schaffen. Ich kam mir vor wie eine Vollidiotin.«

»Manche Eltern haben ihre Kinder nicht verdient«, stößt Aron aus. »Und deine Eltern haben dich ganz bestimmt nicht verdient, Lilly.«

»Darf ich dir etwas anvertrauen?« Ich drehe den Kopf leicht nach oben, um zu ihm aufzusehen. Meine Nase ist gefährlich nahe an seiner Halsbeuge. Wie wir hier liegen … das sollte nicht sein. Wir sollten uns nicht so nah sein, und es sollte sich nicht zu gut anfühlen. Aber mein Bruder sollte auch kein Nordlicht sein, und trotzdem tanzt er da oben am Himmel für mich. Diese Welt ist eine Ansammlung aus Widersprüchen.

»Du kannst mir alles anvertrauen.«

»Nachdem Luca gegangen ist …«, sage ich stockend, »… da hatte ich Gedanken, für die ich mich jetzt noch schäme. Neben all dem Schock und der Trauer war da auch etwas anderes in mir. Eine Art Hoffnungsfunken. Die Hoffnung, dass ich bei meinen Eltern endlich mal an die erste Stelle rücken dürfte. Dass es ausnahmsweise auch mal um mich und meine Bedürfnisse gehen würde. Dass meine Eltern anfangen würden, mich zu sehen, weil sie jetzt den Blick wieder frei hatten. Weil da vorher kein Platz für mich gewesen ist.« Wie Säure brennen die Worte in meinem Mund. »Allein, es auszusprechen, fühlt sich so falsch und hinterhältig an.«

»Deine Gefühle sind nie falsch, Lilly. Und ich verstehe dich. Du hast dein Leben lang alles zurückgeschraubt, hast dich kleingemacht und alles für Luca getan. Du wolltest, dass es auch mal um dich gehen darf.«

»Ja«, hauche ich. »Aber das war naiv. Meine Mutter kann mir nicht mal in die Augen sehen, und mein Vater? Der ist eher wie ein entfernter Bekannter für mich. In Berlin bin ich so verloren gewesen, dass ich es nicht länger ausgehalten habe. Ich weiß nicht, wie lange ich hier sein will. Wie lange ich vor meinem alten Leben davonlaufen kann. Das Gespräch mit ihr hat mir gezeigt, dass ich nicht zurückgehen werde. Noch nicht. Ich will mich erst besser kennenlernen, bevor ich ihnen das nächste Mal gegenüberstehe. Ich will für mich selbst kämpfen können, verstehst du? Denn bis jetzt weiß ich nur, wie es ist, für Luca zu kämpfen.«

Aron schlingt seinen Arm fester um mich. »Du kannst so lange bleiben, wie du willst, Lilly. Ich bin hier für dich.« *Wenn es doch nur so einfach wäre.*

»Deine Mutter hat mir heute Morgen gesagt, dass

mein Zimmer nur noch wenige Tage frei ist, bevor neue Gäste anreisen und eure Lodge für mehrere Wochen ausgebucht ist. Wenn ich also nicht schnell eine bezahlbare Alternative finde, muss ich zurück nach Deutschland.«

»Wirklich, du kannst auch erst mal bei mir unterkommen, wenn du willst.« Sein Vorschlag lässt mich schwer schlucken. Auf der einen Seite würde ich sein Angebot gern sofort annehmen, aber mein Herz spielt jetzt schon seinetwegen verrückt. Wie wäre es erst, wenn ich bei ihm wohne? Mir ein Zuhause mit ihm teile? Ein Bad, eine Küche …?

»Deine Gedanken sind lauter als der Wasserfall. Was geht dir durch den Kopf?«

»Dass ich dir nicht zur Last fallen will?«

»Lilly«, raunt Aron dunkel. »Du fällst mir nicht zur Last. Ich will dir helfen. Und wenn ich dir sage, dass ich genug Platz für uns beide habe, darfst du mir glauben. Überleg es dir wenigstens, okay?«

»Okay. Aber ich will nicht kostenlos bei dir wohnen. Ich finde schon einen Aushilfsjob oder so …«

»Wie wäre es mit dem *Aska*? Soweit ich weiß, suchen sie regelmäßig Aushilfen.«

»Ich glaube nicht, dass es eine gute Idee ist«, murmle ich. »Vielleicht hast du es nicht mitbekommen, aber deine beste Freundin scheint kein sonderlich großer Fan von mir zu sein.«

Aron schüttelt den Kopf, wobei seine Haare auf meiner Haut kitzeln. »Das stimmt nicht. Sie kennt dich nur noch nicht.« Auch wenn ich Arons Hilfe zu schätzen weiß, bereitet mir der Gedanke, Elva nach einem Job zu fragen, fürchterliche Magenschmerzen.

Auf der anderen Seite schlägt mein Herz kleine Salti in meiner Brust, wenn ich daran denke, bei Aron zu wohnen. Aus dem Augenwinkel sehe ich die tanzenden Lichter, diese Sonnenwindwellen, die den Himmelsozean heute Nacht so lebendig wirken lassen.

»Weißt du, was ich mich frage?« Noch bevor ich meine Worte im Kopf formuliert habe, kommen sie mir schon wieder albern vor. Weil die Stimme meiner Mutter so laut und penetrant ist, dass ich sie nicht abstellen kann, so gern ich es auch tun würde.

»Was fragst du dich?«

»Ach, nichts.«

»Sag es mir«, bittet Aron mich mit seiner wärmenden Stimme, die mich fast vergessen lässt, dass wir bei Minusgraden im Schnee liegen.

»Meine Eltern sagen immer, dass ich zu viel in meinem Kopf bin. Dass das Leben in der Realität und nicht in meinen Tagträumen stattfindet.«

»Sie sind nicht hier, oder?«

»Na gut«, stoße ich zitternd aus. »Ich habe mich nur gerade gefragt, wie es sich wohl anfühlt, ein Nordlicht zu sein.«

Kurz denkt Aron über meine Worte nach, scheint sie aber zu meinem Erstaunen nicht albern zu finden. »Ich schätze, ziemlich cool. Du wirst von allen bewundert, von allen geliebt. Und manchmal gibt es irre Isländer, die dir applaudieren, einfach nur, weil du auftauchst.«

Genau das wünsche ich mir für Luca.

Ein Leben im Licht.

Ein Leben *als* Licht.

Ganz langsam rapple ich mich auf, lasse die raue, kalte Umgebung auf mich wirken. Dann schließe ich die Augen, fühle mich in die Lichter hinein. Ich strecke die Arme zu beiden Seiten aus, erschaffe in meinem Geist eine Melodie, die zu schön ist, um nicht zu ihr zu tanzen. Ich denke an meinen Bruder, der mich zwanzig Jahre meines Lebens begleitet hat und den ich für immer bei mir tragen werde. Wie ein Tattoo, direkt auf meinem Herzen.

Als ich die Augen leicht öffne, sehe ich, dass Aron mich beim Tanzen beobachtet. Er sieht mir zu, aber vor allem sieht er *mich*. Mich, Lilly Sommer. Nicht Lilly, Lucas Schwester. Sondern einfach nur mich. Ich drehe mich im Kreis, fühle die Kraft der Natur um mich herum. Spüre, wie diese Kraft auch ein Teil von mir wird. Ein Lachen kommt über meine Lippen, das sich so befreiend, so echt anfühlt. Wie der erste Tag im Sonnenlicht nach Monaten voll Dunkelheit.

Als ich einen Schritt auf Aron zumache, erwische ich eine Unebenheit im Boden und verliere das Gleichgewicht. Bevor ich mich wieder fangen kann, stolpere ich bereits. Doch anstatt auf dem kalten, schneebedeckten Boden zu landen, lande ich direkt auf ihm.

Keuchend sitze ich auf Arons Schoß, spüre seinen harten Körper unter meinem. Mein Herz will mir aus der Brust springen, alles dreht sich in mir.

Zu nah, zu nah, zu nah.

Wir sind uns zu nah und doch noch lange nicht nah genug.

»Du solltest hier oben wirklich besser auf dich aufpassen, Lilly«, murmelt er, und sein Atem streichelt dabei über die kalte Spitze meiner Nase. Unsere Gesichter schweben voreinander, während meine Hände ihren Weg auf seine Schultern finden. Ich steuere nichts hiervon bewusst, mein Körper handelt einfach ohne meine Zustimmung.

Der leichte Druck auf meinen Hüften verdeutlicht mir, dass Aron mich festhält. Viel zu intim, viel zu selbstverständlich. Weil es sich genau so mit ihm anfühlt. So normal, so richtig. Über Ländergrenzen hinweg haben wir uns gefunden – wie kann das kein Schicksal sein?

Meine Lider schließen sich flatternd. Ob er dasselbe spürt wie ich? Ob ihm dieselben verbotenen Dinge durch den Kopf geistern wie mir? Ich will ihn küssen. Ich will ihn für jedes einzelne tröstende Wort küssen, das er mir heute Nacht geschenkt hat. Ich will ihn für die Lichter küssen, weil ich das Gefühl habe, dass er sie nur für mich angeknipst hat. Als hätte er einen Deal mit dem Universum gemacht, einen Deal mit meinem Bruder.

Tausende Gedanken wirbeln in mir auf. Ich bin gefangen zwischen »Ich will es so sehr« und »ich darf es nicht wollen«. Vielleicht bilde ich es mir nur ein, aber ich bin mir sicher, dass wir uns nähergekommen sind. Sein Atem wird zu meinem, und die Grenzen unserer Körper verschmelzen trotz dicker Winterkleidung miteinander.

Bevor ich meinen letzten Funken Vernunft mit dem Wasser in die Tiefe stürzen lassen kann, lehnt Aron seine Stirn gegen meine und atmet rasselnd aus. Er strahlt pures Bedauern aus, das sich wie eine Faust um mein polterndes Herz schließt.

»Es tut mir leid, Lilly. Ich kann nicht.«

Natürlich kann er nicht. Weil er Jóhanna betrügen würde und weil sie es nicht verdient hat. Niemand hat diesen Verrat verdient.

Mich überrollen Schuldgefühle, gepaart mit sengender Scham. So schnell wie möglich löse ich meine Hände von seinen Schultern, klettere mit angehaltenem Atem von seinem Schoß und stolpere zurück. Ich muss hier weg, auf Abstand gehen, bevor ich endgültig den Verstand verliere.

Ich bin so dumm!

»Lilly, lass uns darüber reden.«

»Ich kann nicht.«

Überfordert stolpere ich los, weiß nicht einmal, in welche Richtung. Je mehr Schritte ich gehe, desto dunkler wird alles um mich herum. Und in mir wird es rabenschwarz. Weil ich Aron küssen wollte, obwohl er eine Freundin hat, und ich mich deshalb wie der mieseste Mensch dieser Welt fühle.

Im Hintergrund höre ich Aron meinen Namen rufen, aber ich nehme nur noch meinen rasenden Puls und das Rauschen meines Blutes wahr. Auf einmal geht alles furchtbar schnell.

Ich mache einen falschen Schritt, rutsche im Schnee

aus und merke, dass die Welt unter meinen Füßen bricht. Das Glas, auf dem ich so lange balanciert bin, gibt endlich nach. Dann falle ich, während Aron meinen Namen schreit.

Kapitel 11

Notiz an mich selbst: Man verlernt Dinge, wenn man sie zu lange nicht getan hat. Leben, zum Beispiel

Ich werde in die Tiefe stürzen.

Die Erkenntnis trifft mich wie ein Blitz, als ich den Halt verliere. Dieses Mal endgültig. Ein Stein bricht unter mir weg, und das Nächste, was ich mitbekomme, ist ein scharfer Schmerz, der durch meinen Fuß bis hoch in mein Herz zieht. Als hätte es in den letzten Wochen nicht genug gelitten, muss das Leben noch einen draufsetzen und nachtreten, obwohl ich längst am Boden liege.

»Lilly, nimm meine Hand!« Arons panische Stimme über mir, die alles verschlingende Dunkelheit unter mir. Wie weit geht es in die Tiefe? Mein Blick tunnelt sich, sodass ich nichts wahrnehme, außer Arons Schemen über mir.

Blind reiße ich meinen Arm nach vorn, damit er mich zu greifen bekommt, während mein Bauch weiter über die Kante rutscht. Mit den Füßen versuche ich, Halt in dem Felsen zu finden, trete dabei immer wieder ins Nichts.

Mit zusammengekniffenen Augen hänge ich am Abgrund.

»Ich ziehe dich jetzt hoch, okay? Aber du musst mitarbeiten«, ruft Aron mir über das Tosen des Wasserfalls zu. Ich nehme seine Worte wahr, verstehe sie, aber ich kann sie nicht umsetzen, weil mein Körper mir nicht mehr gehorcht.

Weil da eine leise Stimme in mir erwacht, die mir sagt, dass ich loslassen soll. Dass es leichter wäre. Vielleicht wäre mein Ausweg feige, vielleicht wäre es auch der mutigste Schritt, den ich jemals gegangen bin.

»Bitte, Lilly! Ich kann dich so nicht richtig halten!« Der Druck auf meinem Arm wird stärker, aber durch den Stoff der Jacke rutscht Arons Hand immer wieder ab. »Du musst mit den Füßen Halt finden und dich hochstemmen.« Seine Worte dringen zwar zu mir durch, doch ich fühle mich, als wäre ich in Watte gepackt. Nichts erreicht mich *wirklich*. Meine eigenen Gedanken erschrecken mich. Will ich vielleicht, dass Aron mich loslässt? Mich fallen lässt, so wie meine Eltern es immer wieder getan haben?

»Ich ... ich ... kann nicht«, stottere ich und weiß nicht, ob Aron mich überhaupt verstehen kann. Meine Worte sind nur Fetzen und keine ganzen Sätze. Wieder packt er meinen Arm etwas fester, aber er bekommt nicht genug zu greifen, um mich hochzuziehen.

»Du hast gerade zu mir gesagt, dass du lernen willst, für dich zu kämpfen. Nicht für Luca, nicht für deine Eltern. Sondern für dich. Also kämpfe, Lilly!«

Seine Worte rütteln mich wach, und ich horche auf. Er hat recht. Ich will es lernen. Will meinen Eltern gegenüberstehen und sagen können, dass ich meinen Wert kenne. Und das kann ich nur, wenn ich jetzt nicht aufgebe. Mühsam strample ich um mich, taste mit meinen Füßen nach etwas, das mir Halt gibt.

Sobald ich eine halbwegs stabile Kante im Felsen finde, bündle ich meine Kraft und stemme mich auf diesen kleinen Vorsprung. Im selben Augenblick schafft Aron es, mich nach oben zu ziehen. Sekunden später sinkt er keuchend auf die Fersen und zieht mich auf seinen Schoß, drückt mich an sich wie einen kostbaren Schatz.

Die Kälte hat sich inzwischen trotz dicker Kleidung in meine Knochen gefressen. »Ich hab dich«, murmelt Aron, schiebt seine Hand in mein Haar und hält mich einfach nur fest. »Ich hab dich.« Er wiederholt es wie ein Mantra. Als müsse er es tun, um daran zu glauben. Ich weiß nicht, wie lange wir hier in dieser Position verharren. Es könnten Minuten oder Stunden sein, mein Zeitgefühl ist am Fuße des Skógafoss einfach zersplittert. Ich zittere am ganzen Leib, und ein erleichtertes Schluchzen dringt über meine Lippen.

»Ich bring dich zum Wagen.«

Als ich versuchen will, zu gehen, stöhne ich auf. »Mein Fuß«, wimmere ich. Aron stützt mich, während wir in Schneckengeschwindigkeit die Treppe nach unten nehmen. Am Auto angekommen, hilft er mir auf die Ladefläche des Pick-ups.

»Darf ich mir deinen Fuß mal ansehen?«

Ich nicke. Aron schnürt meinen Schuh auf und zieht ihn ganz sachte von meinem Fuß. Fuck, jede Bewegung tut höllisch weh.

»Du hast dir einen üblen Schnitt zugezogen.« Mit der Taschenlampe untersucht er mein Bein, ich halte die Augen dabei geschlossen. Ich konnte noch nie Blut sehen. Immer wenn meinem Bruder welches im Krankenhaus abgenommen werden musste und ich bei ihm war, habe ich aus dem Fenster geblickt und ihm währenddessen die Form der Wolken beschrieben.

»Wir sollten mit dir ins Krankenhaus fahren, damit die Wunde gereinigt werden kann.«

»Nein!«, entfährt es mir schnell. »Kein Krankenhaus.« In den letzten Jahren waren Krankenhäuser mein zweites Zuhause, und ich kann nicht ohne Luca dorthin zurück. Allein der Geruch nach Desinfektionsmitteln könnte zu viel für mich sein und mir wieder nächtelang den Schlaf rauben.

Kurz schweigt er, scheint darüber nachzudenken, ob er mir meinen Wunsch erfüllen oder weiter auf mich einreden sollte. Glücklicherweise entscheidet er sich für Ersteres.

»Okay, ich nehme dich mit zu mir und sehe mir den Schnitt selbst an.« Sachte hilft er mir von der Ladefläche herunter. Auf der Fahrt zurück nach Vík huscht mein Blick durch die Windschutzscheibe Richtung Himmel. Noch bevor meine Augen es bestätigen, weiß ich bereits, dass die Nordlichter fort sind. Dass Luca fort ist.

• • •

Arons Apartment ist nur wenige Querstraßen vom *Aska* entfernt. Während wir langsam die Treppe ins Obergeschoss hochgehen, stützt er mich, so gut es geht, aber der Schmerz ist dennoch unerträglich. Irgendwann sind wir endlich oben angelangt, und seine Wohnung empfängt uns mit einer angenehmen Wärme.

»Ich habe einen Verbandskasten im Badezimmer. Willst du dich solange setzen?«

»Sitzen klingt gut«, krächze ich und merke, dass ich schon viel zu lange nichts getrunken und mächtig Durst habe. Aron führt mich über einen schmalen Flur in den Wohnbereich, und wäre der Schmerz in meinem Knöchel nicht so penetrant, würde ich aus dem Staunen nicht mehr herauskommen. Arons Apartment könnte glatt einem Promi-Magazin entsprungen sein, ohne dabei unpersönlich zu wirken.

Ich nehme auf dem dunkelblauen Sofa unter den Dachschrägen Platz. Vorsichtig lagere ich meinen Fuß hoch, schäle mich mühsam aus meiner Jacke und lasse mich anschließend in die weichen Polster fallen. Dann sehe ich mich in diesem Traum einer Wohnung um.

Eine Glasscheibe trennt den angrenzenden Raum vom Wohnbereich, und in der Dunkelheit erkenne ich vage die Umrisse eines gigantischen Bettes. Das ist dann wohl Arons Schlafzimmer.

An den Dachschrägen befinden sich mehrere, große

Fenster mit einem freien Blick in den traumhaft schönen Sternenhimmel.

Die Wände sind mit kunstvollen Bildern geschmückt, während an der Wand hinter mir persönliche Fotos hängen. Würde mein Fuß nicht so pochen, würde ich mich jetzt aufs Sofa knien und jedes einzelne genau unter die Lupe nehmen.

Aus dem Augenwinkel sehe ich eine ganze Ausstellung an Fotos aus Arons Leben. Auf einem sitzen Jón, Olav, Elva und Aron an ihrem Stammtisch im *Aska* und auf Arons Schoß eine Frau, die selbst auf dem dunklen Bild so viel Licht ausstrahlt.

Das ist dann wohl Jóhanna. Eine schwarze, seidig glänzende Mähne umrahmt das wohl hübscheste Gesicht, das mir je untergekommen ist. Große Kulleraugen, herzförmiger Mund, feine Augenbrauen. Die beiden könnten einem Modelkatalog entsprungen sein, so perfekt passen sie zueinander. Sie sieht aus wie eine Elbe und er wie ein nordischer Krieger. Unweigerlich frage ich mich, ob das Foto lange vor Jóhannas Diagnose entstanden ist. Sie sieht auf dem Bild so frei und glücklich aus. Wie eine Frau, die gerade die beste und nicht die schwerste Zeit ihres Lebens hat.

»Hier, du solltest etwas trinken.« Aron reißt mich aus meiner kleinen Observation, indem er mit einem Glas neben mir auftaucht.

Dankbar nehme ich einen großen Schluck des leicht schwefelhaltigen Wassers, an dessen Geschmack ich mich nach all den Tagen immer noch nicht ganz gewöhnt habe.

Aron nimmt neben meinem verletzten Fuß Platz, hebt ihn vorsichtig an und legt ihn auf seinen Schoß. Anschließend schiebt er mir langsam die Socke nach unten, damit er sich die Verletzung genauer ansehen kann. Währenddessen halte ich den Blick an die Zimmerdecke gerichtet, um nicht ohnmächtig zu werden.

»Ist es doll schlimm?«, frage ich zögerlich. Mein Zittern hat nicht aufgehört, und es fühlt sich an, als hinge ich noch immer am Rand dieser Klippe.

Aron berührt die empfindliche Haut neben dem Schnitt und öffnet mit der anderen Hand den schwarzen Verbandskasten.

»Der Cut ist ziemlich tief. Ich werde ihn desinfizieren und verbinden, aber wenn es sich dennoch entzünden sollte, müssen wir zu einem Arzt gehen.«

»Versprochen«, murmle ich und verziehe das Gesicht, als Aron die Stelle desinfiziert. Ich weiß nicht, was er dafür benutzt, ich weiß nur, dass ich echt ein Weichei bin. Ich hätte all die zahlreichen Eingriffe, die Luca in seinem Leben durchleiden musste, nicht ansatzweise überstanden.

Wir schweigen, während Aron meinen Fuß verarztet. Als Letztes nimmt er einen steril verschlossenen Verband, öffnet eine Ecke davon und verbindet meinen Schnitt.

Er ist ungewohnt ruhig, seit wir ins Auto gestiegen sind, und ich hasse es. Ich hasse es, nicht zu wissen, was in seinem Kopf vorgeht. Wieso er nicht mehr mit mir spricht, obwohl ich gerade dringender denn je mit jemandem reden muss. Mit ihm reden muss.

Fang einfach an, Lilly. Sag ihm, was dir durch den Kopf geht.

Aber ich kann nicht. Weil mir der Schock immer noch tief in den Knochen sitzt und ich nicht weiß, was ich denken soll. Ich sitze auf Arons Sofa, hinter mir eine ganze Wand voll mit Bildern von ihm und seiner Freundin.

Das schlechte Gewissen wächst und wächst, weil ich ihn vorhin beinahe geküsst hätte. Was zur Hölle habe ich mir dabei nur gedacht? Ich glaube, die Antwort ist: gar nichts. Ich habe gar nichts gedacht, sondern einfach auf mein Bauchgefühl gehört. Notiz an mich selbst: Mein Bauchgefühl ist ein Arschloch!

»Danke«, flüstere ich, um die unangenehme Stille zwischen uns endlich zu brechen. Aron hält den Blick abgewandt, platziert meinen Fuß sachte auf dem Sofa und steht auf. Umgehend vermisse ich die Wärme seines Körpers.

»Willst du heute Nacht das Bett oder die Couch haben?«

»Ich kann hier auf dem Sofa schlafen«, sage ich kleinlaut. Aron nickt geistesabwesend und deutet anschließend auf eine Tür links neben seinem Schlafzimmer.

»Da findest du das Bad. Ich müsste noch eine frische Zahnbürste im Schrank haben, die lege ich dir raus. Falls du sonst etwas brauchst: Bediene dich ruhig an Jóhannas Sachen.«

Bei der Erwähnung ihres Namens rufe ich mir ins Bewusstsein, was ich hier eigentlich tue. Dass hier ist nicht nur seine Wohnung, sondern auch ihre. Ich kann mich nicht einfach hier einnisten, ohne zu wissen, ob es für sie in Ordnung ist.

»Glaubst du nicht, dass Jóhanna ein Problem damit hat, wenn ich hier bin?«, hake ich vorsichtig nach. Aron schürzt die Lippen, bevor er antwortet.

»Mach dir darüber heute Nacht keine Gedanken, Lilly.« Er will gerade gehen, als ich ihn aufhalte. Alles in mir sträubt sich dagegen, diese Spannung zwischen uns zu ignorieren und mich in diesem aufgewühlten Zustand schlafen zu legen.

»Ist alles okay ... zwischen uns, meine ich?« Ich habe so starke Angst vor seiner Antwort, dass ich mir am liebsten kindisch die Ohren zuhalten würde. Weil ich befürchte, unsere Freundschaft durch mein Verhalten heute Abend kaputtgemacht zu haben.

»Es ist alles in Ordnung. Du solltest jetzt schlafen und dich ausruhen.« Er fischt eine schwarze Decke von der Lehne des Sofas und breitet sie über mir aus, wohl darauf bedacht, mir dabei nicht in die Augen zu sehen. Seine Distanziertheit schmerzt mehr, als mein Fuß es je könnte. Aron will mir gerade den Rücken zukehren, dann hält er inne. Alles an ihm steht unter Hochspannung.

»Weißt du, was? Das war gelogen.«

Mit angehaltenem Atem warte ich darauf, dass er weiterspricht.

»Es ist nicht alles in Ordnung«, sagt er leise und senkt

den Blick, als müsse er sich sammeln. Dann dreht er sich wieder in meine Richtung. »Was war das vorhin, Lilly?«

»Meinst du den ... also den Fast-Kuss?«, hauche ich. »Wenn ja, tut es mir leid. Ich wollte dich nicht in eine so beschissene Lage bringen, und ich weiß, dass es falsch war. Dass ich es gar nicht so weit hätte kommen lassen sollen. Du warst nur so ... so perfekt ... und ...«

»Es geht mir nicht um den Kuss.« Ein Seufzen entflieht ihm. »Es geht um das, was danach passiert ist. Du wolltest loslassen, habe ich recht?« Er überwindet die aufgebaute Distanz zum Sofa und geht neben mir in die Knie, bis wir miteinander auf Augenhöhe sind. Ich wusste nicht, wie wichtig mir der Blickkontakt zu einem Menschen ist, bis ich zum ersten Mal in Arons grünen Augen ertrunken bin.

Was soll ich ihm antworten? Soll ich ihn anlügen und sagen, dass dieser Gedanke absurd ist? Dass ich nicht losgelassen werden wollte? Oder dass ich für einen kurzen Moment fliegen wollte? Die Wahrheit liegt vermutlich irgendwo in den Grautönen dazwischen, lässt sich nicht in Schwarz oder Weiß einordnen, wie so vieles im Leben.

»Du musst es mir nicht anvertrauen, Lilly. Ich weiß, dass deine Gedanken und Gefühle dir allein gehören. Aber ich hatte eine Scheißangst da oben.«

Angst um mich. Er hatte Angst um mich. Davor, mich zu verlieren. Seine moosgrünen Augen stehen unter Wasser, weil er wie ich Tränen in den Augen hat. Der abgekämpfte Ausdruck auf seinem Gesicht verdeutlicht mir, dass die letzte Stunde auch an ihm nicht spurlos vorbeigezogen ist.

»Ich will nicht sterben, Aron.« Entschlossen kommen die Worte über meine Lippen. Während ich sie laut ausspreche, sickert diese Wahrheit tief in mein Bewusstsein. »Vielleicht hatte ich kurz den Wunsch, loszulassen, weil es einfacher gewesen wäre. Aber ich will nicht sterben«, hauche ich. »Ich will leben. Ich weiß gerade nur nicht mehr, wie das geht.«

Kapitel 12

Notiz an mich selbst: Gletscherlagunen sind noch schöner, wenn ich sie durch deine Augen sehe

»Hey, ihr wilden Abenteurer!« Elva grinst breit in die Kamera, ihre lange braune Mähne zu einem strengen Fischgrätenzopf geflochten, der ihr immer wieder vom starken Wind ins Gesicht gepeitscht wird. »Wir sind heute in der Jökulsárlón-Lagune im Süden unserer wunderschönen Insel und wollen ein paar coole Aufnahmen für euch einfangen. Oder besser gesagt Aron, denn mich kriegen heute sicher keine zehn Pferde in das schweinekalte Wasser. Mir liegt nämlich etwas an meinen Gliedmaßen!«

Seit heute Morgen klebe ich regelrecht an meinem Handy und scrolle mich durch die zahlreichen Videos und Beiträge, die Aron und Elva auf ihrem Instagram-Profil mit über zehntausend Menschen geteilt haben. Dieses Video ist das letzte, das sie Anfang letzten Jahres auf ihrem gemeinsamen Profil gepostet haben, und hat inzwischen über achtzigtausend Aufrufe.

»Die Wetterbedingungen sind heute echt perfekt, und die Lagune ist trotz der Temperaturen nicht zugefroren, aber wenn ihr mich fragt, hat Aron trotzdem mächtig einen an der Waffel.« Elva zieht ihre dicke schwarze Daunenjacke enger um sich. »Ich meine, seht euch den Irren doch mal an. Wir haben Januar!«

Mit diesen Worten dreht sie die Kamera, und der Anblick verschlägt mir die Sprache. Kristallklare Eisbrocken zu Elvas Füßen, strahlend blauer Himmel über ihr. Und vor ihr die wohl schönste und atemberaubendste Landschaft, die ich je gesehen habe. Hellblaues Wasser, aus dem in unregelmäßigen Abständen weiße und türkisblaue Eisbrocken in die Höhe jagen.

Die magische Landschaft rückt vollkommen in den Hintergrund, als ich Aron am Bildrand entdecke. Er trägt einen dunklen Neoprenanzug und hebt sich auf seinem Brett dadurch wie ein schwarzer Zauberer von der hellen Lagune ab. Als er schließlich den Wind nutzt, um wie ein Profi durch die Eisblöcke zu gleiten, wird mir klar, dass er wirklich zaubern kann – und zwar mit seinem gesamten Körper. Man sieht, wie perfekt er jeden einzelnen Muskel unter Kontrolle hat. Der rote Lenkdrachen sticht im Blau des Himmels hervor wie ein Pixelfehler. Er lässt das Element der Lüfte für sich arbeiten und verschmilzt komplett mit ihm.

Gebannt hänge ich an den Aufnahmen, die Elva von Aron macht, und sobald sie hinter der Kamera entzückt aufschreit, bleibt mir kurz die Luft weg. Aron nutzt den Windstoß, um einen Sprung über den Eisbrocken zu vollführen, und landet sauber auf der anderen Seite. *Oh, mein Gott.* Arons Lachen ist so befreit, dass ich nicht anders kann, als ebenfalls in dieses Lachen einzustimmen.

»Bitte sag mir, dass du das drauf hast, El!«, ruft er jubelnd und sucht seine Freundin am Ufer.

»Yes, alles auf Kamera! Das war der Hammer!«

Wie ein junger Gott weicht Aron den kühlen Giganten aus, umrundet sie mit einer solchen Leichtigkeit, dass ich aus dem Staunen nicht mehr rauskomme. Ich könnte mir dieses Video in Dauerschleife anschauen, so gebannt bin ich von den Aufnahmen.

»Dieser Kerl ist einfach nicht von dieser Welt«, sagt Elva grinsend in die Kamera.

Im selben Augenblick tritt sie in der realen Welt an meinen Tisch im *Aska*. Ich bin zu langsam, um das Video rechtzeitig zu schließen. Fühle mich ertappt und sehe zu ihr auf.

»Das hab ich schon ewig nicht mehr gesehen«, murmelt sie und blickt mir über die Schulter. Ihrer Stimme ist nicht zu entnehmen, ob sie sich über die Erinnerungen freut oder nicht, aber ihr Blick spricht Bände. Von Freude fehlt eindeutig jede Spur. Irgendwie habe ich das Gefühl, mich vor ihr rechtfertigen zu müssen, obwohl ich nichts falsch gemacht habe. Hätten sie gewollt, dass die Videos aus dem Netz verschwinden, hätten sie die Aufnahmen schließlich gelöscht.

»Aron hat mir von eurem Kanal erzählt, und ich war neugierig. Vermisst du es sehr?«

Der Ausdruck auf ihrem Gesicht schreit nach einem »Was geht es dich an?«, doch sie beißt sich in letzter Sekunde auf die Unterlippe, als hätte sie sich daran erinnert, dass sie von nun an netter zu mir sein wollte.

»Ja«, sagt sie stattdessen. »Ich vermisse es wie verrückt, aber Aron hat sich am Ende wirklich oft in Lebensgefahr gebracht. Die Spots mussten immer krasser, immer besser werden. Seinen Größenwahnsinn vermisse ich definitiv nicht.«

Dasselbe traurige Funkeln, das ich in Arons Augen erkannt habe, als er mir von seinem Unfall erzählte, tritt jetzt auch in Elvas teddybärbraune Augen.

»Surfst du noch?« Ich sperre mein Handy und sehe Arons Freundin an.

»Seit dem Tag nicht mehr«, erwidert sie kopfschüttelnd. »Auch wenn ich ständig darüber nachgedacht habe, wieder aufs Brett zu steigen. Es war immer unser Ding, Arons und meins. Es fühlte sich ohne ihn nicht mehr richtig an.«

Sie schnappt sich die Prospekte aus dem kleinen silbernen Ständer auf dem Tisch und sortiert sie mit zitternden Fingern neu, als müsse sie unbedingt etwas haben, das ihre Hände beschäftigt und ihre Gedanken in eine andere Richtung lenkt.

»Außerdem habe ich momentan sowieso keine Zeit dafür. Das Kitesurfen macht man nicht mal so nebenbei, man muss ständig im Training sein und darf es nicht schleifen lassen. Mit meiner Arbeit hier und in der Lodge würde ich es nicht mehr unter einen Hut bekommen.«

»Den kleinen Aska nicht zu vergessen«, werfe ich ein weiteres Argument ein und blicke unter meinen Tisch. Der süße Rabauke hat sich sofort an meine Füße gekuschelt, als ich mich vorhin gesetzt habe.

»Stimmt, der Stinker braucht gefühlt auch eine Vierundzwanzig-Stunden-Betreuung. Willst du noch was trinken?«

»Wie wäre es mit einer weiteren Tasse des weltbesten Kaffees?« Vielleicht sind meine Worte etwas zu dick aufgetragen, aber ich will wirklich, dass Elva und ich uns besser verstehen. Aron liebt sie, und allein deshalb glaube ich, dass sie diesen Kampf wert ist.

»*Slímkona*«, schimpft Elva augenrollend und schnappt sich meine leere Tasse, um wieder hinter dem Tresen zu verschwinden. Der Google-Übersetzer ist in den letzten Wochen zu meinem neuen besten Freund geworden, und sobald ich weiß, was Elva mir auf Isländisch an den Kopf geworfen hat, muss ich schmunzeln.

Punkt für sie. Ich bin echt eine Schleimerin. Während ich auf den Kaffee warte, der wirklich mit Abstand der beste ist, den ich je hatte, gehe ich noch einmal auf den Instagram-Kanal. Erneut klicke ich das letzte Video an und lese die Kommentare darunter durch. Schon beim ersten schnürt sich mir die Kehle zu.

Habe in Elvas Story gesehen, was in der Lagune passiert ist, Aron. Wie schrecklich. Ich wünsche dir von Herzen alles Liebe und hoffe, dass es dir ganz bald wieder besser geht!

Schluckend scrolle ich weiter.

Oh Gott, armer Aron! Hoffentlich wird er schnell wieder fit, damit er zurück aufs Board kann. Dieser Sport ist nicht derselbe ohne ihn. Er hat mich dazu gebracht, selbst aufs Brett zu steigen und über mich hinauszuwachsen.

Wir denken fest an euch! Nehmt euch so viel Zeit, wie ihr braucht, um wieder auf die Beine zu kommen. Ihr habt in den letzten Monaten so viele Leute mit euren Videos glücklicher und mutiger gemacht. Uns eingeschlossen. Danke für alles!

Wie in Trance lese ich einen Kommentar nach dem anderen. Die meisten sind durchweg mitfühlend, nur zwischendurch gibt es den ein oder anderen schadenfreudigen Beitrag.

War von Anfang an klar, dass es irgendwann in die Hose gehen muss. Hochmut kommt vor dem Fall, Leute! Man sollte sein Glück nicht zu sehr herausfordern. Da bleibe ich lieber auf meinem Sofa und suchte zum dritten Mal in Folge Breaking Bad *durch.*

Ich lasse mein Handy auf den Tisch fallen, als hätte ich mich daran verbrannt. Ich weiß inzwischen von Arons

Unfall und von der Schwere seiner Verletzung, aber all diese Kommentare zu lesen, lässt einen unschönen Film vor meinem inneren Auge entstehen. Davon, wie Aron auf einen dieser gefährlichen Eisblöcke knallt und sich so schwer verletzt, dass er notoperiert werden musste.

Kein Wunder, dass Elva so traurig wirkte, als sie das Video auf meinem Handy gesehen hat. Ich habe Erinnerungen in ihr wachgerufen, die sie sicher nicht ohne Grund tief in sich verschlossen hatte.

Nach Ablenkung suchend fällt mein Blick auf die Prospekte in der kleinen Halterung vor mir. Ich brauche dringend etwas, das mich davon abhält, Elva nach dem Tag des Unfalls zu fragen, also schnappe ich mir einen Flyer, der den schwarzen Strand von Vík bei Sonnenuntergang zeigt. Der Himmel brennt in einem warmen Orange, während die schwarzen Felsen wie einschüchternde Riesen aus dem Wasser ragen.

*Du liebst die unberührte isländische Natur und willst, dass ihre Schönheit und Einzigartigkeit erhalten bleibt? Dann werde jetzt Freiwilligenhelfer*in und mache gemeinsam mit Gleichgesinnten die Welt zu einem besseren Ort – für Mensch und Tier. Dein Interesse ist geweckt? Super! Dann melde dich bei Savetheiceland und beginne schon diesen Sommer mit deinem ganz persönlichen Abenteuer auf der schönsten Insel Europas! PS: Nicht jeder Superheld trägt einen Umhang – manche tragen eine Mülltüte!*

Auf der Rückseite des Flyers stehen einige Informationen über die Umweltschutzorganisation, neben Fotos von jungen Leuten, die mit ihren Greifzangen Strände vom Müll befreien. Ich bin so sehr in dieses Blatt vertieft, dass ich den Kaffee vor mir erst bemerke, als mir sein köstlicher, leicht herber Duft in die Nase steigt.

Gedankenversunken nehme ich einen Schluck, lege den Flyer zur Seite und ziehe meinen Laptop zu mir heran, um im Internet nach *Savetheiceland* zu suchen. Wie hypnotisiert klicke ich mich durch die Website.

Seit Tagen zerbreche ich mir den Kopf darüber, wie mein Leben aussehen soll, wenn ich zurück nach Hause fliege. Aber was, wenn ich das noch gar nicht muss, weil es andere Optionen für mich gibt? Chancen, die mir bisher gar nicht in den Sinn gekommen sind, weil ich in meiner kleinen Berliner Box gelebt habe? Eine Box, in der es nur die *Cityflowers* und Luca gegeben hat. Jetzt wurde mir Luca brutal entrissen, und dieses Loch, das er hinterlassen hat, kann nicht gefüllt werden. Auch nicht von Rosen, Tulpen und Veilchen in den schönsten Farben.

Gefühlte Stunden scrolle ich mich durch die Website, lese Erfahrungsberichte von mehr als einhundert Teilnehmenden und verliebe mich mit jedem einzelnen mehr in die Idee, ebenfalls einen Beitrag für die Welt zu leisten. Mich hat die Natur schon immer fasziniert, auch wenn sie in Berlin immer fern war, aber seit ich auf Island bin, hat diese Faszination eine ganz andere, viel intensivere Stufe erreicht.

Die Nachrichten über den kritischen Zustand unserer

Erde lassen mein Herz schwer werden. Bilder von den unterschiedlichsten Meeresbewohnern, drangsaliert durch Fischernetze und Plastikflaschen. Angespülter Müll, der sich an Islands wunderschönen Stränden sammelt und ein Symbol für unsere kaputte Gesellschaft ist. Videos von Walfängen, die mir das Herz aus der Brust reißen, weil Menschen so rücksichtslos und brutal sind.

Während ich die Website studiere, wechseln meine Gefühle zwischen Bedauern, Wut, Traurigkeit und Scham permanent hin und her. Bedauern darüber, dass die Welt an einem so kritischen Punkt steht. Wut, weil es Menschen gibt, die keine Rücksicht auf unseren wundervollen Planeten und seine einzigartigen Bewohner nehmen. Traurigkeit, weil so viele Tiere unter den Entscheidungen der Menschen leiden. Und letztlich Scham, weil ich bis jetzt selbst viel zu wenig getan habe, um etwas gegen diese Ungerechtigkeit zu tun.

Ich tauche immer tiefer in das Thema ein und spüre, wie es in meinem Bauch anfängt zu kribbeln. Man kann sich derzeit per E-Mail für das Frühsommerprogramm eintragen. Die Plätze sind begrenzt, weshalb nicht jede Bewerbung berücksichtigt werden kann … doch was wäre, wenn? Was, wenn ich genau aus diesem Grund hier bin? Um einen Unterschied zu machen? Und mich nebenbei selbst zu finden?

Wie aus Reflex greife ich zu meinem Handy und möchte Luca anrufen, weil er immer derjenige war, der mir geholfen hat, Entscheidungen zu treffen. Keine war bisher so wichtig wie die über meine Zukunft. Luca hat mich oft gefragt, was ich eines Tages mit meinem Leben anstellen will, aber ich habe immer nur abgewunken und gesagt, dass es jetzt keine Rolle spielt. Weil er immer die Hauptrolle in meinem Leben eingenommen hat und ich gar nicht an eine Zukunft ohne ihn denken wollte.

Zu gern wüsste ich, was er von der Idee halten, ob er sie unterstützen oder als Hirngespinst abtun würde. Dabei kann ich mir seine Antwort eigentlich denken. Luca war immer der Bewusstere von uns, derjenige, der mir die Liebe zur Natur erst richtig beigebracht hat. Schon früh hat er mir erzählt, wie schlecht das Blumengeschäft unserer Eltern für das Klima ist. Die meisten Blumen, die verkauft werden, stammen nämlich nicht aus Deutschland, sondern werden teils aus weit entfernten Ländern importiert.

Besonders Feiertage wie der Valentinstag oder Muttertag sind völlig unnötige Ressourcenfresser. Warum verschenken wir am Tag der Liebenden getötete Blumen anstelle eines Kusses oder eines ernst gemeinten Kompliments? Wäre es nicht schöner, auf einer Wiese zu picknicken, umgeben von Blumen, die nicht nach drei Tagen verwelkt im Müll landen?

Meine Gedanken werden unterbrochen, als die Tür der Bar sich öffnet. Sekunden später sind sie wieder da, diese kleinen Herzstolperer, weil Aron in meiner Nähe ist. Wie immer drückt er mir einen Kuss auf die Schläfe, umhüllt mich in seinen Duft nach Holz und Meer, bevor er mir an unserem Stammtisch Gesellschaft leistet.

Mit einer einzigen Bewegung dreht er den gegenüberstehenden Stuhl mit der Rückenlehne in meine Richtung und setzt sich hin. Dann legt er die Unterarme auf der Lehne ab und bettet sein Kinn darauf. Er ist erst seit drei Sekunden hier, und schon habe ich das Gefühl, freier atmen zu können.

»Ist das da eine deutsche Frühstückstradition?«, will er mit einem Lachen wissen und greift ganz selbstverständlich nach meinen kalten Pommes, die ich mir vorhin bestellt und seitdem nicht angerührt habe. Offenbar bin ich heute etwas zu sehr neben der Spur.

»Hallo? Pommes gehen ja wohl immer!«, erwidere ich empört.

»Wo du recht hast. Was siehst du dir da an?«

»Ach, nichts Wichtiges.« Ich klappe den Laptop zu und schaue ihn an. Keine Ahnung, warum ich Aron nichts erzähle. Darüber, dass ich tatsächlich mit dem Gedanken spiele, mich als Freiwilligenhelferin zu bewerben. Sicherlich würde er mich in der Idee bestärken, aber etwas hält mich zurück. Ich kann meine Gefühle für ihn immer noch nicht richtig greifen. Sehe ich ihn nur als Freund? Als Vertrauten? Und war der Fast-Kuss wirklich nur ein Versehen und meinen überkochenden Gefühlen geschuldet? Sollten das Herzstolpern und das Bauchkribbeln darauf zurückgehen, dass ich mehr als nur Freundschaft für ihn empfinde, weiß ich nicht, ob ich hierbleiben kann. Es wäre seiner Beziehung gegenüber nicht fair, und unserer Freundschaft gegenüber auch nicht.

»Wie war dein Vormittag bisher?«, lenke ich mich selbst von meinen Gedankenstrudeln ab.

»War der beste seit Langem.« Das antwortet Aron jedes Mal, wenn ich ihn nach seinem Tag frage.

Ich wohne seit einer Woche bei ihm in Vík, weil die Lodge bis aufs letzte Zimmer ausgebucht ist, und es fühlt sich schon jetzt so natürlich an, mir die Wohnung mit ihm zu teilen. Tagsüber ist er meistens unterwegs, macht Besorgungen für die Lodge oder die Werkstatt, und abends nimmt er mich oft mit in die Scheune, damit ich ihm beim Arbeiten zusehen kann.

Manchmal reden wir dabei ununterbrochen über Gott und die Welt. Über Banales und Fundamentales. Manchmal sitzen wir aber auch nur nebeneinander und schweigen, und ich sehe dabei zu, wie seine Hände aus Holz geschnitzte Magie machen.

»Und wie war dein Morgen? Hast du Elva ein bisschen Feuer unterm Hintern gemacht, damit sie auch mal arbeitet und nicht ständig auf Tinder rumhängt, um irgendwelchen einsamen Männern da draußen falsche Hoffnungen zu machen?«

»Ich kann dich hören, du Dummkopf!«

»Dir auch einen schönen Tag, El«, erwidert Aron lachend und wendet sich wieder mir zu. Kauend schiebt er sich zwei weitere kalte Pommes mit Ketchup in den Mund. Die Ärmel seines schwarzen Hoodies hat er inzwischen bis zu den Ellbogen nach oben geschoben, und der Anblick seiner sehnigen Unterarme macht etwas mit mir. Eindeutig zu viel.

»Ich habe mir vorhin eure Videos angesehen«, beichte ich ihm. »Die auf Instagram, meine ich.«

Augenblicklich bereue ich es, das Thema angesprochen zu haben, denn Arons erhellte Miene verdunkelt sich, so als hätte sich eine Wolke vor die Sonne geschoben. Sein Grinsen bleibt, aber es wirkt gequälter. Genau denselben Effekt hatten die Erinnerungen auch auf Elva, und in dieser Sekunde wird mir klar, wie eng die Verbindung zwischen den beiden ist.

»Und? Habe ich wenigstens eine gute Figur auf dem Brett gemacht?«

Eine so gute, dass mir die Bilder wohl eine Weile nicht aus dem Kopf gehen werden. Verdammt, ich muss wirklich meine hinterlistigen Hormone in den Griff bekommen.

»Es war okay«, sage ich stattdessen, um ihn zu foppen und mir gedanklich einen Eimer Eiswasser über den Kopf zu schütten und nicht an Arons drahtigen Körper unter dem weiten Hoodie mit dem hübschen Bergpanorama auf der Brust zu denken.

»Was hast du da eigentlich?« Erst jetzt entdecke ich die große asphaltgraue Kiste, die Aron neben dem Tisch abgestellt hat.

»Ich habe dir doch von der Schwarzlichtparty erzählt, die einmal im Monat im *Aska* stattfindet – und die ist heute. Ich helfe Elva gleich beim Aufbauen.« Seine grünen Augen funkeln mich voller Erwartung an, wie Smaragde in der Mitternachtssonne.

»Du wirst doch auch kommen?«

»Ich weiß nicht. Hast du vergessen, wie die letzte Party für mich geendet ist?«

»Komm schon. Wir müssen schließlich herausfinden, ob Lilly Sommer Schwarzlichtpartys mag.«

»Punkt für dich«, antworte ich und gebe mich geschlagen. »Aber das mache ich nur für deine kleine Studie!«

Arons folgendes Zwinkern lässt die knallbunten Schmetterlinge in meinem Bauch wilde Kreise drehen. Mit jedem weiteren Tag auf dieser Insel lerne ich mich dank Aron etwas besser kennen. Und zu meinem Erstaunen muss ich feststellen, dass ich mich inzwischen wirklich gut leiden kann.

Kapitel 13

Notiz an mich selbst: Manche Dinge werden erst sichtbar, wenn du Licht auf sie wirfst

Wirkt das *Aska* an allen anderen Tagen wie eine rustikale Kneipe, zeigt es sich heute von einer ganz anderen Seite. Die von Aron angebrachten Schwarzlichtröhren und -lampen verwandeln die Bar in einen Club, den es genau so auch in Berlin geben könnte. Fehlen nur die schlecht gelaunten, grummelnden Türsteher, die dein Outfit kritisch mustern.

Das *Berghain* lässt grüßen.

Aron hat den ganzen Tag an den Vorbereitungen für diese Party gearbeitet, zu der anscheinend der ganze Ort gekommen ist, denn der Laden platzt beinahe aus allen Nähten. Während des Aufbaus haben sich immer wieder unsere Blicke gekreuzt, und er hat mich jedes Mal zum Lachen gebracht. Manchmal durch Grimassen, die er gezogen hat, manchmal durch seltsam hippe Tanz- und Gesangseinlagen. Dachte ich anfangs, dass in Aron ein begnadeter Sänger schlummert, hat er mich eines Besseren belehrt. Singen gehört definitiv *nicht* zu Arons Talenten, und irgendwie macht ihn das nur noch wundervoller.

»Und? Ja oder nein zu Schwarzlichtpartys?« Er stupst mich mit dem Ellbogen an und greift anschließend nach meiner Hand, um mich auf die Tanzfläche zu ziehen.

»Schwarzlichtpartys bekommen von mir definitiv einen Daumen nach oben! Allein schon wegen Jón, der heute aussieht wie ein isländischer, junger und weniger nervtötender Michael Wendler!«, rufe ich ihm über die Musik hinweg zu und beginne, mich etwas steif zu bewegen. Jón hat sich extra für die Party komplett in Weiß gekleidet. Weiße Sneaker, weiße Leinenhose, weißes Hemd, das er bis zur Brust aufgeknöpft trägt. Er sieht aus wie ein stylish leuchtendes Marsmännchen, das seinen Weg zur Erde gefunden hat, um heute Nacht im *Aska* ordentlich die Sau rauszulassen.

»Michael wer?« Aron sieht mich grinsend und leicht verwirrt an. Uns trennt höchstens ein Meter voneinander, sodass ich ihn aus nächster Nähe beim Tanzen beobachten kann. Und verdammt, darin ist er wirklich wahnsinnig talentiert.

»Glaub mir, den muss man auch nicht kennen«, winke ich ab und verziehe das Gesicht, als der Bass immer lauter wird. Mein armes Trommelfell! Sicher wird es morgen noch in meinen Ohren klingeln.

»Also, ein dickes Ja zu Schwarzlichtpartys und ein riesiges Nein zu Michael Wendler! Und diese Musik? Die grenzt fast an Körperverletzung.«

»Okay, Moment.« Aron greift in die hintere Hosentasche seiner schwarzen Jeans und zückt meine Serviette, die er seit unserem gemeinsamen Frühstück bei sich trägt. »Lass uns das direkt festhalten, bevor ich es vergesse.« Tänzelnd macht er sich auf den Weg zur Bar und sieht dabei auch noch erstaunlich wenig lächerlich aus. Mit einem Stift bewaffnet kehrt er zurück und deutet mir an, mich umzudrehen.

»Was wird das?«, frage ich ihn lachend.

»Ich brauche deinen Rücken als Unterlage«, erklärt er und beginnt schon im nächsten Moment, die beiden neuen Erkenntnisse auf dem weißen Papier festzuhalten. Dabei umfasst er mit der linken Hand meine nackte Schulter und hat vermutlich keine Ahnung, was diese harmlose Berührung mit mir anstellt. Ein Kribbeln rieselt über meinen Oberarm und breitet sich bis in meine Zehenspitzen aus.

Himmelherrgott, Lilly! Er berührt nur deine Schulter! Bei dem Gedanken daran, wie es erst wäre, an anderen Stellen so intim von ihm berührt zu werden, muss ich schlucken.

Die Leute um uns herum tanzen ausgelassen zur Musik, während Aron etwas mehr Druck mit seinem Stift ausübt und mir schuldige Gedanken mit seiner eigentlich so unschuldigen Berührung in den Kopf pflanzt.

»Bist du fertig?«, dränge ich ihn, damit ich wieder etwas mehr Abstand aufbauen und meinem schlechten Gewissen für den Rest des Abends freigeben kann.

»Einen Augenblick, Miss Sommer. Du musst stillhalten, wenn du willst, dass man das hier später lesen kann«, erwidert er lachend und tritt etwas dichter an mich heran. Sein Becken stößt gegen meines, woraufhin ich gequält die Augen schließe und vehement versuche, nicht an die Stelle zu denken, an der wir uns so nahe sind. Inmitten von all diesen Menschen, die Aron kennen und wissen, dass er vergeben ist. Wir sind beide vollständig bekleidet und machen nichts Verwerfliches, und doch fühlt sich diese harmlose Berührung elektrisierend an.

Ich atme erleichtert aus, als Aron ein »fertig« murmelt und sich von mir löst. Innerlich wische ich mir den Schweiß von der Stirn, weil die Situation endlich vorüber ist. Dann drehe ich mich zu ihm um.

»Zeig mal her!« Ich halte ihm meine Hand hin, aber er schüttelt nur grinsend den Kopf und hält sie von mir fern.

»Vergiss es. Meine Studie ist noch nicht abgeschlossen!«

»Und solange darf ich keinen Blick darauf werfen? Das ist unfair!«, stoße ich aus und versuche, ihm die Serviette aus der Hand zu fischen. Vergeblich. »Schließlich geht es in der Studie um mich!«

»Versuch es gar nicht erst, Lilly. Du hast keine Chance, das weißt du, oder? Du bist ein Gartenzwerg«, zieht Aron mich auf und hält die Serviette nach oben, sodass ich schon eine Leiter bräuchte, um sie mir zu schnappen.

»Unfair!«, wiederhole ich schimpfend, kann aber nicht ernst bleiben und schenke ihm ein Lächeln. Eines, das sich erstaunlich leicht auf meinen spröden Lippen anfühlt. Aron faltet die Serviette fein säuberlich und schiebt sie zurück in die Tasche seiner Jeans. Sofort kribbelt es in meinen Fingerspitzen. Am liebsten würde ich ihm an den Hintern packen und sie einfach rausziehen, weil ich wissen will, ob er in den letzten Tagen weitere Dinge über mich herausgefunden hat, von denen ich noch nichts weiß.

»Da ist ja meine Dancing-Queen aus Deutschland!« Jón unterbricht meine Gedanken, zieht mich von Aron weg und schaukelt mich zur Begrüßung von links nach rechts, hüllt mich in sein leicht süßes Parfum ein. »Du brauchst etwas zum Anstoßen!«

»Ich besorge uns was«, wirft Aron ein und verschwindet mit einem Zwinkern an der Bar. Auch wenn ich über meinen letzten Absturz nicht wirklich hinweg bin und heute definitiv kürzertreten muss, brauche ich etwas, das mich ein bisschen lockerer macht. Vor allem in Arons Nähe, die von Tag zu Tag schwerer auszuhalten ist.

»Cheers, Darling!«, ruft Jón mir zu und nimmt einen kräftigen Schluck von seinem Bier, während ich nach Aron Ausschau halte. Ich entdecke ihn bei einem Kerl, der jetzt zu seiner Rechten sitzt und ihm offensichtlich das Ohr abkaut.

»Uff. Aron ist Ragnar in die Arme gelaufen. Das kann jetzt ein bisschen dauern, meine Liebe. Hier, trink solange von meinem.« Er reicht mir sein Bier, an dessen Glas sich Kondenstropfen gesammelt haben.

»Ragnar?«, frage ich prustend und nehme einen kleinen Schluck. »Wie der Kerl aus *Vikings*?«

»Wie die schlaksige, abgespeckte Version davon, ja.

Soweit ich weiß, ging er mit Aron in eine Klasse und ist die größte Quasselstrippe Islands.«

Wieder sehe ich zu Aron hinüber. Die blonden Haare trägt er wie so oft zu einem unordentlichen Knoten am Hinterkopf gebunden, und sein strahlendes Lachen wird durch das Schwarzlicht noch einnehmender, wenn das überhaupt möglich ist. Den Hoodie hat er vor Beginn der Party gegen ein schwarzes Hemd getauscht, das ihm unglaublich gut steht und seinen drahtigen Oberkörper perfekt in Szene setzt. Keine Ahnung, wie die anderen Gäste es schaffen, nicht wie eine Motte an seinem Anblick zu kleben.

»Wie sieht's aus? Wollen wir zwei gleich die Tanzfläche unsicher machen, bis Ragnar Aron wieder von der Angel lässt?« Jón wippt zum Beat der Technomusik und sieht mich abwartend an.

»Ich würde supergerne mit dir weitertanzen, aber zu den Songs?« Naserümpfend sehe ich die großen Boxen an, die überall im *Aska* verteilt stehen. Die Musik wird von Track zu Track schlimmer, und ich frage mich echt, wer diesen DJ bestellt hat.

»Die sind echt grässlich, stimmt's? Ich weiß. Aber in Vík ist sonst tote Hose, und man muss halt mitnehmen, was man kriegen kann. Oh, um Himmels willen. Ist da etwa Jóhanna?« Panisch folge ich seinem Blick. Und tatsächlich. Ich kenne Arons Freundin bisher nur von den Fotos, die in seinem Wohnzimmer an der Wand hängen, doch Jóhanna gehört zu der Kategorie Mensch, die man gar nicht übersehen kann, selbst wenn man es will.

Das elfenbeinfarbene Haar fällt wie ein seidener Vorhang auf ihren üppigen Busen, und der freche Pony, der ihre Stirn fransig bedeckt, steht ihr wie keiner Zweiten.

Schluckend schießt mein Blick zu Aron, der immer noch in sein Gespräch vertieft ist und nicht mitbekommt, dass seine Freundin da ist. Seine Freundin, die wahnsinnig abgekämpft aussieht und die gerade hoffentlich nicht mitbekommen hat, wie schmachtend und sehnsuchtsbeladen ich ihn angesehen habe.

Während Elva auf Jóhanna zustürzt und sie fest in ihre Arme zieht, kann ich den Blick nicht von ihrem schönen Gesicht lassen. Ihre tiefen Augenringe werden durch das Schwarzlicht betont, und nur mit Mühe bringt sie ein Lächeln zustande.

Ich will den Gedanken nicht einmal denken, aber es ist nicht zu übersehen, *wie* krank sie ist. Luca sah in seinen letzten Monaten genauso abgekämpft und erschöpft aus, auch wenn er im Vergleich zu ihr gar nicht mehr das Haus verlassen konnte.

»Jóhanna, hier drüben!« Jón winkt Arons Freundin zu uns herüber. Und ich? Ich würde mich am liebsten zu einer Schnecke zusammenrollen und mich unsichtbar machen, obwohl ich mich eigentlich gefreut hatte, sie kennenzulernen. Aber das war, *bevor* ich ihren Freund beinahe in einer Hals-über-Kopf-Aktion geküsst hätte. Das schlechte Gewissen nagt an mir wie ein gefräßiger Biber an einem Baumstamm. Das, was dabei herauskommt, ist leider nicht ansatzweise so schön wie Arons Kunstwerke aus Holz.

»Jólav!« Jóhanna gibt sich wirklich Mühe, ein echtes Lächeln zu zaubern, und nimmt Jón überschwänglich in den Arm. »Warum sprichst du Englisch? Was läuft hier?«

Er packt mich bei der Hand und zieht mich dichter an seine Seite. »Ihretwegen. Darf ich vorstellen: Lilly aus Deutschland. Aron hat sie uns vor ein paar Wochen …« Jón spricht merkwürdig kleinlaut. »… vorgestellt.«

Ihre Stirn legt sich in Falten, und die Distanz in ihren Augen lässt mich am ganzen Leib frösteln, obwohl es hier drin dank all der verschwitzten Menschen bullenheiß ist. Die Art und Weise, wie sie mich ansieht, gefällt mir nicht. Von Kopf bis Fuß scannt sie mich, als wäre sie ein Metalldetektor am Flughafen, der auf der Suche nach verbotenen Gegenständen ist. Dabei sind das einzig Verbotene, das ich bei mir trage, meine Gefühle für ihren Freund.

»Hi, ich hab schon so viel von dir gehört!«, begrüße ich sie überschwänglich. »Wie geht es dir?«

Die Frage rutscht mir einfach so heraus, ohne dass ich eine Sekunde darüber nachdenken konnte, ob sie angemessen ist. Luca wollte, dass man ihn nicht mit Samthandschuhen anfasst, und hatte kein Problem mit der Wie-geht-es-dir-Fragerei. Aber ich kenne Jóhanna nicht und weiß dementsprechend nicht, wie sie dazu steht. Wenn man todkrank ist, will man sicher nicht jeden Tag daran erinnert werden, dass man vom Schicksal so beschissene Karten ausgeteilt bekommen hat.

»Wie soll es mir schon gehen?«, erwidert sie schnippisch. Sie umklammert ihre dünnen Oberarme, als wäre ihr genauso kalt wie mir. Meine Frage ist mir peinlich.

Wie soll es dir schon gehen, wenn dein Herz langsam, aber sicher versagt? Wenn dein eigener Körper gegen dich arbeitet, obwohl er für dich sein sollte? Weil ich nicht weiß, was ich noch sagen soll, schweige ich und bin erleichtert, als Jóhanna sich wieder Jón zuwendet.

»Wo ist deine zweite Hälfte?«

»Der Tanzmuffel sitzt an unserem Tisch. Oh, Schätzchen, wir haben dich so vermisst. Du siehst wirklich blass um die Nase aus.« Jón nimmt kein Blatt vor den Mund, schiebt Jóhanna an den Schultern zurück und legt seine Hände anschließend behütend um ihre markanten Wangen. »Wird Zeit, dass wir dich ein bisschen aufpäppeln, was?«

In Jóhannas Augen schwimmen Tränen. »Wo ist Aron?«, will sie zögernd wissen. Jón deutet mit seiner Bierflasche zur Bar.

»Ist Ragnar zum Opfer gefallen und wird ihn vermutlich nicht mehr los.«

Jóhannas Blick wandert genauso sehnsüchtig zu ihrem Freund, wie ich ihn vor weniger als fünf Minuten angestarrt habe. Mist. Ich muss dringend einen – oder fünf – Gänge zurückschalten. Am besten, ich lege direkt den Rückwärtsgang ein und verschwinde von hier, bevor ich noch Schaden anrichte.

»Ich gehe mal zu ihm.« Jóhanna tätschelt Jóns Schulter, wirft mir einen flüchtigen Blick zu, den ich nur schwer einschätzen kann, und geht mit gestrafften Schultern und sicheren Schritten zur Bar.

Unser erstes Aufeinandertreffen habe ich mir definitiv anders vorgestellt. Netter. Nicht so distanziert. Aber was habe ich auch erwartet? Ich weiß nicht, was mich mehr verletzt: die Art und Weise, wie sie mich angesehen hat, oder die Tatsache, dass Aron seiner Freundin nichts von mir erzählt zu haben scheint. Ich bin so verzweifelt auf der Suche nach Anschluss, dass ich dachte, Jóhanna würde mir zur Begrüßung um den Hals fallen.

Sei nicht so naiv, Lilly.

Das Leben ist keine verfluchte Wendy-Zeitschrift. War es nie.

»Die Arme kann einem wirklich leidtun«, murmelt Jón und nimmt einen großen Schluck aus seinem Bierglas. »Was meinst du? Kommst du mit an unseren Tisch, bevor wir das Tanzbein schwingen? Ich brauche jetzt ganz dringend eine Portion Olav-Liebe.«

Still nicke ich, lasse mich von Jón an den Stammtisch ziehen und stolpere dabei beinahe über meine eigenen Füße, weil ich immer wieder hinter mich blicke. Zu Aron und Jóhanna. Das Traumpaar, das auf so vielen Bildern in seiner Wohnung verliebt zu sehen ist und das sich jetzt ... streitet?

Mit angehaltenem Atem lasse ich mich auf meinen Platz in der Sitzecke fallen und starre zum Tresen hinüber. Aron steht inzwischen vor Jóhanna, die wild mit den Händen gestikuliert und völlig außer sich ist. Es ist nicht zu übersehen, dass da drüben gerade ein Gefühlsvulkan am Brodeln ist, und ich wünschte, ich wüsste, worum es bei ihrem hitzigen Gespräch geht. Ob ich ein Teil des Problems bin.

»Meint ihr, die beiden kommen klar?«, frage ich Jólav zögernd. Die zwei Turteltauben sitzen kuschelnd neben mir. Bei ihnen liegt zuckersüße Liebe in der Luft, während wenige Meter entfernt zwischen Aron und Jóhanna die Fetzen fliegen. Sie stößt ihre Fäuste wiederholt gegen seinen Oberkörper und drängt ihn damit Richtung Bar. Scheiße, der Streit ist heftig und bereitet mir eine fiese Gänsehaut am ganzen Körper.

»Das ist nicht unsere Baustelle, Darling.«

Olav brummt zustimmend. »Sie haben einiges zu klären, aber das kriegen sie hin«, setzt er hinterher und legt den muskulösen Arm um seinen Freund. »Haben sie bisher immer irgendwie.«

Die Anspannung, die von den beiden ausgeht, zieht sich durch die komplette Bar. Als Jóhanna schließlich auch noch in unsere Richtung zeigt – genauer gesagt direkt auf mich –, rutscht mir das Herz endgültig in die Hose. *Sie reden wirklich über mich.*

Ob Aron ihr von dem Beinahe-Kuss erzählt hat? Krampfhaft versuche ich, ein paar Wortfetzen aufzuschnappen, doch die Musik ist brüllend laut. Außerdem streiten sie sich in ihrer Muttersprache, und ich würde ohnehin kein einziges Wort verstehen. Jón hat recht: Die Sache zwischen den beiden ist nicht meine Baustelle, aber Aron liegt mir am Herzen, und ich will, dass es ihm gut geht. Dass er glücklich ist. Gerade sieht er alles andere als happy aus. Während er mit Jóhanna diskutiert, knetet er seine Nasenwurzel und fährt sich anschließend mit der Hand über den Mund.

Ich hätte Aron nicht so nahekommen dürfen, hätte von Anfang an mehr Abstand zu ihm wahren müssen. Jetzt zahlt er die Rechnung für meine Fehler.

Jóhanna ist inzwischen in Tränen ausgebrochen, und Aron wirkt immer abgekämpfter. Seine Schultern hängen herunter, und den Kopf hält er gesenkt. Das Schweigen zwischen den beiden ist wie Benzin. Würde man ein Streichholz entzünden, flöge uns der ganze Schuppen um die Ohren.

Gerade als ich mir zurechtlegen will, wie ich ihn später auf Jóhanna ansprechen soll, rauscht Aron bereits davon. Ohne mich oder die anderen eines Blickes zu würdigen, verlässt er die Bar und stapft draußen auf seinen Pick-up zu. Ich erhebe mich langsam von meinem Stuhl. Aus dem Augenwinkel sehe ich, dass Jóhanna Elva weinend in den Armen liegt, und ich will nur eins: Aron folgen. Ihn fragen, ob er okay ist. Er war in den letzten Wochen für mich da, und jetzt will ich ihm etwas zurückgeben. Das ist das Mindeste, was ich für ihn tun kann, und es ist noch lange nicht genug.

»Darling, warte«, hält Jón mich auf. »Du hast da was verloren.« Er deutet unter den Tisch. Auf dem Boden entdecke ich das schwarze Notizbuch meines Bruders, das ich seit einigen Tagen wie einen Glücksbringer in meiner Tasche trage, weil ich so das Gefühl habe, Luca näher zu sein. Bevor ich es aufheben kann, kommt Jón mir bereits zuvor und fischt es auf.

»Ui, was haben wir denn da?« Er stößt einen langen, lauten Pfiff aus. »Ist das etwa Geheimtinte?« Er sieht zwischen mir und dem geöffneten Buch hin und her. *Wovon zum Teufel spricht er bitte?*

»Gib es der Kleinen wieder, Jón. Ich weiß, dass du es liebst, deine süße Nase in Bücher zu stecken, aber da stehen sicher private Dinge drin, die uns nichts angehen«, brummt Olav, während ich wie in Trance zum Tisch zurückkehre. Verarschen sie mich gerade?

Ich reiße Jón das Notizbuch etwas zu harsch aus der Hand und traue meinen Augen kaum. Die linierten Blätter, deren Leere mich in den letzten Wochen schier erdrückt hat, sind jetzt von leuchtenden Buchstaben erfüllt. Buchstaben, die Worte, ganze Sätze formen. Sätze, die ich gerade zum ersten Mal sehe.

Ich erinnere mich lebhaft daran, dass Luca und ich uns damals immer im Garten unserer Großmutter mit Zitronensaft geheime Botschaften geschrieben haben, die nur unter UV-Licht zum Vorschein kamen. Irgendwann hat Oma uns dann zum Geburtstag eine ganze Packung dieser Geheimfüller geschenkt, und wir haben wochenlang einen nach dem anderen leer geschrieben. Mein Herz bleibt stehen, im selben Moment, in dem das Lied wechselt.

Das Notizbuch war nie leer.

Und als ich die ordentliche Schrift meines toten Bruders erkenne, bricht die Welt unter meinen Füßen der Länge nach auf.

Phase III

Auf der Suche nach Antworten

Kapitel 14

Notiz an mich selbst: Mein Tagebuch warst schon immer du

Fünf Anläufe. So viele benötige ich, um die Tür zu Arons Apartment zu öffnen, weil meine Hand zittert, seit ich das *Aska* überstürzt verlassen habe. Ich konnte keine Sekunde länger auf dieser Party bleiben und so tun, als wäre nichts passiert.

Luca hat in dieses Buch geschrieben!

In das Buch, welches ich jeden Tag so unwissend in den Händen gehalten habe. In den letzten Wochen hatte ich mit jeder verstreichenden Minute mehr das Gefühl, meinen Bruder zu verlieren. Aber jetzt habe ich etwas von ihm, woran ich mich festhalten kann. Etwas, das mich ihm wieder näher fühlen lässt. Einen Teil von ihm, den ich noch nicht kenne, weil er ihn mir nicht gezeigt hat.

In Arons Wohnung herrscht gespenstische Stille, die das Rauschen meines Blutes umso lauter und angsteinflößender werden lässt. Er selbst ist nicht hier, und sosehr ich auch mit ihm über Jóhanna sprechen will, umso erleichterter bin ich, im Augenblick allein zu sein.

Ohne mir Schuhe oder Jacke auszuziehen, stolpere

ich mit Lucas Notizbuch und dem Zauberstift bewaffnet zum Sofa. Wieso um Himmels willen ist mir nicht früher aufgefallen, dass dieser UV-Stift nicht grundlos in dem Einband steckte?

Meine Finger rutschen mehrfach von dem Buch ab, weil ich so stark schwitze und nicht glauben kann, dass ich gleich die Worte meines Bruders lesen werde. Luca hat den Eintrag gestartet, wie er immer seine Einträge gestartet hat.

Mit einem freundlichen: *Hey, Universum!*

Mein Bruder hat nie an einen Gott geglaubt, aber an eine höhere Macht, die all unsere Wege lenkt. Diese höhere Macht war für ihn das Universum.

Ich habe offiziell einen neuen Tiefpunkt erreicht. Willst du wissen, woran ich das festmache? Mal sehen, wo ich anfange. Damit, dass ich zum dritten Mal in zwei Jahren eine fiese Herzbeutelentzündung habe und wieder einmal das Krankenhausbett hüten darf? Oder damit, dass ich kindische Geheimtinte verwende, um dir zu schreiben?
Ja, du hast richtig gehört.
G-e-h-e-i-m-t-i-n-t-e.
Wie damals, als Lilly und ich uns versteckte Botschaften mit Omas Zitronensaft geschrieben haben, damit unsere Eltern nichts davon mitbekommen. Der Unterschied zu damals: Wir sind achtzehn und keine acht mehr. Und trotzdem hocke ich jetzt hier in meinem Stammkrankenhaus (andere Kids in meinem Alter

haben eine Stammkneipe, aber hey, was soll's? Man nimmt eben, was man kriegen kann.) und schreibe mit einem Magic Pen vom TEDI in mein neues Fünf-Euro-Notizbuch.
Zurück zum Wesentlichen.
Mama hat vor drei Wochen mein altes Tagebuch gefunden und, ohne mich um Erlaubnis zu fragen, darin gelesen. Um zu erfahren, wie es mir wirklich geht, hat sie gesagt. Weil sie sich Sorgen um meine psychische Gesundheit macht. Im Grunde glaube ich, dass sie mich nur kontrollieren wollte. Weil das ihr Ding geworden ist, auch wenn sie es jedes Mal abstreitet, wenn ich sie darauf anspreche.
Ich vertraue mich ihr schon lange nicht mehr so an, wie ich es vor einigen Jahren noch getan habe, und das wurmt sie mehr, als sie zugeben will. Doch wozu habe ich sonst seit zwei Jahren einen Therapeuten an meiner Seite, der mir jede Woche mittwochs hilft, mit der ganzen Scheiße umzugehen, die in meinem Leben passiert?
Jedenfalls dachte Mama wohl, dass sie in meine Privatsphäre eindringen und ihre Nase in meine Worte stecken darf.
Ich bin vielleicht krank, aber kein Kind mehr.
Deshalb sitze ich jetzt hier und schreibe dir in einem hässlichen Krankenhaushemd, das am Arsch offen ist, und mit einem billigen Magic Pen. Sicher sieht meine Schrift damit aus wie die eines zitternden Erstklässlers, aber mein Therapeut William sagte mir mal, dass der

Prozess des Schreibens ohnehin viel wichtiger ist als der des Hinterher-Lesens.
So here I am, Will-I-Am.
Lilly besorgt mir gerade eine Extraportion Waldmeisterwackelpudding von Schwester Gabi, während ich nur Augen für ihre neue Kollegin Abby habe. Allein ihr Name zergeht wie Zartbitterschokolade (die Farbe ihrer schulterlangen Haare) auf meiner Zunge. Sie ist noch in der Ausbildung, soweit ich weiß, und Himmel, wenn ich dir sage, dass Abby außerhalb meiner Liga spielt, dann meine ich es auch so. Bin ich Kreisliga, ist sie Champions League. Bin ich nur ein popeliger kleiner Stern, ist sie das ganze Universum. Das Beste daran? Trotz der galaktischen Unterschiede zwischen uns scheint sie mich auch zu mögen. Warum sonst sollte sie fünfzehn Mal am Tag zufällig in mein Zimmer stolpern, weil sie sich im Raum geirrt hat? Ich bin vielleicht herzkrank, aber nicht blöd. Mein Verstand funktioniert nämlich im Vergleich zu dem entzündeten Klumpen in meiner Brust echt gut.
Das hier kann man niemandem zu lesen geben. Vor allem nicht Abby, wenn ich will, dass sie irgendwann mal mit mir ausgeht. Ich weiß noch nicht, wie ich sie um ein Date bitten soll, und habe keine Ahnung, was ich mit ihr unternehmen könnte, aber der Gedanke daran gibt mir Kraft.
Mama diskutiert auf dem Flur seit einer halben Stunde mit der Ärztin, die heute meinen gefühlt hundertzehnten Herzultraschall gemacht hat. Ich höre ihre aufgeregte

Stimme, das gekonnt platzierte Schnaufen zwischen ihren aufbrausenden Sätzen. Manchmal wünschte ich, sie würde mir mehr Raum zum Atmen lassen, mehr Raum zum Verarbeiten. Sie erdrückt mich, seit sie von der Krankheit erfahren hat, und hey, ich verstehe es. Natürlich ist es scheiße, wenn das eigene Kind vor der eigenen Nase immer schwächer wird. Manchmal glaube ich, dass sie vergisst, wie es mir dabei geht. Dass nicht sie diejenige ist, deren Herz versagt, sondern ich.
Ich würde lieber mit Abby heimlich in diesem Bett rumknutschen, als mich vierundzwanzig sieben von unserer Mutter kontrollieren zu lassen, aber sie schwebt über mir wie ein Falke, zieht ihre Kreise, ihre gewohnten Bahnen, und lässt niemanden zu nah an mich heran. Nicht einmal Lilly. Und dabei ist Lilly meine engste Vertraute, das war sie schon immer. Sie ist mein menschliches Tagebuch, für das ich nie so etwas Albernes wie diese Zaubertinte brauchte. Weil ich immer wusste, dass meine Geheimnisse bei ihr sicher sind.

Ich lasse das Notizbuch in meinen Schoß fallen und schließe schluchzend die Augen. Die Tränen laufen langsam, fast schon in Slow Motion, über meine Wangen. Es schmerzt. Es schmerzt so sehr, seine Worte zu lesen, und gleichzeitig ist es heilsamer als alles. Weil ich ein Stück von Lucas Leben vor mir habe, das ich bis jetzt noch nicht kannte. Ein Stück seiner Seele, die immer mit meiner verbunden war und für immer mit ihr verbunden sein wird.

Ich wusste nicht, dass unsere Mutter seine Sachen

durchwühlt und seine Privatsphäre gestört hat. Aber es passt so gut zu ihr, weil sie ihre Grenzen nie kannte. Weil sie ihn mit ihrer Fürsorge erdrückt hat, ohne es zu bemerken. Ein kleiner Teil in mir fühlt sich schlecht, weil ich gerade denselben Fehler mache wie Mama. Weil ich Dinge lese, die nicht für meine Augen bestimmt sind. Die Umstände haben sich verändert, und ich bin mir sicher, dass Luca mir nicht böse wäre, könnte er mich in diesem Moment sehen.

Gerade, als ich weiterlesen will, höre ich einen Schlüssel in der Haustür. Auf der einen Seite will ich unbedingt mit Aron sprechen, ihn fragen, ob er klarkommt, aber auf der anderen Seite will ich den Rest der Nacht dafür nutzen, um Lucas Worte zu lesen. Mich ihm durch diese leuchtenden Buchstaben wieder verbunden zu fühlen.

Leise Schritte sind aus dem Flur zu hören, die mich dazu veranlassen, das Tagebuch zu schließen und vorerst in die Sofaritze zu schieben. Dann stehe ich auf. Mein Fuß hat sich nach dem Sturz Gott sei Dank relativ schnell erholt. Mir entweicht die Luft mit einem Stoß, als jemand das Wohnzimmer betritt, der nicht Aron ist. Vor mir steht Jóhanna. Ihre Mascara ist verwischt, ihre Haut blass wie der Schnee in den Bergen. Als sie mich entdeckt, fällt ihr beinahe die pinke Reisetasche aus der Hand.

»Um Gottes willen. Willst du mich zu Tode erschrecken?«, blafft sie mich an. »Was machst du überhaupt hier?« Sie steht stocksteif in der Mitte des Raumes, während ich den dringenden Wunsch verspüre, mich in Luft aufzulösen.

»Ich schlafe hier. Nur vorübergehend. Auf dem Sofa, natürlich.« Unbeholfen deute ich auf die Couch hinter mir. Ich kann an einer Hand abzählen, wie das hier auf sie wirken muss. Auf keinen Fall will ich, dass Jóhanna falsche Schlüsse zieht. Reicht schon, dass unser Start so holperig war.

Jóhanna mustert mich mit ausdrucksloser Miene, zieht die Unterlippe zwischen ihre Zähne und wendet dann den Blick ab, als ertrage sie meinen Anblick nicht länger. Mist, ich mache alles nur schlimmer!

»Keine Sorge, ich bin nur hier, um meine Sachen zu packen.«

Schnaufend stürzt sie zu der Glastür, die den Wohn- vom Schlafbereich trennt, und reißt sie auf. Dann wirft sie ihre Tasche auf das gemachte Bett und beginnt, ein Kleidungsstück nach dem anderen aus dem Schrank zu ziehen.

Moment mal – zieht sie etwa gerade aus? Dumpf schlägt das Herz in meiner Brust, und ich bewege mich langsam auf das Schlafzimmer zu. Es geht mich nichts an, was zwischen Aron und Jóhanna läuft, aber ich habe das dringende Bedürfnis, etwas zu tun. Die Wogen zu glätten, obwohl ich nicht einmal weiß, woher die verdammt tiefen Falten in ihrer Beziehung kommen.

»Wo ist er?«, frage ich Jóhanna zögerlich. Angespannt stopft sie ihre Klamotten in die Reisetasche und schiebt sich den schwarzen Pony aus der Stirn.

»Sollte ich das nicht besser dich fragen? Offenbar wohnst du ja jetzt hier.«

Okay, sie ist eindeutig nicht in Plauderstimmung, und ich verstehe es. Ich bin eine Fremde, die in der Wohnung ihres Freundes übernachtet, und sie hatte gerade einen heftigen Streit mit ihm. Natürlich hat sie keinen Bock auf eine Unterhaltung mit mir, ehrlich gesagt hätte ich das an ihrer Stelle auch nicht.

»Ich weiß, dass mein Auftauchen hier Fragen aufwirft. Und ich weiß nicht, wieso Aron dir bisher nichts von mir erzählt hat, aber … ich will nicht der Grund für euren Streit sein. Wir kennen uns noch nicht, und es geht mich auch nichts an, aber ich wollte …« *Scheiße, was tust du hier, Lilly? Willst du es noch schlimmer machen?* »… dir nur sagen, dass er dich liebt. Und es tut mir leid, dass ich ihn beinahe geküsst hätte. Aron hat es gar nicht erst so weit kommen lassen.«

»Wie bitte?« Ihre Zähne knirschen so laut, dass ich es hören kann. »Ihr habt euch fast geküsst?« Wie ein Laserstrahl landet ihr Blick auf meinem Gesicht. Ihre Kastanienaugen immer noch unter Wasser, wie bereits vorhin in der Bar. Sie sieht aus, als wäre sie in den letzten Monaten körperlich und seelisch durch die wahr gewordene Hölle spaziert.

»Es ging von mir aus, nicht von ihm. Ich will keinen Keil zwischen euch treiben. Ich war an dem Abend sehr durcheinander. Ich habe vor Kurzem meinen Bruder verloren, und … es tut mir leid. Bitte glaub mir. Das alles klingt jetzt wie eine lahme Ausrede, doch es ist die Wahrheit.«

Für den Bruchteil einer Sekunde weicht ihre Miene

auf, nur um sich anschließend wieder zu kaltem Granit zu verhärten. Teilnahmslos wischt sie sich mit der rechten Hand die Tränen von den Wangen, aber es ist zwecklos, weil ihre Tränen einfach nicht versiegen wollen.

»Weißt du, was? Küss ihn von mir aus, so viel du willst. Mir soll es egal sein.«

»Das will ich gar nicht, Jóhanna«, versichere ich ihr, auch wenn ich damit vor allem mich selbst belüge. Nur, weil ich weiß, dass es nicht richtig wäre, heißt es nicht, dass mein Herz es auch versteht.

»Ich will mich nicht in eure Beziehung drängen! Es war ein gigantischer Fehler, der kein zweites Mal vorkommen wird. Das verspreche ich dir.«

Sie lässt einen dunkelgrauen Rollkragenpulli in die Tasche fallen und hebt erneut den Blick. Dieses Mal schwingt vor allem eins in ihm mit: Unglauben.

»Du weißt es gar nicht, oder?« Ihre Augen sind verengt, und sie presst ihre perfekt geschwungenen Lippen fest zu einer Linie. Wut flackert über ihr bildschönes Gesicht.

»Wovon sprichst du?«

»Gott, das ist so typisch für ihn!«, bellt sie und rauft sich die schwarzen Haare, bevor sie die Bombe platzen lässt. »Aron und ich sind schon seit Wochen getrennt, Lilly.«

Kapitel 15

Notiz an mich selbst: Manchmal zaubern die tiefsten Narben die schönsten Kunstwerke

»Was?« Es ist, als wäre mit einem Mal jeglicher Sauerstoff aus der Luft verschwunden. »Das ergibt keinen Sinn. Wieso hat er mir nichts davon erzählt?«

»Aron erzählt einem nur die Dinge, die er einem erzählen *will*.« Kraftlos sinkt Jóhanna auf die Bettkante und senkt den Blick. »Glaub mir, das musste ich selbst auf schmerzhafte Weise erfahren.« Ihre Tränen fallen still auf die weiße Bettdecke, die sie nun mit ihren zitternden Fingern glatt streicht. Jeder Zentimeter ihres geschwächten Körpers schreit vor Schmerz.

»Gott, ist das peinlich«, schnieft Jóhanna, richtet den Blick zur Zimmerdecke und tupft sich die Wangen mit den Ärmeln ihrer beigen Strickjacke trocken. »Hier so vor dir rumzuheulen, obwohl wir uns gar nicht kennen.«

Bevor ich abwägen kann, ob mein Vorhaben klug ist oder die Situation nur schlimmer macht, habe ich die Distanz zu Jóhanna überwunden und mich neben sie gesetzt. Meine Hand findet ihre automatisch. Zu meinem Erstaunen lässt sie es zu. Wir halten einander bei den Händen, weil es das ist, was Menschen tun sollten, wenn es ihnen schlecht geht. Wir sollten füreinander da sein.

»Das muss dir wirklich nicht peinlich sein«, versichere ich ihr. So nah bei Jóhanna zu sitzen und ihr blumiges Parfum zu inhalieren, fühlt sich surreal an. Auf einmal ergibt Arons betretenes Schweigen, wenn ich ihn nach Jóhanna gefragt habe, einen Sinn. Was keinen Sinn ergibt, ist seine Unehrlichkeit. Er hätte mir doch einfach sagen können, dass sie getrennt sind!

»Wieso bist du so nett zu mir? Ich habe mich heute Abend wie eine richtige Bitch dir gegenüber verhalten«, schnieft sie.

»Wer kann es dir verübeln?« Mein Atem rasselt. »Wie lange seid ihr schon getrennt?«

»Seit Anfang des Jahres«, flüstert sie.

»Darf ich fragen, wieso?«, hake ich ganz vorsichtig nach, voller Angst im Bauch, einen falschen Schritt zu machen. Jóhanna geht es offensichtlich alles andere als gut, und ich möchte es nicht schlimmer machen, aber ich brauche Antworten. Antworten, die Aron mir gerade nicht geben kann, weil er weiß Gott wo ist.

Jóhannas Unterlippe bebt, und ihr Knie wippt nervös auf und ab.

»Tut mir leid, du musst es mir nicht sagen. Aber ich versuche, es zu verstehen. Ihr liebt einander doch, das sieht man.«

»Würde Aron mich lieben, hätte er mich wohl kaum verlassen, oder?«

Die zweite Bombe detoniert innerhalb kürzester Zeit

in diesem Raum. Aron hat *sie* verlassen? Was zur Hölle? Ich packe Jóhannas Hand automatisch fester. Entweder sie bemerkt es nicht, oder sie ignoriert es, denn ihr Gesicht regt sich kein bisschen.

»Er hat dich verlassen?«

Ich muss mich vergewissern, dass ich mich nicht bloß verhört habe. Es passt nicht in das Bild, das ich mir selbst von Aron in den letzten Monaten gemacht habe. Er kann unmöglich seine sterbenskranke Freundin auf dieser beschissenen Reise verlassen haben. Das würde er nicht tun! Oder? Dabei sitzt der lebende Beweis neben mir.

Weil Jóhanna nicht mehr antwortet, blicke ich zu ihr hinüber. Sie wendet das Gesicht von mir ab, immer noch peinlich berührt von ihrem Ausbruch und überwältigt von ihren Gefühlen. *Weil Aron sie verlassen hat.* Sie muss es nicht noch einmal laut aussprechen, weil alles an ihr diese Wahrheit in die Welt hinausbrüllt.

»Ich sollte jetzt besser gehen«, haucht sie und löst ihre knochige Hand aus meiner. Dann zieht sie den Reißverschluss ihrer Tasche zu, schultert sie und flieht. Vor mir, vor diesem Gespräch, vor Erinnerungen, die ich nicht sehen kann, weil sie nicht meine sind. Und ich? Ich sitze wie paralysiert auf Arons Bett, meine Hand geöffnet neben mir auf der Matratze, weil ich mich kaum rühren kann. Dort, wohin Jóhannas Hand eben Wärme gezaubert hat, ist jetzt Eiseskälte, weil mein Bild von Aron die ersten dunklen Flecken bekommt.

»Es tut mir wirklich leid, dass ich vorhin so zickig zu dir war«, reißt Jóhanna mich aus meiner Trance. Sie verharrt an der gläsernen Tür, den Blick gesenkt. »Es hatte nichts mit dir zu tun. Ich weiß, dass es mich im Grunde nichts angeht, was Aron macht. Nicht mehr jedenfalls.« Sie schürzt ihre Lippen. »Aber du scheinst ein wirklich netter Mensch zu sein, Lilly. Deshalb würde ich dir gerne einen Rat geben. Von Frau zu Frau?«

Atemlos nicke ich, versuche, mich auf ihren Ratschlag gefasst zu machen.

»Pass gut auf dein Herz auf, okay? Er wird auch dich fallen lassen, wenn es schwer wird. Weil es offenbar das ist, was er mit Menschen macht, die er lieben sollte. Ich habe es nur zu spät erkannt.«

Ihre Worte sind so absurd, weil sie nicht zu dem Mann passen, dem ich in den letzten Wochen so nah gekommen bin. Dem Mann, der mir hilft, mit dem Tod meines Bruders umzugehen, und mir zur Seite steht, während ich mich selbst finde. Aber der Schmerz in ihren Worten ist echt, ist nicht geschauspielert. Ich kann mich nicht rühren, selbst dann nicht, als die Haustür laut ins Schloss fällt.

Jóhanna ist gegangen.

Zurück bleibe ich mit eintausend Fragezeichen im Herzen. Weil ich nicht verstehen kann, was gerade passiert ist. Auf einmal packt mich unbändige Wut. Darüber, dass Aron mir nicht die Wahrheit gesagt hat, nicht einmal, als ich mich wegen des Vorfalls am Skógafoss tagelang so unfassbar schuldig gefühlt habe. Darüber, dass er Jóhanna verlassen hat, obwohl ihr Herz auch ohne diesen zusätzlichen Schmerz genug zu kämpfen hat, während mein eigenes hin- und hergerissen ist. Zwischen dem Wunsch, mich mit Lucas Tagebuch aufs Sofa zu verziehen, und dem Drang, mit Aron über all das zu sprechen. Ihn zur Rede zu stellen. Letztlich fasse ich einen Entschluss: Heute Nacht muss ich mich zuerst den Lebenden stellen, bevor ich mich meinem Bruder widme.

• • •

Das Licht in Arons Werkstatt brennt. Ich wate durch den knirschenden Schnee und lege mir bereits die passenden Worte zurecht. Also hatte ich recht. Er lenkt sich ab von seinem Schmerz, indem er neue Holzstücke schnitzt. Meine Wut auf ihn ist immer noch nicht verpufft, aber ich habe mir im Wagen des schweigsamen Taxifahrers fest vorgenommen, mir erst einmal seine Seite der Geschichte anzuhören, bevor ich ihn mit meiner Enttäuschung konfrontiere und voreilige Schlüsse ziehe. So viel Respekt bin ich ihm schuldig.

Doch als ich die Tür seiner Werkstatt öffne, fehlt von Aron jede Spur. Dafür entdecke ich seine Mutter, die gerade dabei ist, eine zerbrochene Figur aus Holz vom Boden zu fischen. Ganz sachte umfasst sie die hölzernen Elemente. Ihr Blick ist von Tränen verschleiert, und als ich mir das Chaos, welches hier drin herrscht, bewusst mache, verstehe ich ihre Aufgelöstheit.

Die komplette Werkstatt ist verwüstet. Das Regal neben der Tür ist bis auf das letzte Unikat leer gefegt, und ich entdecke die kleine Erdkugel aus Holz, die ich an meinem ersten Abend hier in den Händen hielt, auf dem Boden zu meinen Füßen.

Atemlos hebe ich sie auf, fahre mit dem Daumen über die filigranen Kontinente, erinnere mich daran, wie ich mich an meinem ersten Abend hier gefühlt habe. Verloren wie eine kleine Welle auf dem endlosen Ozean.

Eine tiefe Kerbe zieht sich nun über die Erdkugel, die ich mit dem Daumen entlangfahre. Als wäre ein Blitz in sie eingeschlagen und hätte bleibende Spuren auf ihr hinterlassen. Arons Gefühlsblitz macht das Kunstwerk noch einzigartiger.

»Was machst du so spät hier, *Elskan*?«, sagt sie erschöpft und stellt die kaputte Figur ganz sanft auf der Werkbank ab. Darauf stehen die Schnitzereien, an denen Aron in den letzten Nächten gearbeitet hat, während ich danebensaß. Er hat mir nicht verraten, woran er arbeitet, und sagte nur, dass ich mich überraschen lassen soll.

»Ich muss mit ihm sprechen«, erwidere ich schluckend, weil so viel Schmerz in der Luft liegt. Arons Schmerz. Der seiner Mutter. Und mein eigener, der sich mit aller Macht an die Oberfläche kämpfen will. Ich brauche endlich meine Antworten!

»Du hast ihn gerade verpasst.«

Anna strahlt sonst immer diese unverwechselbare Ruhe aus, ähnlich wie Oma es immer tut, aber heute Nacht wirkt sie völlig neben der Spur. Da wütet ein Sturm in ihren Augen, die denen ihres Sohnes so ähnlich sind. Grün, unglaublich tief und voller Nuancen.

»Sein Pick-up steht in der Auffahrt«, sage ich stockend. »Ich dachte, er wäre hier.« Langsam setze ich mich in Bewegung, um ihr beim Aufräumen zu helfen. Etliche Werkzeuge liegen am Boden verteilt, als hätte hier drin ein Tornado gewütet.

Schweigend bringen wir wieder Ordnung ins Chaos, stellen die handgefertigten Stücke sorgsam zurück in das Regal neben der Tür. Wir gehen so behutsam mit den Kunstwerken um, als würden wir uns damit bei ihnen für Arons grobes Verhalten entschuldigen wollen.

»Vermutlich ist er am Strand«, bricht Anna die Stille schließlich. »Da ist mein Sohn immer, wenn ihm alles über den Kopf wächst.«

Sie seufzt und tritt auf mich zu. Ihre Hände auf meinen Schultern fühlen sich tröstlicher an als jede Umarmung, die Mama mir jemals gegeben hat. »Aber wenn du mich fragst, solltest du dich heute Nacht lieber von ihm fernhalten, *Elskan*. Für deinen eigenen Seelenfrieden.«

»Ich kann nicht«, antworte ich leise. »Ich muss mit ihm sprechen, und es kann nicht bis morgen warten.« Weil ich sonst verrückt werde und ich unmöglich in seine Wohnung zurückkehren kann, zu Lucas Notizen, solange ich nicht mit ihm reden konnte. Ich brauche einen klaren Geist, wenn ich die Worte meines Bruders lese, und den habe ich gerade absolut nicht.

Verständnisvoll legt Anna eine Hand auf meine Wange und streichelt mit dem Daumen darüber. »Dein Herz weiß am besten, was das Richtige für dich ist.«

Da bin ich mir inzwischen nicht mehr so sicher. Bei Lucas letztem Atemzug hat mein Herz irreparablen Schaden genommen, und ich weiß nicht, ob meine Intuition noch richtig funktioniert.

Ich fühle mich wie die kleine Welt, die Aron mit seinen Händen geformt und anschließend beinahe zerstört hat. Tiefe Risse überziehen mein Herz seit Lucas Tod. Herausgebrochene Stücke, die ihre Form unwiderruflich verändert haben und jetzt nicht mehr an ihren ursprünglichen Platz passen.

»Ich muss wirklich dringend mit Aron sprechen, Anna.«

Arons Mutter nickt verständnisvoll, streicht ein letztes Mal über meine Wange und geht anschließend zu einem der Regale hinüber. Dann reicht sie mir eine Taschenlampe. Dieselbe, die Aron bei sich trug, als wir gemeinsam die Nordlichter gesucht haben.

»Pass auf dich auf, *Elskan*. Die Wellen sind unberechenbar.«

Kapitel 16

Notiz an mich selbst: Meine Wut auf dich schlägt Wellen.
Aber meine Liebe zu dir schlägt höhere

Schon von Weitem brüllt mir der Ozean wütend entgegen und passt sich somit meinem emotionalen Zustand an. Ich will mich nicht mit Aron streiten, aber in mir ist so viel Wut, weil ich mich von ihm hintergangen fühle. Da sind so viele Fragezeichen, die sich bei jedem Schritt schmerzhaft in meine Brust bohren.

Warum hat er Jóhanna verlassen?

Warum hat er mir nicht die Wahrheit gesagt?

Und wieso verletzt es mich überhaupt so sehr?

Er ist mir keine Rechenschaft schuldig, das war er nie. Dennoch dachte ich, unsere Freundschaft würde tiefer gehen als das, tiefer als diese Geheimnisse, die Aron umgeben. Aus einiger Entfernung sehe ich ihn am Strand stehen, das Gesicht den tosenden Wellen zugewandt und die Hände tief in den Taschen seiner Jacke vergraben. Meine Schritte fallen mir schwer, als würde ich durch klebrigen Teer waten.

»Warum hast du mir nicht die Wahrheit gesagt?«

Meine Stimme schießt einige Oktaven in die Höhe, und weil er mich partout ignoriert, verwandelt sich meine Wut in richtigen Zorn. So viel zu meinem Vorhaben, ein normales, ruhiges und erwachsenes Gespräch mit ihm zu führen. Daraus wird heute Nacht definitiv nichts, dafür waren die vergangenen Stunden viel zu aufwühlend.

Erst meine unbeschwerte Zeit auf der Party inklusive heftigem Herzflattern, dann die Worte meines Bruders in seinem Notizbuch und zur Krönung das Gespräch mit Jóhanna in Arons Wohnung. Es ist kein guter Zeitpunkt, um mit mir Spielchen zu spielen, und das soll er besser gleich wissen.

»Aron, hab wenigstens so viel Respekt und sieh mich an!«, fordere ich ihn auf. Als er sich endlich zu mir umdreht und ich in seine geröteten Augen blicke, tut mir mein Tonfall bereits leid. Aber noch mehr tut mir Jóhanna leid, weil sie so bitterlich an meiner Seite geweint hat und ich ihren ungefilterten Schmerz vor Augen habe. Sie sah so unglaublich erschöpft aus, so unfassbar traurig und verletzt. Seinetwegen.

»Was machst du hier, Lilly? Du solltest nicht hier sein.«

»Nicht hier an diesem Strand? Oder meinst du auf dieser Insel?«, bohre ich nach. »Warst du deshalb so kalt zu mir, als ich hier ankam? Weil du mich von Anfang an angelogen hast?«

»Wovon sprichst du?«

»Von deiner Freundin, die offenbar schon seit Wochen nicht mehr deine Freundin ist? Ich habe mit Jóhanna gesprochen, Aron. Was zur Hölle soll das?«

Meine anklagende Stimme überschlägt sich, genau wie die Wellen, die in regelmäßigem Abstand an den Strand schwappen. Allein ihr Klang macht mir Angst. Die Tatsache, dass es zu finster ist, um die Wellen zu sehen, macht diesen Ort bei Nacht noch Furcht einflößender als am Tage.

»Wieso hast du mir nicht gesagt, dass ihr längst kein Paar mehr seid? Weißt du, wie schuldig ich mich wegen dieses dämlichen Fast-Kusses gefühlt habe? Es ging mir hundeelend, weil ich dich küssen wollte, obwohl du vergeben bist! Nur, damit ich jetzt erfahre, dass ihr seit Wochen getrennt seid? Dass du sie ... *verlassen* hast, obwohl sie todkrank ist?«

Die letzte Frage schafft es nur als Krächzen über meine bebenden Lippen. Ich umklammere die Taschenlampe so fest, dass es wehtut.

»Du hättest mich nicht anlügen dürfen«, beharre ich, weil Aron weiterhin schweigt. Ich habe das Gefühl, gegen eine Wand zu sprechen. Er steht nur eine Armlänge von mir entfernt, wie vorhin auf der Tanzfläche, und ist dennoch so weit weg. So weit weg wie nie zuvor. Selbst in Deutschland habe ich mich ihm immer näher gefühlt als hier.

»Du hast lediglich geschlussfolgert, dass wir noch zusammen sind. Du hast nie danach gefragt, Lilly.«

»Ist das dein verfickter Ernst, Aron? So einfach willst

du dich aus der Sache rausreden? Warum hast du mir nicht geschrieben, als ich in Deutschland war?«

»Du hast mich wochenlang geghostet, Lilly!«, erinnert er mich scharf an den kältesten und längsten Januar meines Lebens. Bis zu diesem Augenblick dachte ich, dass Aron mir mein Verhalten längst verziehen hat, aber gerade bin ich mir dessen nicht mehr sicher. »Selbst wenn ich es dir hätte schreiben *wollen*, hättest du es vermutlich nicht einmal gelesen.«

»Du hättest es versuchen können. Du hast mir die Wahrheit verschwiegen, und das ist genauso schlimm, wie zu lügen!«, brülle ich, außer mir vor Wut.

Am liebsten würde ich ihm gegen die Brust schlagen wie Jóhanna zuvor, damit er endlich aufhört, so distanziert zu reagieren. Ich hasse es, ihn so zu sehen. Hasse es, dass er sich derart vor mir verschließt, nachdem ich ihm meine dunkelsten Gedanken anvertraut habe.

»So wie du mir die Wahrheit über Luca verschwiegen hast?« Sein Konter ist wie eine Ohrfeige, sie schmerzt ungemein. Weil er hier zwei Dinge miteinander vergleicht, die sich absolut nicht miteinander vergleichen lassen.

»Ich habe dir nichts von seinem Tod erzählt, weil ich es nicht schreiben konnte. Weil ich es dir persönlich sagen musste. Deshalb bin ich hier, und das weißt du. Ich wollte nicht wahrhaben, dass mein Bruder fort ist!«

Vielleicht spiele ich mit unfairen Mitteln. Aron hat auch etwas verloren. Jemanden, den er geliebt hat. Mit dem gravierenden Unterschied, dass er sich bewusst dafür *entschieden* hat. Er hat seine sterbenskranke Freundin verlassen, weil er es so *wollte*. Luca *musste* gehen, weil er keine andere Wahl hatte. Weil das Leben ihm keine zweite Chance, kein gesundes Herz gegeben hat.

»Ich habe keine Ahnung, was ich dir sagen soll, Lilly.« Seine Worte sind ein fester Schlag in meine Magengrube.

»Weißt du was? Du hast recht, und ich hätte nicht herkommen sollen. Nicht heute Nacht an diesen Strand und nicht vor Wochen in dieses dämliche Land. Es war ein Fehler. Alles!« Mit diesen Worten mache ich auf dem Absatz kehrt und stürme zurück Richtung Lodge. Der salzige Wind peitscht mir heftig ins Gesicht, lässt meine Tränen beinahe gefrieren, so beißend kalt ist er.

»Lilly, jetzt warte doch!«

»Lass mich einfach gehen«, schniefe ich und ignoriere seine Schritte hinter mir, so gut es geht. Das Licht der Lodge leitet mich, und als ich Arons Pick-up in der Auffahrt entdecke, wird mir erst klar, dass ich keine Ahnung habe, was ich jetzt tun soll. Mein derzeitiger Schlafplatz ist in Arons Wohnung, genau wie all meine Sachen, und das Apartment ist mehrere Kilometer entfernt.

Keine Ahnung, ob ich um diese Uhrzeit noch einen weiteren Taxifahrer finde, der Lust hat, traurige deutsche Touristinnen umherzukutschieren. Aron holt mich ein. »Was hast du jetzt vor?«

»Wonach sieht es denn aus? Ich laufe nach Vík!« Wie ein bockiges Kind schlinge ich die Arme um meinen Oberkörper und marschiere auf die Hauptstraße zu. »Und morgen verschwinde ich von hier. Es war eine dumme Idee, herzukommen.«

»Du kannst nicht einfach mitten in der Nacht und bei dieser Kälte nach Vík laufen. Wenn du glaubst, dass ich dich gehen lasse, kennst du mich aber schlecht.«

»Erzähl mir etwas Neues«, antworte ich harsch. Heute Nacht habe ich das Gefühl, diesen Mann wirklich nicht zu kennen. Ich weiß nur einen kleinen Teil von ihm und seinem Leben, der Rest ist wie ein blinder Fleck. Ein toter Winkel, den er mich nicht sehen lassen will, obwohl ich ihm alles von mir gezeigt habe.

»Ich steige auf keinen Fall in deinen Wagen, Aron! Nicht, solange du mich so behandelst.«

Er packt mich am Oberarm und hält mich auf. Ehe ich michs versehe, hat er mich gegen seinen Pick-up geschoben. Nicht hart, nicht gewaltvoll, sondern sanft und behutsam. Dank der Straßenlaterne neben uns kann ich sehen, dass sein Gesicht inzwischen viel weicher geworden ist. Jetzt steht wieder der Mann vor mir, der mich vor dem Sturz in die Tiefe bewahrt hat. Der mich ermutigt hat, für mich selbst zu kämpfen, für mich einzustehen. Der mir die Schönheit seiner Insel gezeigt hat, um mich mit ihrem Zauber zu trösten. Warum zum Teufel löst er so widersprüchliche Gefühle in mir aus? Warum will ich ihm eine Ohrfeige verpassen und gleichzeitig Schutz in seinen Armen suchen? Es ergibt einfach keinen Sinn!

»Wieso?«, zische ich. »Wieso hast du sie verlassen, Aron? Ich verstehe einfach nicht, wie du ihr so etwas Schreckliches antun konntest!«

»Darum geht es dir also in Wahrheit?«, fragt er mit

rauer, belegter Stimme. »Darum, dass *ich sie* verlassen habe?«

»Du liebst sie, sie liebt dich. Und sie ist krank. Weißt du, was ich dafür tun würde, meinen Bruder noch ein einziges Mal umarmen zu können? Noch ein einziges Mal mit ihm sprechen zu können? Seine Stimme zu hören? Seine Hand fest in meine zu nehmen?« Um meine Worte zu unterstreichen, greife ich nach seiner. »Jóhanna ist hier.« Mein Atem geht stockend, schickt eine kleine Wolke in die Luft. »Sie ist noch hier, Aron. Und du schmeißt dieses Geschenk einfach weg? Warum? Ich will es nur verstehen können, denn gerade ergibt nichts davon für mich einen Sinn. Es ist, als würde ich dich gar nicht wirklich kennen!«

Wieder einmal überwältigen mich die Tränen, obwohl ich dachte, inzwischen leer geweint zu sein. Es stellt sich heraus, dass meine Traurigkeit ein riesiges Fass ohne Boden ist. Da ist kein Ende in Sicht, kein Licht am Ende des Tunnels mit dieser erdrückenden Trauer. Jedes Mal, wenn ich morgens aufwache und das Gefühl habe, endlich wieder atmen zu können, drückt sie mich spätestens am Ende des Tages zurück unter Wasser. Ohne Luca leben zu müssen, ist wie Luftanhalten. Für eine gewisse Zeit schafft man es, bis es eben nicht mehr geht. Bis der Schmerz zu groß, zu stark und überwältigend wird.

»Wie kannst du sie in dieser Lage einfach allein lassen, Aron? Bitte erkläre es mir, weil ich sonst durchdrehe!«

»Du weißt nicht, wie unsere Beziehung war, Lilly. Du

kennst nur ein winziges Puzzleteil aus einem gigantischen Bild. Unsere Beziehung ist schon vor der Diagnose fast zerbrochen. Wir haben nur mit aller Macht versucht, an etwas festzuhalten, das schon lange nicht mehr existiert und funktioniert hat. Wir haben ein Pflaster auf eine klaffende Wunde geklebt und gedacht, dass es reicht. Aber das hat es nicht. Und das ist der Grund für unsere Trennung, nur das. Es hat nichts mit der Krankheit zu tun. Wir konnten nicht so weitermachen, Lilly.«

»Wieso hast du mich dann nicht geküsst?« Mit aller Macht versuche ich, nicht so verletzt zu klingen. Ich darf es ihm nicht zum Vorwurf machen, die Handbremse gezogen zu haben, weil es das absolut Richtige gewesen ist. Seine Beziehung zu Jóhanna ist erst seit wenigen Wochen vorbei. Natürlich stürzt er sich nicht sofort in die nächste. »Ich war mir so sicher, dass es an Jóhanna gelegen hat. Dass du mich ihretwegen nicht küssen wolltest.«

»Fuck, Lilly. Du hast ja keine Ahnung, *wie sehr* ich dich da oben küssen wollte. Wie sehr ich es *jetzt gerade* will, in diesem Moment, in dem du mich aus diesen verflucht schönen Augen ansiehst. Aber es wäre falsch. Und das ist vielleicht auch der Grund, wieso ich dir nicht sofort von unserer Trennung erzählt habe. Weil ich so wenigstens einen Grund hatte, dich von mir fernzuhalten«, erwidert er schwach.

Seine Antwort sorgt für ein Schleudertrauma in meinem Herzen, lässt es von links nach rechts poltern. Vor und zurück. Jedes Mal, wenn es gegen meinen Brustkorb schlägt, entstehen neue Wunden, die später zu hässlichen

Narben werden. Zum Glück kenne ich mich damit bestens aus.

»Warum brauchst du überhaupt einen Grund, dich von mir fernzuhalten?«, sage ich zitternd unter Tränen. Aron hat gerade zugegeben, dass er mich küssen wollte, dass er mich gerade jetzt, in diesem Augenblick, küssen möchte. So wie ich ihn seit Tagen küssen will. Jede Nacht, in der ich auf seinem Sofa liege und er in seinem Bett, das nur durch dünnes Glas von mir getrennt ist. Jede Nacht habe ich mit aller Macht gegen den Wunsch angekämpft, seine Tür aufzuschieben und mich zu ihm zu legen. Mehr als einmal lagen wir uns mit den Gesichtern gegenüber, haben gespürt, dass da mehr zwischen uns ist, als wir uns eingestehen wollten. Aron zögert und weicht meinem Blick aus, als würde es ihm körperliche Schmerzen bereiten, mich länger anzusehen.

»Weil du gerade erst deinen Bruder verloren hast, Lilly. Du gehst durch den schlimmsten Sturm, den ein Mensch in seinem Leben überstehen muss, und ich werde deine Trauer sicher nicht ausnutzen, so egoistisch bin ich nicht.«

Ich weiß, dass Aron recht hat. Es wäre falsch, mich jetzt sofort in das nächste emotionale Chaos zu stürzen, obwohl mein Stand noch so wackelig ist. Trotzdem wünschte ich, Aron wäre nicht so vernünftig und erwachsen, denn dieses eine Mal will ich auf die Stimme der Vernunft scheißen und einfach *leben*.

Inzwischen hat es angefangen zu schneien. Dicke Flocken wirbeln durch die Luft, landen in unseren Haaren und auf unserer Kleidung. Selbst Schneeflocken sind auf Island schöner und beeindruckender als in Berlin.

Aron lehnt seine Stirn gegen meine, wie er es auf dem Skógafoss getan hat. Seine blonden Haarspitzen kitzeln auf meiner Haut, während die Flocken unsere Köpfe küssen.

»Ich habe viele schlechte Entscheidungen in meinem Leben getroffen, Lilly. Dich nicht zu küssen, obwohl ich es so sehr wollte, war keine davon. Weil ich es bei dir richtig machen muss.«

Sanft sinke ich gegen seinen Körper, sehne mich so sehr nach mehr. Ich bin immer noch wütend auf ihn, doch mein Herz sehnt sich nach Liebe. Nach *seiner* Liebe.

»Es tut mir leid.« Entschuldigend streicht er mit dem Handrücken über meine Wange. »Ich wollte dich wirklich nicht mit meinem Verhalten verletzen. Alles, was ich will, ist, dich zu beschützen.«

Und mir tut es leid, dass ich ihn angegriffen und verurteilt habe, obwohl ich nur einen Teil der Geschichte kannte. Weil es falsch ist, ihn als schlechten Menschen abzustempeln, obwohl er neben Luca der beste ist, dem ich je begegnet bin.

»Darf ich dich jetzt nach Hause fahren, oder bist du immer noch fest entschlossen, dass es eine kluge Idee ist, bei dem Wetter nach Vík zu laufen?« Das Schmunzeln in seiner Stimme lässt den Gefühlssturm in mir etwas ruhiger werden. Weniger Angst macht er mir deshalb trotzdem nicht.

»Mir friert jetzt schon der Hintern ab«, nuschle ich und reibe mir wärmend über die Oberarme.

»Das wäre wirklich viel zu schade um deinen Hintern«, erwidert Aron grinsend und öffnet die Beifahrertür seines Wagens für mich. »Komm, ich bring dich nach Hause.«

Nach Hause.

Ich bin erst seit wenigen Wochen auf dieser Insel, doch schon jetzt fühlt sich dieser Ort mehr wie mein Zuhause an, als Berlin es je getan hat. Als wir gemeinsam in seinem Wagen sitzen und er die Heizung anstellt, drehe ich mich in seine Richtung. Weil ich süchtig danach geworden bin, ihn anzusehen. Zum ersten Mal, seit ich hier auf Island bin, fühle ich mich deshalb nicht wie der schlechteste Mensch der Welt.

»Hast du es ernst gemeint? Dass du nach Berlin zurückfliegen willst?«, fragt er in die Stille der Nacht hinein. Seine Züge sind angespannt, als hätte er Angst vor meiner Antwort.

»Nein«, wispere ich. »Nein, ich will nicht gehen.«

Ich will nie wieder gehen, setze ich gedanklich hinterher.

Ein Lächeln huscht über sein Gesicht, das die finstere Nacht taghell macht. »Gut«, sagt er leise. »Es gibt nämlich noch so vieles, das ich dir zeigen muss, Lilly Sommer.«

Kapitel 17

Notiz an mich selbst: Manchmal braucht man zum Glücklichsein nur jemanden, der an dich und deine Träume glaubt

Mein Handy läuft schon den ganzen Tag über heiß. Seit ich heute Morgen von diesem nervtötenden Vibrieren geweckt wurde, ruft mich meine Mutter im Stundentakt an. Ihre Ausdauer ist fast schon rekordverdächtig, nachdem ich seit unserem letzten Telefonat nichts mehr von ihr gehört habe.

»Sie gibt heute wirklich alles, oder?«, will Aron mit gerunzelter Stirn wissen. Es ist später Nachmittag, und die Sonne steht bereits tief am Horizont, legt eine wunderschöne Decke aus warmem Licht über die Northern Lights Lodge und den gemütlichen Innenhof.

»Das ist schon ihr siebter Anruf heute.« Seufzend lasse ich mich auf die hölzerne Bank neben Arons Arbeitsplatz fallen.

Inzwischen ist diese Werkstatt mein absoluter Ruhepol geworden. Sobald ich einen Fuß über die Türschwelle setze und Aron bei der Arbeit zusehen kann, fährt mein

System herunter, fast als würden meine Sorgen hier drin ihr erdrückendes Gewicht einfach verlieren.

Lediglich das Sturmklingeln meiner Mutter stört diese Ruhe heute enorm. Kurz denke ich darüber nach, ihren Anruf anzunehmen und ihr genau das vorzuwerfen, entscheide mich letztlich aber dagegen. Ich will nicht, dass dieser magische Ort jemals mit ihrer giftigen Negativität in Kontakt kommt.

»Glaubst du, es ist etwas Wichtiges?«, hakt Aron nach und stützt seine Hände auf der Werkbank ab. Er mustert mich besorgt.

»Wenn es in die Kategorie ›wichtig‹ fällt, mir vorzuhalten, wie enttäuscht sie von mir und meinen *kindischen* Entscheidungen ist, dann ist es das sicherlich, ja. Ich meine, was soll das alles? Ich bin seit vier Wochen von zu Hause weg, Aron. Vier Wochen! Und sie hat mich nicht einmal gefragt, wie es mir geht oder ob alles in Ordnung bei mir ist.«

Arons mitfühlender Blick füllt die eisige Luft in mir mit Wärme, sagt ihr unerbittlich den Kampf an. Glücklicherweise hat der Streit am Strand keinen Groll zwischen uns hinterlassen. Womöglich ist es hochgradig ungesund, dass ich Arons Lüge über die Trennung von Jóhanna einfach hinnehme, genau wie unser beider Wunsch danach, diesen Fast-Kuss zu wiederholen. Aber ich habe gerade genug Baustellen in meinem Leben, die ich angehen muss und die all meine Kraft erfordern. An oberster Stelle steht diese eine E-Mail, die in meinem

Postfach vor sich hin schimmelt und endlich abgeschickt werden will.

»Sagt dir die Organisation *Savetheiceland* etwas?«, frage ich Aron ganz beiläufig, während er sich auf sein aktuelles Projekt konzentriert. Noch immer hat er mir nicht verraten, woran er eigentlich seit Tagen arbeitet, und langsam ist meine Neugier echt nicht mehr auszuhalten.

»Willst du gerade nur vom Thema ablenken, oder interessiert es dich wirklich?«

»Es interessiert mich wirklich.«

»Und wie kommst du jetzt darauf?«

»Weil … na ja …«

Aron bemerkt mein Zögern, mein unsicheres Stammeln, und lässt das körnige Schleifpapier auf den Tisch fallen.

»Nun sag schon, kennst du sie?«

»Vage. Sie haben ihren Hauptsitz in Vík, und ich komme jeden Morgen an ihrem Office vorbei, wenn ich zur Lodge fahre. Viel weiß ich zwar nicht über ihre Arbeit, aber sie scheinen sich für wirklich wichtige Dinge einzusetzen und einen ziemlich guten Ruf unter den Umweltschützern zu haben.«

»Als ich letztens im *Aska* war, habe ich einen ihrer Flyer entdeckt, und irgendwie lässt mich ihre Arbeit seitdem nicht los. Sie suchen freiwillige Helfer für die Sommermonate …«

Zögernd und mit einer Menge Angst im Bauch sehe ich zu Aron hinüber, weil ich nicht weiß, was er von meiner Idee hält. Ich will nicht, dass er das Gefühl hat, ich würde mich klammheimlich in sein Leben schleichen wollen.

»Du überlegst, dich für das Programm zu bewerben?«, schlussfolgert er und trifft damit direkt ins Schwarze. Ich grabe meine Schneidezähne in die Unterlippe und nicke und warte auf seine Reaktion.

»Das ist doch großartig, Lilly!«

»Wirklich?«

»Wieso klingt es, als würdest du mir nicht glauben?« Er legt den Kopf schief, scannt mein Gesicht auf der Suche nach meinen selbstsabotierenden Gedanken, die sich wie gefräßige Insekten an die Oberfläche knabbern.

»Ich weiß nicht. Erst niste ich mich in deiner Wohnung ein, und jetzt denke ich auch noch darüber nach, im Sommer wiederzukommen, um hier zu arbeiten?«

»Und?« Stirnrunzelnd betrachtet er mich. »Ich sehe das Problem nicht, Lilly. Erklär es mir.«

»Na ja, wäre es nicht komisch für dich?«

Gott, diese verdammte Unsicherheit macht mich fertig! Ich wünschte, ich hätte bei unserer Geburt auch nur einen kleinen Funken von Lucas Selbstbewusstsein abbekommen, denn er hatte nie Probleme damit, zu sich und seinen Wünschen zu stehen.

»Die Organisation würde meine Verpflegung übernehmen und mir eine Unterkunft stellen, die ich mir mit den anderen Freiwilligen teilen kann, also würde ich dir auch nicht unnötig zur Last fallen …«

»Komm her, bevor du weitersprichst«, unterbricht

Aron mich und deutet auf den Barhocker, auf dem er während der Arbeit immer sitzt. Zögernd stehe ich auf.

Aron wartet, bis ich auf das dunkelrote Polster des Hockers hüpfe, und nimmt anschließend mein Gesicht in seine von der Arbeit mit dem Holz rauen Hände. Ich liebe es, wie sich seine Fingerspitzen auf meiner Haut anfühlen. Man spürt bei jeder Berührung, welches Talent in ihnen steckt. Und seit Tagen frage ich mich abends auf dem Sofa, ob sie auch in anderen Bereichen talentiert sind.

»Habe ich dir in den letzten Wochen – abgesehen von der Nacht am Strand, für die ich mich noch immer verprügeln könnte – das Gefühl gegeben, dass du eine Last für mich bist? Wenn ja, tut es mir wirklich leid.« Arons Frage trocknet meinen Mundraum mehr aus als meine verbotenen Gedanken.

»Nein, hast du nicht«, rudere ich eilig zurück.

»Wie kommst du dann darauf, dass ich dich im Sommer nicht hier haben möchte, Lilly? Wenn du dich bewerben willst, solltest du es unbedingt tun. Ich stehe zu einhundert Prozent hinter dir. Bei allem.«

»Auch wenn ich beschließen sollte, mit einer Herde Frettchen ins isländische Hochland zu ziehen und mein Leben superschwierigen Sudokus und Kreuzworträtseln zu verschreiben?«, witzle ich.

»Auch dann«, erwidert er und hypnotisiert mich mit seinen Smaragdaugen. »Egal, was du ausprobieren willst, ich unterstütze dich.«

Gut. Denn ich will wirklich dringend ausprobieren, wie es wäre, dich zu küssen. Hier in der Scheune, draußen im

Schnee, nachts unter den Nordlichtern. Und im Sommer im Schein der Mitternachtssonne.

»Okay«, sage ich stattdessen und kann meinen Blick nicht von seinen schönen Lippen lassen, die meinen jetzt so nahe sind. Ich müsste mich nur leicht vorbeugen, schon könnte ich seinen warmen Atem auf meiner Haut spüren.

Zwischen meinen Beinen entsteht ein sanfter Druck, den ich in Arons Nähe viel zu häufig verspüre und den ich noch immer nicht richtig einordnen kann. Ich weiß nicht, wie es ist, verliebt zu sein, weil es in meiner Vergangenheit nie über Schwärmereien hinausging. Selbst bei Philip, dem Typen aus der Zehnten, mit dem ich mein erstes Mal auf einer ziemlich klischeehaften Party hatte, waren keine tiefergehenden Gefühle im Spiel.

Doch dieses Kribbeln, das mich jedes Mal erwischt, wenn Aron den Raum betritt? Es kommt meiner Vorstellung vom Verliebtsein sehr, sehr nahe. So wie er mir jetzt näher gekommen ist, denn auf einmal steht er zwischen meinen geöffneten Schenkeln und bringt mich damit völlig aus dem Konzept.

Aron schluckt, als er meinen sehnsüchtigen Blick auf seine Lippen bemerkt, doch bevor einer von uns die verbliebene Distanz überwinden kann, vibriert mein Handy erneut. Dieses Mal ist es kein Anruf, sondern eine eingehende Nachricht. Eine, die mir innerhalb von Sekunden die Laune verdirbt. Das Kribbeln erstirbt und wird zu einem schmerzhaften Ziehen in meiner Herzregion, die

Schmetterlinge werden zu Hornissen, welche mich von innen heraus malträtieren.

»Was hat sie dir geschrieben?«, will Aron wissen.

»*Es wird Zeit, dass du nach Hause kommst, Liliana. Ruf mich schleunigst zurück! Langsam reißt mein Geduldsfaden.*« Der letzte Satz kommt nur als Knurren über meine Lippen, die ich jetzt zu einer festen Linie zusammenpresse. Wütend feuere ich mein Handy auf die Werkbank und fahre mir mit den Händen über das Gesicht.

»Ich weiß da etwas, das dich vielleicht auf andere Gedanken bringen könnte.« Arons Worte lassen mich hellhörig werden. Fragend blicke ich zu diesem bildschönen Mann auf, der mit jeder Faser seines Seins hier hingehört. Zwischen all die Kunstwerke, die seine wundervollen Hände geschaffen haben, und gleichzeitig zwischen meine Schenkel.

Immer stärker drängt sich mir der Gedanke auf, dass ich vielleicht auch hier hingehöre. An seine Seite, auf diese mystische Insel, in sein Herz. Vielleicht ist es an der Zeit, diese verflixte E-Mail abzuschicken.

• • •

»Überraschung!« Aron schlägt die karierte Decke auf der Ladefläche seines Wagens zurück, und zum Vorschein kommt kastanienfarbenes Holz, das zu wunderschönen Kufen geschwungen wurde.

»Oh, mein Gott! Hast du etwa daran in den letzten Tagen gearbeitet?«

»Du hast mir mal geschrieben, dass ihr euch immer gewünscht habt, auf einem richtigen Berg Schlitten zu fahren«, erwidert er und hebt seine neueste Arbeit behutsam, als könne er sonst Schaden anrichten, von der Ladefläche.

Er spricht von Luca und mir. Im Winter haben wir Berlin gehasst, weil wir nie wirklich Schlitten fahren konnten, wie es die ganzen Kids in den Weihnachtsfilmen immer getan haben. Ich erinnere mich vage daran, Aron in einem unserer abendlichen Chats davon erzählt zu haben, aber dass *er* sich daran erinnert, überrumpelt mich.

»Das hast du dir gemerkt?«, frage ich überrascht und betrachte Arons Werk wie den Heiligen Gral. Keine Ahnung, wie er es schafft, so viel Liebe in jedes Detail zu packen. Die Sitzfläche ist hell lasiert und zaubert einen schönen Kontrast zu den dunklen Kufen. Das hier ist mit Abstand der schönste Schlitten, den ich je gesehen habe. Und damit meine ich, dass Santa Claus verflucht neidisch auf ihn wäre! Dieses Teil ist wie ein Porsche unter Schrottkarren, und er hat ihn *für mich* gemacht.

»Was soll ich sagen? Ich habe halt ein gut funktionierendes Gedächtnis.«

Ehe ich michs versehe, liege ich bereits in seinen Armen und umschlinge ihn, so fest ich kann. Wir beide sind warm eingepackt, weshalb ich seinen Körper nur dumpf unter all den Stoffschichten spüre, aber es reicht, um meine Hormone wieder in Wallung zu bringen.

Seit ich weiß, dass Aron single ist, fällt es mir noch

viel schwerer, die Finger von ihm zu lassen. Vielleicht wäre es doch leichter gewesen, weiter in dem Glauben zu sein, er hätte eine Freundin.

»Du bist der Allerbeste!«

»Es ist nur ein Schlitten, Lilly«, erwidert er lachend und legt sein Kinn auf meinem Kopf ab. »Das ist wirklich keine große Sache.«

»Für mich schon. Ich erinnere mich nicht daran, wann jemand zuletzt etwas nur für mich getan hat. Danke, danke, danke!«

Räuspernd löse ich mich von Aron, weil ich nicht will, dass meine Umarmung in peinliches Schweigen mündet, und klatsche euphorisch in die Handschuhe.

»Was ist? Legen wir jetzt direkt los, oder was?«

»Wir?«, hakt Aron grinsend nach. Seite an Seite stehen wir am Kopfe eines beachtlichen Berges, der mit einer frischen Schicht pudrigem Schnee bedeckt ist und geradezu nach einer Fahrt schreit.

»Was dachtest du denn? Dass ich mich allein traue? Sicher nicht! Hast du dir mal den Berg angesehen? Da kriegen mich alleine keine zehn Pferde runter!«

»Für uns Isländer ist das hier maximal ein kleiner Hügel, Lilly.«

»Tja, ich bin aber eine Berliner Pflanze und habe Schiss. Also?«

»Du weißt, dass ich diesem Blick eh nicht widerstehen kann«, erwidert er gequält und sieht in die Ferne, als könne er mir nicht länger in die Augen sehen. »Das sind unfaire Mittel! Wo ist der Schiedsrichter, wenn man ihn braucht?«

Doch ich lasse Aron keine Wahl. Ich will das hier gemeinsam mit ihm erleben, weil es seine Idee gewesen ist und es niemanden gibt, den ich lieber als meinen Beifahrer hätte. Und während wir wenig später dicht an dicht den Berg hinabsausen, vergeht keine Sekunde, in der Luca nicht ebenfalls an unserer Seite ist. Wenn ich die Augen schließe, kann ich sogar sein jubelndes Lachen hören …

Kapitel 18

Notiz an mich selbst: Wenn Küssen eine eigene Sprache ist, will ich sie von dir lernen (und zwar nur von dir!)

»Das war der absolute Oberwahnsinn!« Ich kann nicht aufhören zu lachen, selbst dann nicht, als wir zwei Stunden später Arons kuschelig warme Wohnung betreten.

Wir sind bis auf die Knochen durchgefroren, weil uns der Schlitten ständig von sich geworfen hat wie ein wild gewordener Bulle beim Rodeo, aber das war es so was von wert.

Dieser Nachmittag mit Aron auf dem Berg gehört definitiv zu den unbeschwertesten meines ganzen Lebens.

Ich schäle mich aus der Winterjacke und schiele zu Aron hinüber. Er schüttelt sich lässig den Schnee aus den blonden Haaren – was verflucht sexy aussieht – und sieht mich anschließend mit einem Blick an, der mich zergehen lässt wie ein Stück Butter in der prallen Sonne. Ist es die Unterkühlung, die meinem Geist Streiche spielt, oder kommen die Wände immer näher?

»Was ist?«, hake ich vorsichtig nach, weil ich seinen Blick nicht deuten kann.

»Nichts.« Schmunzelnd hängt er seine Jacke ebenfalls an die Garderobe. Im nächsten Augenblick habe ich ihn bereits zu mir gezogen und an seinem Ärmel gerüttelt. »Nun sag schon! Habe ich noch Spinat vom Mittag zwischen den Zähnen, oder warum siehst du mich so seltsam an?«

»Seltsam?«, erwidert er und hält sich theatralisch das Herz, als hätte ich ihm soeben gesagt, dass sein Atem nach altem Männerarsch stinkt. »Das trifft mich echt tief, Lilly. Andere Frauen würden dafür *töten*, dass ich sie so ansehe, wie ich dich gerade ansehe.« Sein Spruch strotzt nur so vor gespielt männlicher Arroganz, die ich ihm nicht abkaufe, weil er so überhaupt nicht ist.

»Es braucht schon ein bisschen mehr als einen Blick, um mich um den Finger zu wickeln, Mister Ericsson! Einen handgeschnitzten Schlitten zum Beispiel.«

»Oder Zartbitterschokolade«, ergänzt er.

»Punkt für dich. Aber nun sag schon, was ist los?«

»Ich freue mich einfach nur, dich so unbeschwert lachen zu sehen. Das ist alles«, erwidert er schulterzuckend.

Das ist alles.

Er sagt es so beiläufig, lässt es wie keine große Sache klingen. Zum ersten Mal seit Lucas Tod bleiben meine Mundwinkel trotzdem erhoben. Mein Lächeln erstirbt nicht vor lauter Schuldgefühl, wird sogar etwas breiter, weil er wieder einmal die perfekten Worte gefunden hat.

»Danke«, flüstere ich, und das Serotonin tanzt in meinem Hirn wild und leidenschaftlich Samba. »Für dieses

Geschenk. Für diesen Nachmittag. Dafür, dass du es immer wieder schaffst, mich zum Lachen zu bringen.«

Ich weiß nicht, wie es passiert. Ob auf einmal jemand Fremdes meinen Körper übernommen hat oder ich das hier ganz allein steuere. Denn plötzlich habe ich meine Hand auf seine Brust gelegt, unter der ich sein Herz ungewöhnlich stark schlagen spüre.

Das Lachen auf meinen Lippen verschwindet langsam, und auch Aron lächelt inzwischen nicht mehr. Stattdessen sieht er schluckend auf mich herab, aus den grünsten Augen, die ich je an einem menschlichen Wesen gesehen habe.

»Was geht dir gerade durch den Kopf?«, frage ich ihn zögernd. Keine Ahnung, ob ich seine Antwort wirklich hören will. Was, wenn er mir bloß wieder sagt, dass die Sache mit uns nicht tiefer gehen darf? Wenn er mir sagt, dass er mich zwar küssen will, es aber nicht tun wird, weil er es bei mir *richtig* machen muss? Was auch immer dieses Richtigmachen bedeutet.

»Zu viel«, antwortet er heiser und mit einer Dunkelheit in der Stimme, die mir sofort wieder zwischen die Beine schießt.

Die Kälte frisst sich noch immer in meine Knochen, aber mein Unterleib glüht trotzdem wie ein frisch entzündetes Lagerfeuer.

»Mir auch.« Zwei Worte, kaum mehr als ein Flüstern im Wind meiner Gefühle. Eine Weile stehen wir nur dicht beieinander in diesem engen Flur seiner Wohnung, atmen die Luft des anderen ein und trauen uns nicht, diese heilige Blase zu verlassen. Aber wenn ich jetzt keinen Abstand aufbaue, werde ich die Grenze überschreiten, die Aron bei unserem Gespräch am Strand so vorsorglich gezogen hat.

»Ich sollte lieber schnell unter die Dusche hüpfen, wenn ich meine Gliedmaßen wieder spüren will«, breche ich das aufgeladene Schweigen zwischen uns. Bevor er mich aufhalten kann, husche ich an ihm vorbei, steuere das Badezimmer an und reiße mir die nassen Klamotten in Rekordgeschwindigkeit vom Körper, als hätten sie mich verbrannt. Oder als wären sie zu eng geworden für das Verlangen nach Aron, das gerade in mir tobt.

Nur in BH und Slip bekleidet stehe ich vor dem Badezimmerspiegel und blicke einer Frau entgegen, die mir so fremd vorkommt. Ich erkenne mich, aber ich *kenne* mich nicht.

Meine Wangen sind gerötet, und sosehr ich es auch auf die isländische Kälte schieben will, weiß ich, dass der Mann da draußen der Auslöser dafür ist. Alles in mir zieht mich zu ihm. Ich will ihm näher sein als eben im Flur, will seine nackte Haut an meiner spüren und mich dafür nicht mehr schuldig fühlen. Ein leises Klopfen an der Tür reißt mich von meinem so fremd gewordenen Spiegelbild weg.

»Lilly?«

»Komm rein«, sage ich entschlossen. Ja, ich trage nur Unterwäsche. Und ja, vielleicht spiele ich in dieser Sekunde mit dem Feuer, aber genau das will ich. Ich will mich heute nicht wie das traurige Mädchen fühlen, das seinen Zwillingsbruder auf tragische Weise verloren hat. Ich will mich wie eine junge Frau fühlen, die gesehen – und vor allem gewollt – wird. Von ihm, nur von ihm.

Aron öffnet ahnungslos die Tür des Badezimmers, und für einen flüchtigen Moment verrutscht seine Miene, als er mich mustert und sieht, dass ich beinahe nackt vor ihm stehe. Obwohl ich lediglich schlichte Baumwollunterwäsche ohne jeglichen Schnickschnack trage, fühle ich mich unter seinen Blicken enorm sexy, weil er mir trotz fettiger Haare und unrasierter Beine das Gefühl gibt, schön zu sein.

»Ich wollte dir nur das hier geben«, sagt er und räuspert sich verlegen. Er hält das Handtuch in die Höhe, macht einen Schritt in den Raum und legt es auf dem Schrank neben dem Waschbecken ab. Dabei achtet er penibel darauf, mir nicht aus Versehen zu nahe zu kommen und meine nackte Haut zu berühren.

Bevor er seinen Arm zurückziehen und mich mit all den rasenden Gedanken allein lassen kann, schnappe ich entschlossen nach seinem Handgelenk. Offenbar erreiche ich heute ein völlig neues Level an Selbstvertrauen, denn das hier ist noch viel mutiger als die Schlittenfahrt auf diesem monströsen Berg.

»Bleib«, bitte ich ihn und bin erstaunt, wie tief und flehend meine Stimme dabei klingt. Ich habe nicht viel Erfahrungen mit Männern, weil ich mein ganzes Leben Luca und seiner Heilung verschrieben habe. Aber ich will Erfahrungen sammeln, und bei Gott, ich will sie mit Aron sammeln. Egal, wie falsch es ist, weil er mein Freund ist und gerade erst eine Trennung hinter sich hat. Weil er sich geschworen hatte, meine Traurigkeit nicht auszunutzen. Gleichzeitig will ich diese Unbeschwertheit ausnutzen, die ich gerade zum ersten Mal seit langer Zeit spüre. Ist das wirklich so verwerflich? Oder einfach nur menschlich?

»Ich sollte nicht bleiben, Lilly. Das wäre keine gute Idee.« Er sieht mir tief in die Augen, während sich mein Brustkorb schnell hebt und senkt. Der Bügel des weißen BHs schneidet sich dabei in meine prickelnde Haut.

Es ist nicht zu übersehen, wie viel Überwindung es ihn kostet, jetzt zu gehen. Aber er tut es. Wendet sich von mir ab, steuert die Tür an, will mich einfach allein lassen mit meinen Sehnsüchten. Und ich? Ich komme mir wie die traurigste Idiotin dieser Welt vor, weil ich es überhaupt erst versucht habe, weil ich wirklich dachte, dass ich mich für einen Abend wieder unbeschwert fühlen kann.

»Fuck!«

Anstatt die Tür von außen zu schließen, drückt Aron sie von innen zu und ist Sekunden später wieder bei mir. Er drängt mich zurück, bis ich mit dem Rücken gegen die Glasscheibe seiner ebenerdigen Dusche pralle. Ich erschaudere am ganzen Körper, als meine nackte Haut auf das kühle Material trifft.

»Scheiß auf gute Ideen«, knurrt er. »Vielleicht ist heute ein Tag der schlechten Entscheidungen.« Sein Körper steht unter eintausend Volt, genau wie meiner. Aron kesselt mich ein, und sobald seine Hände auf meiner nackten Taille landen, knabbere ich auf meiner Unterlippe.

»Du treibst mich absichtlich in den Wahnsinn, oder?«

Ich komme nicht dazu, ihm zu antworten, weil seine Lippen meine bereits versiegeln. Unsere Münder kollidieren hart, verschlingen einander voller Sehnsucht. Ich habe Aron von Anfang an für einen guten Küsser gehalten, aber das hier übertrifft jeden meiner Tagträume. Seine Zunge streicht nun sachte über meine Unterlippe, entlockt mir ein verlangendes Seufzen, das ich noch nie aus meinem eigenen Mund gehört habe. Es gefällt mir. Diese Version von mir gefällt mir.

Mein Slip ist bereits feucht, weil sein Kuss purer Sex ist. Purer, roher, leidenschaftlicher Sex. Die Form von Leidenschaft, die ich bisher vergeblich in meinem Leben gesucht habe. »Ist dir immer noch kalt?«, fragt er dicht an meinen Lippen, packt mich dabei an der Hüfte und zieht mich fest gegen sein Becken.

Kopfschüttelnd biege ich den Rücken durch, weil ich ihm näher sein will. Weil ich ihm nie wieder *nicht* nah sein will. Arons Lachen strotzt vor Attraktivität, als er mich hochhebt. »Gut, mir auch nicht.«

Von ganz allein schlinge ich die Beine um sein Becken, lasse mich von ihm entschlossen in die Dusche tragen. Er ist noch immer vollständig bekleidet, weshalb ich blind nach dem Saum seines Pullis taste.

»Für die Gleichberechtigung«, murmle ich grinsend.

Dann landet der schwarze Stoff irgendwo am Boden und meine Hände auf seinen nackten Schultern. Noch immer umschlinge ich ihn mit meinen Beinen, während er mich gegen die kühlen stahlgrauen Fliesen drückt. Auf einmal prasselt warmes Wasser auf uns hinab, das mich keuchen lässt. Innerhalb von Sekunden sind nicht nur Arons Jeans, sondern auch meine weiße Unterwäsche durchnässt. Als Aron sieht, dass sich meine Brustwarzen sichtbar gegen den Stoff drücken, flucht er auf seiner Muttersprache. Und verdammt, ich habe selten etwas gehört, das mich mehr angemacht hat als dieses isländische Fluchen.

Mit einer Hand umfasst er meine rechte Brust. Er senkt den Kopf und legt seine Lippen über den Fasern auf meine linke Brustwarze. Umgehend stellt sie sich auf, reckt sich ihm entgegen.

Meine Haare kleben mir nass im Gesicht und am Hals. Aron leckt mit seiner Zunge über den dünnen Stoff meines BHs und katapultiert mich allein damit in Sphären, die mir vollkommen fremd sind. Ich war nie mit einem Mann zusammen, der mich einem Orgasmus so nahe gebracht hat wie Aron hier in seiner Dusche.

Unnachgiebig prasselt das Wasser auf unsere ineinander verschlungenen Körper. Aron noch immer halb bekleidet, ich lediglich in nasser Unterwäsche. Wir sagen nichts, lassen einzig und allein unsere Körper miteinander sprechen, bis nur noch heiße Berührungen und atemberaubende Küsse unsere neue Sprache formen.

Andächtig zeichnet Aron mit dem Daumen den Rand meines BHs nach, bis er ihn an meinem Rücken geschickt mit zwei Fingern öffnet. Langsam streift er mir die nassen Träger von den Schultern, küsst meinen Hals und treibt mich damit geradewegs in den Himmel.

Ich vergesse alles um mich herum. Vergesse, warum ich überhaupt hier bin. Vergesse, wer ich bin und was ich alles verloren habe, bevor ich in dieses Land kam. In diesem Augenblick zählt nur das, was Aron und mich verbindet. Dieses zarte Band, das seit der ersten Nachricht im Forum da war und seitdem von Tag zu Tag stärker wurde.

»Du bist so schön, weißt du das?« Aron lässt mich ganz sachte herunter, sodass ich vor ihm stehe. Nur noch im Slip, mit einem Herzen, das gegen meine Rippen pocht, und so viel Verlangen im Bauch.

Er streichelt über meine Schulter, hinunter zu meinem Arm, auf dem sich die feinen Härchen aufstellen. Derweil bedeckt er das Tal zwischen meinen Brüsten mit glühenden Küssen. Stöhnend sehe ich ihm dabei zu, lege meine Hände auf seine Schultern und beginne, auch ihn zu streicheln.

Nach wenigen Zentimetern ertasten meine Finger eine Narbe an seinem Schulterblatt, die bisher immer von seiner Kleidung verdeckt wurde. Schluckend fahre ich die Narbe entlang und versuche, die Bilder von Aron auf dem Board zurückzudrängen. Davon, wie er auf dem Eiswasser seinen Traum verloren hat, gemeinsam mit einem Teil von sich selbst.

Die Bilder verschwimmen, als Aron vor mir in die Knie geht und auf dem Weg nach unten seine Finger unter den Bund meines Slips hakt. In Zeitlupe zieht er den

Stoff über meine Schenkel, passiert meine Knie und hilft mir, auch das letzte Kleidungsstück loszuwerden, bis ich splitterfasernackt und vom Wasserdampf eingehüllt vor ihm stehe.

Aron sieht durch seine blonden Strähnen zu mir auf. Seine grünen Augen sind wie ein tiefer, gefährlicher Dschungel, in dem ich mich schon vor Wochen verirrt habe. Vielleicht habe ich mich schon in ihm verloren, seit ich ihm zum ersten Mal in der Realität gegenüberstand. Seine hellen Wimpern sind vom Wasser dunkel gefärbt und lassen das Grün in seinen Augen noch intensiver aufleuchten.

»Bist du dir auch sicher?«, fragt er mich mit stockendem Atem. Entschlossen nicke ich, fahre mit einer Hand durch sein nasses Haar. Auf einmal bricht der Boden auf die wohl schönste Weise, die ich je erlebt habe, unter mir weg. Wie ein Erdbeben, das meine inneren Kontinentalplatten einfach zerreißt.

Aron greift unter meinen rechten Oberschenkel, hebt ihn sachte an und platziert ihn auf seiner einst verletzten Schulter. Dabei sieht er mir unentwegt in die Augen und hat keine Ahnung, was dieser intensive Blickkontakt mit mir anstellt. Er treibt mich regelrecht in den Wahnsinn. Ich beiße mir auf die Unterlippe und halte den Atem an, als er seine Lippen endlich auf meine Mitte senkt.

Mit der linken Hand fixiert er mein Becken an den Fliesen, mit der rechten hält er mein Bein oben. Er küsst mich zwischen den Beinen, küsst jeden Gedanken daran, ob das hier unsere Freundschaft zerstören könnte, einfach fort. Seine Zunge gleitet sanft über meine empfindlichste Stelle, während ich den Kopf in den Nacken lege und die Augen flatternd schließe, weil ich sie nicht länger offen halten kann.

Mit all meinen verbliebenen Sinnen konzentriere ich mich auf Aron, auf seinen warmen Mund an meiner pulsierenden Mitte, seine starken Hände an meinem Becken und seine Zunge zwischen meinen Schenkeln. Sanft umkreist sie meinen Kitzler, fährt durch meine Schamlippen. Ich lege alle Hemmungen für Aron ab, will einfach nur fühlen. Vor allem ihn. Nur ihn.

Mit einer Hand in seinem weichen Haar vergraben stöhne ich seinen Namen. Beuge ihm mein Becken wieder und wieder entgegen, um noch mehr von ihm zu spüren. Seine Finger graben sich fester in mein Fleisch, halten mich an die Fliesen gepresst, als hätte er Angst, ich könnte ihm sonst wieder entwischen.

»Oh Gott, Aron!«, stoße ich aus und werfe den Kopf ekstatisch zurück. »Das ist …« Ich stocke, als er sich wenige Millimeter von mir löst.

»Was ist es, Lilly?« Und als ich sein Lachen dicht an meinem empfindlichsten Punkt spüre, gibt es mir den Rest. Ich drücke ihn mit den Händen zurück zwischen meine Beine, weil ich nicht länger warten kann. »Perfekt, Aron. Es ist perfekt.«

Keuchend finde ich meinen Höhepunkt auf seinen Lippen, kann mich kaum noch auf den Beinen halten. Als Aron wieder vor mir steht, lande ich erschöpft in seinen Armen.

Ich weiß nicht, wie lange wir eng umschlungen in der Dusche stehen bleiben und Aron mich einfach nur festhält, als wäre ich sein kostbarster Schatz. Ich weiß nur, dass ich mich nie so angekommen gefühlt habe wie in diesem Augenblick.

Kapitel 19

Notiz an mich selbst: Manchmal muss man loslassen, um die Hände wieder frei zu haben (besonders wenn es wehtut)

»Wusste deine Großmutter davon?«

Ich weiß nicht, wieso ich Aron ausgerechnet jetzt von Lucas Tagebuch erzählen wollte. Vielleicht, weil wir uns vorhin in der Dusche so nah wie nie zuvor waren und ich ihm noch näher sein will. Seelisch näher. Und dieses Buch in seiner Hand ist ein Teil meiner Seele, weil Luca ein Teil meiner Seele war.

»Wenn sie es wusste, hat sie mir absichtlich nichts davon erzählt. Was typisch für sie wäre. Sie wollte uns immer mit einem zwinkernden Auge dabei helfen, unsere Fragen selbst zu beantworten. Sie sagte immer, dass es intensiver ist, wenn wir merken, dass die Antworten längst in uns sind und wir dafür niemand anderen brauchen.«

»Ist deine Großmutter zufällig Therapeutin, und wenn ja, nimmt sie auch Zoom-Patienten auf?«

»Ich kann ein gutes Wort für dich einlegen«, scherze ich. »Meine Großmutter war die beste Lehrerin in meinem Leben, vor allem nach Lucas Diagnose. Anders als bei meinen Eltern hatte ich bei ihr nie das Gefühl, mich zurücknehmen oder mit meinen Gefühlen verstecken zu müssen. Bei ihr konnte ich einfach nur ich sein.«

Nachdem wir aus der Dusche gekommen sind, hat Aron mich sanft in ein Badetuch gewickelt und anschließend in sein Bett getragen. Zum ersten Mal in meinem Leben habe ich mich wie eine Prinzessin gefühlt.

Jetzt trägt er lediglich schwarze Boxershorts, und ich liege nackt unter der dünnen weißen Bettdecke. Mein Kopf ruht auf seiner Schulter, und ich könnte den Rest meines Lebens genau hier verbringen, ohne mich dafür schlecht zu fühlen.

Es würde sich wie pure Zeitverschwendung anfühlen, nicht mit Aron eng umschlungen in seinem Bett zu liegen, und wir haben in den letzten Wochen eindeutig zu viel Zeit verstreichen lassen, die wir ganz dringend nachholen sollten.

Aron blättert gedankenversunken durch die Seiten des Buches. »Wie geht es dir damit?«, fragt er mich einfühlsam. »Damit, seine Einträge zu lesen?«

»Auf der einen Seite schmerzt es, weil es mich daran erinnert, dass er nicht mehr da ist. Dass es seine letzten Worte sind. Aber auf der anderen Seite …« Ich schließe die Augen, stelle mir Lucas tiefe Grübchen vor. »Auf der anderen Seite ist es eines der besten Geschenke, die mir mein Bruder machen konnte. Ich bin noch nicht bereit, ihn gehen zu lassen, weißt du?«

»Du musst ihn gar nicht gehen lassen, Lilly.« Zärtlich streicht Aron meine Haare zur Seite, um nun mit seinen

Fingern über meinen Nacken zu fahren. Diese kleinen Berührungen haben die größte Bedeutung für mich.

»Ich weiß«, seufze ich. »Irgendwann werde ich ihn trotzdem loslassen müssen, wenn auch nur ein kleines bisschen. Damit ich die Hände wieder frei habe, um mein eigenes Leben zu leben. Ich glaube, dabei kann mir das Buch helfen. Wenn ich lese, bin ich ihm nahe.«

»Wie weit bist du schon gekommen?«

»Nicht sonderlich weit.« Ich kuschle mich etwas enger gegen Arons nackten Oberkörper. Warm schmiegen wir uns aneinander, und es fühlt sich so normal mit ihm an, so unumstößlich richtig. Als hätten wir nie auch nur eine Nacht in unseren Leben getrennt verbracht.

»Meistens komme ich nicht weit, weil ich mit Tränen in den Augen nicht so gut lesen kann.«

»Ich würde dir ja wirklich gerne daraus vorlesen, aber ich spreche leider kein Deutsch, und es würde einfach nur schrecklich klingen.« Arons Mundwinkel zucken, als wüsste er nicht, ob er in diesem Moment ernst bleiben oder scherzen sollte.

»Darf ich dir vielleicht einen Eintrag vorlesen?«, schlage ich stattdessen vor.

»Bist du dir sicher? Ich will nicht, dass du das Gefühl hast, etwas mit mir teilen zu müssen, das mich im Grunde genommen nichts angeht. Das hier gehört nur dir.«

»Bitte?« Entschlossen sehe ich Aron an. »Wenn ich Lucas Worte für dich ins Englische übersetze, schaffe ich vielleicht sogar ein paar Seiten, ohne zu weinen. Das wäre eine Win-win-Situation.«

»Okay«, sagt er und nickt. Dann legt er seinen Arm richtig um mich und zieht mich noch dichter gegen seine nackte Brust. »Ich hänge an deinen Lippen, Lilly Sommer.«

Entschlossen schnappe ich mir Lucas Notizbuch, nehme den Flyer von *Savetheiceland* heraus, den ich immer als Lesezeichen benutze, und schalte die kleine Lampe an der Rückseite des UV-Stiftes ein.

»Bist du bereit?«, frage ich Aron und merke, wie stark mein Herz allein bei dem Gedanken flattert, ihm gleich aus Lucas Buch vorzulesen. Es fühlt sich an, als würde ich die beiden einander zum ersten Mal vorstellen. Aron drückt mir einen Kuss auf die Stirn, der sagt: Ich bin bereit, wenn du es bist. Dann nehme ich einen tiefen Atemzug und beginne, Lucas Worte für ihn zu übersetzen.

Hey, Universum!
Ich weiß, wir haben lange nichts voneinander gehört. Der Grund dafür hat schokoladenbraunes Haar, babyblaue Augen und das frechste Grinsen, das dir je untergekommen ist. Ich schwöre dir, dieses Grinsen wird noch mal mein Untergang sein – und ich werde lächelnd untergehen. Scheiße, und wie ich das werde.
Eigentlich hatte ich mir vorgenommen, nicht länger wie ein verknallter Vierzehnjähriger zu klingen, wenn ich dir schreibe, aber dann hättest du mir halt keine Krankenschwester wie Abby schicken sollen.

Du fragst dich sicher, ob ich Abby inzwischen endlich nach einem Date gefragt habe. Habe ich. Und was soll ich sagen? Es war großartig. Sie ist das verrückteste Mädchen, das mir je untergekommen ist. Außerdem ist es mit ihr so erfrischend leicht, weil sie meine Akte bereits kennt.

Abby weiß von meiner Krankheit. Sie weiß, welchen Medikamentencocktail ich mir jeden Morgen und jeden Abend runterwürgen muss, um durch den Tag und die Nacht zu kommen. Bei allen anderen Mädchen hätte ich irgendwann diese fette Ich-werde-vielleicht-keine-zwanzig-Bombe platzen lassen müssen, doch nicht bei Abby. Ich kann es kaum erwarten, sie endlich meiner Schwester als meine allererste Freundin vorzustellen.

Noch sind wir kein offizielles Paar, aber das, was wir heimlich miteinander treiben, wenn ihre Kollegen in der Mittagspause sind, kommt dem schon ziemlich nahe. Letztens hat sie sich einfach zu mir aufs Bett gesetzt und …

»Oh Gott!« Ich halte mir eine Hand vor den Mund und starre die Zeilen an. »Mein Bruder war verliebt?«

»Du wusstest nichts von Abby?«, fragt Aron überrascht. Ich schüttle den Kopf, nicht sicher, wie ich mit dieser neuen Information über Lucas Leben umgehen soll. Auf der einen Seite verletzt es mich, dass er mir nichts von ihr erzählt hat, auf der anderen Seite macht es mich glücklich. Es macht mich glücklich, zu wissen, dass Luca vor seinem Tod offenbar einmal richtig verliebt gewesen ist. Dass er das spüren durfte, was ich in Arons Nähe spüren darf.

»Bist du wütend auf ihn, weil er Abby verschwiegen hat?«

»Ich weiß es nicht«, flüstere ich. »Es ist seltsam, weißt du? Wir haben uns immer *alles* erzählt, es gab keine Geheimnisse. Zumindest dachte ich das. Aber ich bin mir sicher, dass er einen guten Grund hatte, Abby für sich zu behalten.«

»Vielleicht wollte er etwas haben, das nur ihm gehört. Oder er hatte Angst davor, dass eure Mutter davon erfährt und es kaputtmacht?« Arons Vermutung ist leider viel zu wahrscheinlich. Mama hätte diese Beziehung sicher nicht gutgeheißen.

»Ich frage mich, ob aus den beiden je mehr geworden ist«, murmle ich und fahre mit dem Daumen über Lucas Worte, so wie Arons Finger über meinen Arm tanzen. Umgehend stellen sich die feinen Härchen auf, wollen mehr von seinen sanften Berührungen. So viel mehr. Mein Herz wird schwer bei dem Gedanken, dass sie sich vielleicht nicht voneinander verabschieden konnten. Räuspernd widme ich mich wieder Lucas Tagebuch.

»Ich lese gleich weiter. Muss nur kurz den Part überspringen, in dem mein Bruder von seinen Körperspielchen mit Abby berichtet, sonst bekomme ich heute Nacht Albträume.«

Arons Lachen ist so frei und ansteckend, dass ich umgehend mit einstimme. Nachdem wir uns beruhigt haben, lese ich weiter.

Okay, das war jetzt genug Abby-Schwärmerei, versprochen. Aber ich schreibe gerade irgendwie lieber über die schönen Seiten des Lebens als über die, die mir Bauchschmerzen bereiten. Will-I-Am sagt mir, dass es wichtig ist, meine Sorgen niederzuschreiben, und manchmal verfluche ich ihn dafür.
Die meisten Menschen, mit denen ich mich unterhalte, fragen mich immer, wie es sich anfühlt, ich zu sein. Wie es sich anfühlt, zu wissen, dass man vielleicht nur noch ein paar Monate oder im besten Fall Jahre zu leben hat. Und ich antworte jedes Mal dasselbe: Keine Ahnung, Mann.
Ich weiß nicht, wie es sich anfühlt, weil ich aufgehört habe, meine Zukunft und meinen Tod vorhersagen zu wollen. Ich weiß nicht, ob ich je ein passendes Spenderherz finde. Ich weiß nicht, ob ich noch zwei, fünf oder zehn Jahre zu leben habe. Und das ist okay so. Es gibt Dinge, die mir wirklich mehr Sorgen machen als die Tatsache, dass ich vielleicht bald sterbe. Lilly zum Beispiel. Gerade drehen sich meine Sorgen hauptsächlich um sie.

Meine Stimme beginnt zu zittern, und der Kloß in meinem Hals wird von Wort zu Wort größer.

Meine Schwester versucht, sich nicht anmerken zu lassen, wie sehr sie meine Krankheit mitnimmt und wie traurig sie ist, wenn ich nicht hinsehe. Aber ich höre sie.
Ich höre sie jeden Abend in ihrem Zimmer weinen, und

es bricht mir das Herz, zu wissen, dass ich nichts dagegen tun kann. Stattdessen liege ich in meinem Bett, schreibe diese Zeilen und sehe vom Spielfeldrand dabei zu, wie Lilly ihre besten Jahre verschenkt.
Sie geht nie aus und verlässt kaum die Wohnung, weil sie stattdessen lieber bei mir ist. Ich meine, wie scheiße ist das? Lilly ist achtzehn und kerngesund. Meine Schwester sollte die Welt da draußen erleben und nicht nur den trostlosen kleinen Bruchteil, der sich in unserer Wohnung abspielt. Ich meine, fuck, unsere Wohnung ist ja nicht mal schön, weil meine Eltern einen absolut grottigen Geschmack für Inneneinrichtung haben.
Sie sollte reisen, Freunde finden, das Leben feiern und sich verlieben. So wie ich mich in Abby verliebt habe. Ich will, dass sie das spürt, was ich spüre, wenn ich mit ihr zusammen bin. Lilly soll die volle Farbpalette vom Leben bekommen und einfach frei sein dürfen, das wünsche ich mir am allermeisten für sie.
Also, Universum, wenn du mir wirklich zuhörst, habe ich eine Bitte an dich: Schick ihr jemanden, okay? Schick ihr jemanden, so wie du mir Abby geschickt hast.
Das wäre echt ziemlich dope von dir. (Hab gehört, so was sagen Kids in meinem Alter jetzt … keine Ahnung, was ich davon halten soll, aber ich wollte es mal ausprobieren.)
Jedenfalls stünde ich auf ewig in deiner Schuld.

Wieder einmal überrollen mich meine Gefühle und machen mir das Weiterlesen schier unmöglich. Ich vergrabe mein tränennasses Gesicht an Arons Schulter, lasse mir von ihm das Notizbuch abnehmen und zur Seite legen.

»Hey, Lilly. Sieh mich an.«

Nichts will ich lieber als das, doch gebe ich mit meinen verquollenen Augen und der roten Nase sicher nicht das schönste Bild ab. Trotzdem überwinde ich mich, wische mir mit dem Handrücken über die Wangen und drehe mich auf die Seite, bis wir uns mit den Gesichtern gegenüberliegen.

»Weißt du jetzt, was ich meine?«, flüstere ich schniefend. »Ich komme einfach nicht weit, weil ich jedes Mal in Tränen ausbreche.«

»Wäre das hier für deinen Bruder okay gewesen?« Ich weiß, dass Aron mit »das hier« uns beide meint. Ihn und mich. Das, was gerade zwischen uns entsteht, obwohl Aron genau das verhindern wollte. Wäre mein Leben nicht schon in jener Nacht komplett auf den Kopf gestellt worden, hätte Aron spätestens heute Abend dafür gesorgt, dass sich alles fundamental anders anfühlt.

Mein Leben, meine Gedanken, mein ganzer Körper fühlt sich auf einmal so neu und fremd an. Wie ein unbekanntes Terrain, das ich erst einmal kennenlernen muss. Denn Luca hat recht: Ich habe mein halbes Leben verpasst, und mit ihm so viele Gefühle.

»Er war derjenige, der mich dazu ermutigt hat, herzukommen.«

Normalerweise dränge ich die Erinnerungen an jene Nacht weit zurück, aber heute will ich alles fühlen. Die Traurigkeit, den Schmerz, die Wut, die Ohnmacht. Ich liege wieder neben Luca in seinem Bett, halte seine Hand und weiß, dass es bald vorbei sein wird. Dass seine Schmerzen bald vorüber sein werden und er endlich seinen wohlverdienten Frieden findet.

»An seinem letzten Abend hat er mir gesagt, dass ich nach Island gehen soll. Dass ich dich besuchen soll. Er wusste, was ich brauchte, bevor ich es selbst wusste. So war es schon immer mit ihm. Als hätte er mich zu dir geschickt, damit du ihm von der Erde aus helfen kannst, mich durch die Trauer zu führen.«

Und das Universum hat seinen Wunsch erhört.

Aron schluckt bei meinen Worten, auch seine Augen sind mittlerweile von einem wässrigen Film überzogen. In ihnen tanzen so viele Emotionen, dass ich sie nicht richtig zu greifen bekomme. Zu gern würde ich gerade einen kleinen Blick in seine Gedanken werfen.

Er öffnet seine Lippen einen Spalt, um etwas zu sagen, schluckt die Worte anschließend jedoch wieder herunter und schließt die Augen. Es ist nicht zu übersehen, dass ihn etwas blockiert. Was hält ihn nur auf? Als er die Augen wieder öffnet, sind die Tränen immer noch da.

»Ich glaube, ich hätte deinen Bruder wirklich gemocht«, sagt er schließlich nach einem Moment der Stille. Seine Hand findet meine ganz selbstverständlich, und wir verschränken die Finger.

»Nein«, wispere ich mit einem traurigen Lächeln auf den Lippen. »Du hättest ihn nicht gemocht, Aron. Du hättest ihn geliebt.«

Phase IV

Hoffnungsschimmer

Kapitel 20

Notiz an mich selbst: Auch als Erwachsener darfst du manchmal Kind sein

Aron hat vorgeschlagen, Elva zu einem gemeinsamen Abendessen einzuladen, damit wir endlich miteinander warm werden. Mein erster Impuls war, mich tot zu stellen, aber Arons flehender Blick hat mich davon abgehalten. Den ganzen Tag über hing ich mit meinen Gedanken bei dem bevorstehenden Essen und der Frage, wie ich mich seiner besten Freundin gegenüber verhalten muss, damit sich unser Verhältnis endlich etwas entspannt.

Meine Großmutter sagt immer, dass man sich ablenken soll, wenn die Gedanken zu laut sind, also habe ich mich abgelenkt, indem ich drei verschiedene Sorten Cupcakes für das Dessert gebacken habe.

Jetzt, Stunden später, sitzt mir Elva im Wohnzimmer gegenüber, und peinliches Schweigen hängt in der Luft, genau so, wie ich es befürchtet habe. Wäre es schräg, mir jetzt schon den ersten Cupcake in den Mund zu stopfen, damit ich einen Vorwand habe, nicht mit ihr reden zu müssen?

Aron summt in der Küche. Er bereitet das Abendessen für uns zu – das übrigens köstlich duftet –, und ich würde am liebsten die Dachfenster aufreißen und fliegen lernen. Hauptsache, ich kann dieser unangenehmen Situation entkommen. Aber Elva ist hier, damit wir uns besser kennenlernen, also bleibt mir nichts anderes übrig, als das Gespräch zu suchen.

»Also …«, räuspere ich mich. »Wie war dein Tag so?«

»Ich sage es dir direkt zu Beginn, Blondie: Ich hasse Small Talk. Da kräuseln sich jedes Mal meine Zehennägel.« Elva verdreht die Augen und kratzt sich über den Unterarm, während Aska zu uns aufs Sofa springt und sich zwischen uns niederlässt. Vermutlich spürt der Kleine die Spannung zwischen mir und seinem Frauchen und will deshalb einen Schutzwall aus Fell bilden. Seine Zunge hängt hechelnd heraus, und seine braunen Knopfaugen sind treu auf mich gerichtet. *Ist ja schon gut, kleiner Kerl. Ich gebe mir Mühe!*

»Hör zu. Ich weiß, dass Aron möchte, dass wir zwei Best Friends for Life werden. Aber … es geht einfach nicht, okay? Es hat echt nichts mit dir zu tun.«

»Womit dann?« Ich knete nervös meine Hände. »Du verhältst dich mir gegenüber wie der letzte Arsch, dabei habe ich dir nichts getan. Langsam nervt es mich, so von dir behandelt zu werden.« Mist. Habe ich das gerade laut gesagt? Mitten in ihr Gesicht, das jetzt von Empörung zu … Staunen wechselt?

»Wow«, haucht Elva. »Ich dachte nicht, dass du wie ein Bauarbeiter fluchen kannst, Blondie.« Sie knetet nun ebenfalls ihre Handballen, ein eindeutiges Zeichen, dass sie nicht so cool und tough ist, wie sie immer vorgibt. »Ich verstehe einfach nicht, was da zwischen dir und Aron läuft, das ist alles.«

»Das ist alles«, wiederhole ich schnaufend. »Schwer zu glauben, wenn du mich fragst. Liegt es an Jóhanna? Daran, dass sich Aron von ihr getrennt hat?«

Sie schluckt, und ihre Miene verhärtet sich leicht. »Unter anderem ja«, gibt sie zurück, ohne mich dabei anzusehen. *Unter anderem?* Was zur Hölle meint sie damit jetzt bitte? Im Vergleich zu Aron scheint Elva kein sonderlich großer Fan von Blickkontakt zu sein.

»Ich wusste bis vor Kurzem nicht einmal, dass Aron und Jóhanna getrennt sind. Und ganz sicher bin ich auch nicht der Grund für ihre Trennung.«

»Dann bist du aber ziemlich blind, Blondie. Siehst du nicht, wie er dich ansieht?« Jetzt blickt Elva doch zu mir auf, während sie Askas Nacken mit kreisenden Bewegungen krault. Vermutlich braucht sie eine Beschäftigung für ihre Hände, damit sie mir nicht den Hals umdreht. »Aron kann gerade einfach kein zusätzliches Drama in seinem Leben gebrauchen. Und du? Du bist die Definition von Drama. Schließlich bist du nur zu Besuch hier und wirst bald wieder aus seinem Leben verschwinden. Was ist dann? Lässt du ihn dann einfach fallen und lebst dein Leben in Deutschland weiter?«

Schluckend ringe ich nach einer Antwort, doch bevor ich sie finden kann, taucht Aron mit einem entwaffnenden Grinsen im Wohnzimmer auf. Um seine Hüften eine schwarze Schürze, die ihm wahnsinnig viel Sex-Appeal verleiht. Warum finde ich Männer, die kochen können, nur so attraktiv? Und warum scheint Aron in einfach allem ein Naturtalent zu sein?

Die Ärmel seines olivgrünen Hemds hat er bis zu den Ellbogen hochgekrempelt, und ich muss mich wirklich zusammenreißen, nicht sabbernd auf seine definierten Unterarme zu starren. Gerade in Elvas Nähe sollte ich mich besser zurücknehmen, wenn ich nicht will, dass sie mir heimlich Arsen ins Essen mischt, sobald ich ihr den Rücken zuwende.

»Sieht aus, als könntet ihr zwei dringend eine Ablenkung vertragen. Umso besser, dass das Essen fertig ist.« Er bittet uns in die Küche, und obwohl mir der Appetit schon vor Minuten vergangen ist, folge ich ihm. Wie eine schwere Regenwolke hängt unsere miese Stimmung in der Luft, dringt in jede Ritze dieser Küche und nistet sich dort ein.

»Mein Gott, ihr benehmt euch wie auf einer Trauerfeier«, murmelt Aron und greift nach seinem Handy. »Irgendwelche Musikwünsche?«

»*Simple Plan*!«, antworten Elva und ich wie aus einem Mund. Mit geweiteten Augen sehe ich Arons Freundin an, und auch sie blickt mir erstaunt ins Gesicht.

»Moment. Hörst du etwa *gute* Musik, Blondie?«, fragt sie, als hätte ich ihr gerade anvertraut, dass ich eigentlich bei der NASA arbeite und die kommenden zehn Jahre auf dem Mond verbringen werde. *Damit würde ich dir sicher einen Gefallen tun, hm?*

»Und das ist so erstaunlich, weil …?«

»Keine Ahnung, ich dachte, du wärst so ein Techno- oder Rapgirl.«

»Sagt die, die jeden Tag Baggypants trägt«, kontere ich mit einem verkniffenen Schmunzeln auf den Lippen.

»Touché.« Vielleicht bilde ich es mir nur ein, aber ich könnte meine Hand dafür ins Feuer legen, dass Elvas Mundwinkel ebenfalls zucken. Zum ersten Mal seit Wochen nimmt das feindliche Funkeln in ihren Augen leicht ab. Ganz verschwindet es jedoch nicht.

»Seht ihr? So unterschiedlich seid ihr zwei gar nicht. Und jetzt hört auf, euch wie vierzehnjährige Teenies zu benehmen«, sagt Aron lachend, aber ich höre, dass er es ernst meint. Während *Welcome to my life* von meiner Lieblingsband aus dem Soundsystem in Arons Apartment dröhnt, machen wir uns schweigend über das Essen her.

Als ich schließlich eine sanfte Berührung unter dem Tisch spüre, erschaudert es mich am ganzen Körper. Arons Hand streift wie in Trance über die Außenseite meines Oberschenkels und debattiert dabei mit Elva über *Simple Plans* letztes Album. Und ich? Ich kann nicht erwarten, dass dieser Abend vorbei ist und ich wieder mit Aron allein sein kann.

• • •

»Oh, mein Gott, was zur Hölle ist das denn?«, nuschelt Elva mit vollem Mund und spuckt den Cupcake anschließend schamlos zurück auf ihren Teller. »Isst man in Deutschland etwa Cupcakes mit Salz? Pfui!«

Panisch sehe ich zu Aron hinüber, der etwas mehr Anstand besitzt und stoisch weiterkaut. Auch sein Gesicht spricht Bände: Er findet mein Dessert genauso ekelhaft wie Elva. Ich will es nicht zugeben, aber mein Ego könnte gerade echt ein paar Taschentücher gebrauchen.

»Ach, kommt schon. Ich habe nur eine kleine Prise benutzt!«

»Ja, eine kleine Prise Zucker und ein Kilo Salz!«

»Bist du dir sicher, dass du nicht die Dosen verwechselt hast?«, hakt Aron vorsichtig nach, woraufhin ich ihm einen bösen Blick zuwerfe.

»Ganz sicher!« Um zu beweisen, dass meine Backkünste nicht so miserabel sind, wie die beiden vorgeben, schnappe ich mir einen der Blaubeercupcakes und beiße provokant ein großes Stück davon ab. Ein gigantischer Fehler, wie sich Sekunden später herausstellt. Das Gebäck ist absolut widerwärtig und ungenießbar, ich kann das Salz fast schon zwischen meinen Zähnen knirschen hören. Igitt!

»Oh, mein Gott«, würge ich und spüle den Teig mit einem Schluck Rotwein herunter. »Okay, vielleicht hab ich doch die Dosen verwechselt?« So schnell sind mehrere Stunden Arbeit für die Tonne. Entschuldigend sehe ich Aron an, der sein Lachen nicht mehr zurückhalten kann. Tränen füllen seine Augenwinkel. Er hält sich den Bauch vor Lachen und steckt Elva damit an. Sie lachen mich eiskalt aus, verbünden sich gegen mich! Am liebsten würde ich ihm meinen Cupcake geradewegs als Rache ins Gesicht drücken. *Warum eigentlich nicht?*

»Na, wartet ab!« Mit einem breiten Grinsen im Gesicht schnappe ich meinen angebissenen Cupcake, beuge mich über den Tisch in Arons Richtung und drücke ihm die Cremefüllung ins Gesicht. Die violett eingefärbte Sahne klebt jetzt dekorativ auf seiner rechten Wange.

»Hast du nicht gemacht!«, sagt er empört und sieht Elva mit weit aufgerissenen Augen an. »Hat sie nicht, oder?«

»Doch. Blondie wird langsam richtig waghalsig«, gibt sie zurück und schnappt sich die Reste ihres Cupcakes. »Das war eindeutig eine Kriegserklärung!« Sekunden später landet der Teig auf meiner Schulter und plumpst anschließend auf meinen Schoß. Innerhalb von Sekunden bin ich aufgesprungen und habe meine Munition nachgeladen, indem ich mir zwei weitere Cupcakes geschnappt habe.

Ich weiß nicht, wie es passiert ist, doch auf einmal herrscht eine klebrige Essensschlacht in Arons Küche. Teig fliegt durch die Luft, landet in unseren Gesichtern, auf unserer Kleidung und auf dem Boden. Das reinste Chaos bricht aus, und keiner von uns denkt daran, dass dieses Chaos später wieder beseitigt werden muss.

Weil es keine Rolle spielt. Weil wir im Moment leben. Elva und ich sind durch diesen Abend noch lange keine Freundinnen, aber wenigstens habe ich das Gefühl, ihr in den letzten Stunden ein kleines bisschen nähergekommen zu sein. Baby-Steps sind besser als gar keine, oder? Schließlich lernen Kinder auch nur langsam laufen und legen nicht sofort einen Sprint hin.

»Halt sie fest, El!«, ruft Aron, und bevor ich mich in Sicherheit bringen kann, packt Elva mich von hinten an den Schultern und gibt Aron somit freie Bahn auf mich. Wie ein hungriges Raubtier kommt er auf mich zu, in seinen Händen der letzte Cupcake, der unserer Schlacht noch nicht zum Opfer gefallen ist. Er sieht besser aus, als er schmeckt, das muss man ihm lassen.

»Lass mich los!«, kreische ich, aber Elva gibt nicht nach und fixiert mich. Dieses Biest genießt es richtig, mich leiden zu sehen! Kichernd sehe ich zu Aron auf, der immer dichter kommt. Sekunden später landet die Cremehaube mitten auf meiner Stirn. Ich schließe die Lider, damit mir die salzige Sahne nicht in die Augen läuft.

Mein Lachen ist so offen, so frei, dass es mich an eine Zeit erinnert, in der das Leben nicht so schwer war. Luca hätte das hier geliebt. Gute Musik, leckeren Wein und eine anschließende Essensschlacht, wie man sie sonst nur aus amerikanischen Filmen kennt. Und zum ersten Mal macht es mich nicht nur traurig, dass er nicht hier sein kann, nein. Zum ersten Mal bin ich froh darüber, dass *ich* noch hier bin. Dass ich am Leben bin, auch wenn ich meinen Bruder in jeder Sekunde vermisse.

Ich darf ihn vermissen und gleichzeitig Freude empfinden. Es gibt nicht länger dieses fiese »entweder-oder«, in dem ich so lange Zeit festgesteckt habe. *Entweder* ich trauere um meinen Bruder, weil ich ihn geliebt habe, *oder* ich habe Spaß. *Entweder* ich bin eine gute Tochter und bleibe bei meinen Eltern, *oder* ich nehme mein eigenes

Leben in die Hand. Ich kann beides haben. Ich *darf* beides haben!

• • •

»Ich werde in drei Wochen noch Teig in meinen Haaren finden!«, jammere ich, kurz nachdem Elva gegangen ist. Aron tritt hinter mich, legt seine Hände auf meine Taille und küsst meine Schulter. Währenddessen versuche ich, meine Haare mit den Fingern von dem klebrigen Etwas zu befreien, das sich darin eingenistet hat. Vergeblich. Alles, was ich erreiche, ist, dieses Zeug nur noch mehr zu verteilen. Na wunderbar, da hilft sicher nur der Griff zur Schere!

»Für mich gibt es für dieses Dilemma nur eine Lösung.« Seine Lippen streichen sanft über die nackte Haut meines Nackens, lassen mich die Knoten in meinen Haaren komplett vergessen, weil meine Sinne anderweitig gebraucht werden.

»Ach ja? Und welche Lösung ist das?«, frage ich ihn herausfordernd. Ich klammere mich am Rand des Waschbeckens fest, und unsere Blicke treffen sich im Spiegel. Arons Pupillen sind bereits erweitert, genau wie meine. Weil ihm dasselbe durch den Kopf geht wie mir.

Ohne Vorwarnung dreht Aron mich um, greift unter meinen Hintern und trägt mich zum zweiten Mal in seine Dusche. Mit dem Unterschied, dass wir dieses Mal die Rollen tauschen werden. Nicht er wird heute Abend vor mir auf die Knie gehen, sondern ich vor ihm …

Kapitel 21

Notiz an mich selbst: Auch gute Ideen können schlecht ausgehen

»Wirst du mir jetzt endlich verraten, was wir hier draußen verloren haben?« Seit ich Aron befohlen habe, seine Reisetasche zu packen, liegt er mir mit seinen Fragen in den Ohren.

»Du bist wirklich nicht der geduldigste Mensch, kann das sein?«, necke ich ihn, fahre mit meinem Zeigefinger über die Schrift auf Lucas Notizbuch und kann mir ein Grinsen nicht verkneifen.

Auf der Fahrt hierher habe ich einen Eintrag gelesen, den mein Bruder an seinem vorletzten Weihnachten geschrieben hat. Wir haben gemeinsam die Weihnachtsmärkte Berlins unsicher gemacht, haben unzählig viele Stände abgegrast und warmen Kakao bis zum Umfallen getrunken. Es waren unbeschwerte Stunden voller Weihnachtszauber und Leichtigkeit.

Ich liebe es, unsere gemeinsamen Erinnerungen aus seiner Sicht zu lesen, durch seine Augen zu sehen, die meinen immer so ähnlich waren. Während ich in seinen geschriebenen Worten versinke, kann mir die Realität nichts anhaben. Wenn ich lese, bin ich bei ihm, und er ist bei mir. Ganz nah.

»Vielleicht bin ich nicht der geduldigste Mensch, aber zu meiner Verteidigung: Du hast mir bisher keinen einzigen Hinweis gegeben, Lilly. Langsam glaube ich, dass du mich kidnappen willst.« Arons Grinsen ist wie immer – pure Magie.

»Hier müsste es sein.«

Unsere beiden Köpfe rucken nach rechts, und als ich dieses trostlose, windschiefe Häuschen am Straßenrand mitten im schneebedeckten Nirgendwo entdecke, gerate ich dezent in Panik. Sind wir hier wirklich richtig?

»Im Internet sah das Haus deutlich einladender aus«, murmle ich und checke eilig auf meinem Smartphone, ob wir auch die korrekte Anschrift in Arons Handy eingegeben haben. Drei Tage lang habe ich alle möglichen Websites abgegrast, um eine Unterkunft zu finden, die ich mir mit meinem mickrig gefüllten Geldbeutel leisten könnte.

»Und wir sind hier, weil ...?«

»Weil wir heute hier übernachten werden.« Vorsichtig sehe ich zu ihm hinüber, versuche, in seiner Miene abzulesen, wie meine Überraschung bei ihm ankommt. Aron hat den linken Arm lässig auf dem Lenkrad platziert und blickt durch die Windschutzscheibe seines Wagens zu dem kleinen Häuschen, dessen rote Farbe mich leider etwas zu sehr an getrocknetes Blut erinnert. Ich ahne bereits, dass unser Trip nicht ansatzweise so romantisch wird, wie ich ihn mir in Gedanken vorab ausgemalt habe.

»Ich wollte dir eine Freude machen«, schiebe ich hinterher, weil Arons Miene genauso schwer zu lesen ist wie sein Schweigen. »Du hast in den letzten Wochen so viel für mich getan, und das hier ist meine Art, dir etwas dafür zurückzugeben. Ich dachte, wir könnten uns morgen den Diamond Beach ansehen. Aber ich verstehe natürlich, wenn du stattdessen lieber wieder nach Hause fahren willst …«

Seine Hand auf meinem Oberschenkel reißt mich aus meinen wirren, umherfliegenden Gedanken. »Ich glaube, du hast meine Reaktion falsch gedeutet, Lilly. Ich verbringe liebend gern meine Nacht mit dir in diesem …« Er schluckt ein Husten herunter. »… Traumhaus.«

»Es ist ziemlich shitty, oder?«, frage ich lachend und sehe noch einmal zu der Unterkunft hinüber, deren Fotos auf der Website sicher schon drei Jahrzehnte alt sind. Damals sah das Rot nicht wie rostiges Blut aus, und von dem Dach fange ich gar nicht erst an.

»Die Bewertung war wirklich nicht die beste, aber zu meiner Verteidigung: Es war das Einzige, das frei und annähernd bezahlbar war!«

»Wer weiß, vielleicht sieht es von innen ja viel besser aus.« Aron klingt, als würde er wirklich daran glauben. Bevor ich aussteigen kann, hat er mein Kinn mit seinen Fingern umfasst, mein Gesicht in seine Richtung gedreht und mich stürmisch geküsst.

Seine Lippen warm, sein Mund weich und fordernd zugleich. Seitdem wir nach der Schlittenfahrt gemeinsam in der Dusche gelandet sind, küssen wir uns ständig. Egal wann, egal wo. Manchmal geht Aron abends mit dem

Vorhaben in die Scheune, ein neues Souvenir für die Touristen anzufertigen, und verlässt den Schuppen an meiner Seite ohne einen einzigen Fortschritt.

Mehr als einmal hat er mich auf seiner Werkbank abgesetzt, sich zwischen meine Beine geschoben und mich stundenlang geküsst. Einmal hätte seine Mutter uns fast erwischt, und wir kamen aus dem Lachen nicht mehr heraus, selbst Stunden später nicht. Es ist so leicht, mit ihm zu lachen, selbst wenn die Traurigkeit immer noch da ist. In seiner Nähe habe ich das Gefühl, dass beides existieren darf. Traurigkeit und Freude. Lachen und Weinen. Aus einem »entweder-oder« ist zum ersten Mal ein »und« geworden. Weil ich Luca vermissen *und* gleichzeitig weiterleben darf.

»Wir sollten jetzt wohl reingehen«, nuschle ich dicht an seinen Lippen, auch wenn es mich verdammt viel Überwindung kostet, hier abzubrechen. »Der Check-in endet in fünf Minuten.«

»Dann müssen wir wohl schleunigst in diese Villa kommen, damit wir hier weitermachen können.« Seine Worte münden mit Punktlandung zwischen meinen Schenkeln. Liebestrunken springe ich aus dem Pick-up, schnappe mir meinen kleinen Reiserucksack und öffne auf meinem Handy die Buchungsbestätigung, damit das Einchecken gleich schneller geht.

Dann gehen wir Hand in Hand auf das heruntergewirtschaftete Haus zu. An den Wänden und auf dem Boden des Foyers befinden sich Tierfelle, die ein Unbehagen in mir auslösen, sodass ich am liebsten sofort schreiend davonrennen würde. Aber eine Stornierung ist ausgeschlossen, da ich nicht will, dass Aron völlig umsonst drei Stunden von mir durch die isländische Pampa geschickt wurde.

»Ähm. Hallo?«, rufe ich in den Raum hinein, denn hinter dem Tresen sitzt niemand. Überall stehen alte, abgenutzte Möbel aus Holz, die absolut nichts von der Magie haben, die Arons Kunstwerke ausstrahlen. Staub hängt wie ein dicker Schleier in der Luft, und ich bin mir sicher, dass ein Allergiker hier drin einen Asthmaanfall vom Feinsten bekommen würde.

»Hallo, ist da jemand?«, rufe ich, jetzt etwas lauter. Aron sieht sich derweil um, eine Hand am Griff seiner Reisetasche, die er lässig über seiner Schulter trägt.

Lediglich die Aussicht auf Zeit zu zweit mit ihm sorgt für einen kleinen Sonnenstrahl an Hoffnung in mir. Hoffnung darauf, dass sich dieser Ausflug nicht als völliger Reinfall erweist. Ich will heute Abend unbedingt den nächsten Schritt mit Aron gehen, und irgendwie hat es sich in seinem Apartment nicht richtig angefühlt. Zu frisch war die Erinnerung an Jóhannas Tränen.

»*Gott kvöld.*«

Eine heisere Frauenstimme erschreckt mich so sehr, dass ich heftig zusammenzucke. Ich weiß nicht, woher die ältere Dame plötzlich gekommen ist, aber auf einmal steht sie hinter dem Tresen und starrt mich aus großen grauen Augen an. Ihr Rücken leicht gebeugt, ihr Gesicht von Falten übersät. Aron wünscht ihr ebenfalls einen guten Abend, während ich der Frau mit der beigen Strickjacke über der weißen, knitterfreien Bluse das Handy hinhalte.

»Ich habe ein Zimmer bei Ihnen gebucht. Für eine Nacht?« Auch wenn ich nicht genau sagen kann, woran es liegt, schüchtert mich diese alte Frau ein. Vielleicht, weil sie mich mit geneigtem Kopf mustert wie ihre nächste Abendmahlzeit, oder weil sie keinerlei Anstalten macht, sich die Buchung auf meinem Display überhaupt anzusehen. Ihr Blick gleitet prüfend über mich, als würde sie gerade ausmessen, ob ich in ihren Hexenkessel passe.

»Entschuldigen Sie?« Unbeholfen wedele ich mit dem Handy vor ihrer schiefen Nase umher, doch sie winkt nur mit der Hand ab.

»Keine Handys hier. Nur gedruckte Buchungen.«

»Tut mir leid, das stand so nicht auf der Internetseite. Ich habe leider nur die Online-Bestätigung.«

»Ich bin mir sicher, dass Sie im System nachsehen können, richtig?«, klinkt Aron sich ein und stützt sich mit dem Ellbogen lässig auf dem staubigen Tresen ab. Wie ein feuriger Dartpfeil schießt ihr Blick zu meiner Begleitung.

»Wie gesagt, nur gedruckte Bestätigungen in unserem Haus.« Einem Haus, das bei dem nächsten Windstoß vermutlich das Zeitliche segnet und gemeinsam mit uns über die halbe Insel segelt … Mist, ich muss mir beim nächsten Mal wirklich alle Bewertungen durchlesen, bevor ich blindlings eine Unterkunft buche.

»Das verstehen wir natürlich, Misses. Aber wir sind drei Stunden angereist und freuen uns wirklich *wahnsin-*

nig auf eine Nacht in Ihrem schönen ... Zuhause.« Arons Schleimerei entlockt mir ein Lachen, das ich schleunigst herunterschlucke, weil der Frau offenbar nicht zum Spaßen zumute ist.

Aus dem Augenwinkel sehe ich eine weitere Gestalt auftauchen. Ein Mann mit schütterem weißblondem Haar und Rollkragenpulli starrt zu uns herüber, verschwindet jedoch sofort hinter einer Tür, sobald ich die Hand zum Gruß hebe. Himmel, langsam bekomme ich hier drin richtige Beklemmungen.

Die Frau macht ein Geräusch, das wie ein trotziges »Hmpf« klingt, und dreht sich anschließend zu dem alten Röhren-Computer um, der sich anhört, als würde er jeden Moment wie eine Rakete ins All schießen.

»Ich glaube, wir werden hier drin draufgehen«, flüstert Aron mir glucksend zu, woraufhin ich ihm auf den Fuß trete.

»Ich hatte halt nur ein begrenztes Budget zur Verfügung, okay? Kann ja keiner ahnen, dass wir bei einer Hexe landen.«

»Kennst du den Film *The Visit*?«, fragt Aron mit einem Schmunzeln. Mehr als ein Kopfschütteln bekommt er nicht von mir.

»Die beiden sehen haargenau aus wie die gruseligen alten Leute in dem Film.«

»Und was passiert da?«

»Soll ich dich echt spoilern?«, fragt er, noch immer weit davon entfernt, ernst zu sein.

»Nun sag schon!«

»Zwei Kids besuchen zum ersten Mal ihre Großeltern auf dem Land. Nur dass sich am Ende herausstellt, dass sie gar nicht ihre leiblichen Großeltern sind, sondern irgendwelche Psychos, die ordentlich durchgeknallt sind und ihre wahren Großeltern getötet haben. In einer Szene krabbelt die Oma völlig gestört unterm Haus entlang und jagt ihre unschuldigen Fake-Enkel …«

»Um Himmels willen, hör auf!«, zische ich und würde mir am liebsten die Ohren zuhalten, damit er mir nicht noch mehr Bilder in den Kopf pflanzt, die mich heute Nacht um den Schlaf bringen werden. Panisch schießt mein Blick zu der alten Lady, die scheinbar in Zeitlupe nach meiner Buchung sucht. Der wohlgemerkt einzigen Buchung, die sie heute Abend im System haben kann, denn diese Unterkunft besteht lediglich aus einem Zimmer. Ein Zimmer, von dem ich jetzt nicht mehr sicher bin, ob ich wirklich in ihm übernachten will.

»Und? Haben Sie etwas gefunden?«, frage ich ungeduldig und hoffe, dass man mir meine Angst nicht anhört. Als sich die Lady, die sicher nur ein bisschen senil und nicht gleich psychopathisch ist, umdreht, spachtle ich mir mit Mühe ein Lächeln aufs Gesicht.

»Hier.« Sie klatscht ein Blatt Papier auf den Tresen und reicht mir mit zittriger Hand einen schwarzen Kugelschreiber. »Einmal unterschreiben. Lilly Sommer der Name?«

Ich nicke, nehme ihr den Stift ab und überfliege die gedruckte Reservierungsbestätigung. Arons Lachen hängt wie ein Sommerschauer in der Luft, und ich stoße ihm mit dem Ellbogen in die Seite, damit er endlich aufhört. Nachher verspeist die Frau uns wirklich noch zum Abendessen, weil wir so respektlos sind! Das war es dann wohl mit unserer romantischen Nacht zu zweit.

»Folgt mir!« Mit gebeugtem Rücken führt sie uns durch einen schmalen, dunklen Flur und öffnet anschließend eine Tür auf der rechten Seite.

Arons Atem streift meinen Hals an der Seite, unterhalb meines Ohrläppchens. »Es war mir eine Ehre, dich zu kennen, Lilly Sommer.«

Dieses Mal kann ich mein Lachen nicht mehr zurückhalten. Tränen schießen in meine Augenwinkel, und mein Bauch beginnt schon nach wenigen Sekunden zu krampfen. Mein Lachen erstirbt, als mir die Dame einen strengen Blick zuwirft.

Das Zimmer ist lediglich eine etwas größere Abstellkammer, scheint aber zum Glück nicht völlig katastrophal zu sein. Es gibt ein recht kleines Bett – ja, nur eins an der Zahl – und einen dunklen Holzschrank, auf dem ein erstaunlich moderner Flatscreen steht. Durch das große Fenster mit der dreckigen Scheibe schaut man auf den kargen Hinterhof und die gerade untergehende Sonne.

»Check-out ist um zehn und keine Sekunde später«, murmelt die alte Lady, die inzwischen sichtlich genervt von unserem unhöflichen Verhalten ist. »Frühstück gibt es ab acht und nur für eine halbe Stunde, ihr müsst also pünktlich sein, wenn ihr etwas zwischen die Beißer bekommen wollt.«

Aron und ich werfen uns einen vielsagenden Blick zu.

Ohne Worte scheinen wir uns einig zu sein, dass wir dieses Frühstück wohl lieber ausfallen lassen werden.

»Ab Mitternacht kommt man nicht mehr ins Haus rein, weil Einar seinen Schlaf braucht. Also, falls ihr heute Abend die Nordlichter sehen wollt: Seid besser vor null Uhr zurück!« Einar ist dann wohl der ältere Herr im Rollkragenpulli, der nicht sonderlich scharf auf eine Begegnung mit seinen Gästen war.

Mit schlurfenden Schritten marschiert sie zur Tür, wünscht uns einen angenehmen Aufenthalt und lässt uns allein. Es dauert keine zwei Sekunden, bis wir erneut losprusten müssen. Blind taste ich nach der Matratze des Bettes und lasse mich rücklings auf sie fallen, um mich wie ein Käfer zu rollen.

»Oh, mein Gott, ich glaube wirklich, dass wir heute Nacht als Opferlämmer enden werden!« Obwohl die Angst in mir real ist, kringle ich mich vor Lachen. Aron wirft einen Blick aus dem Fenster, bevor er zur Tür geht und sicherheitshalber abschließt. Dann kommt er zu mir herüber und legt sich neben mich. *Dicht* neben mich.

»Das war auf jeden Fall äußerst … interessant.«

»Und unheimlich. Ich meine, hast du gesehen, wie verstörend ihr Blick war? Davon werde ich in drei Jahren noch träumen!«

»Wenn wir die folgende Nacht überhaupt überleben, meinst du.« Ich drehe mich auf die Seite und sauge Arons unbeschwertes Lachen auf.

»Wollen wir jetzt diesen Film schauen, von dem du mir gerade erzählt hast?«

»Du kennst doch jetzt schon den Plot-Twist!«, erwidert er und dreht sich ebenfalls in meine Richtung.

»Na und?« Ich zucke mit den Schultern. »Ich hasse Plot-Twists sowieso und bin lieber auf das Drama vorbereitet.«

Ich wünschte, jemand hätte mich auch auf mein eigenes Drama vorbereitet. Auf den Tod meines Bruders, der in den letzten Tagen immer mal wieder für wenige Minuten in den Hintergrund gerückt ist.

Aron schüttelt über meinen Vorschlag lediglich den Kopf, bevor er mich zu sich heranzieht und mir einen flüchtigen Kuss auf den Mundwinkel drückt. »Aber sag nicht, ich hätte dich nicht gewarnt.«

Kapitel 22

Notiz an mich selbst: Mit dir an meiner Seite darf jede Nacht die letzte meines Lebens sein

Der Abspann des Films läuft bereits seit einigen Minuten, aber ich schaffe es einfach nicht, den Blick vom Bildschirm zu lösen. Das, was ich gerade gesehen habe, muss ich erst einmal verdauen – oder am liebsten ganz schnell aus meinem Gedächtnis löschen.

»Du hast echt ganz schön fiese Krallen«, sagt Aron lachend und deutet auf meine Hand, mit der ich seinen Oberarm umklammere. Seit wann? Keine Ahnung. Vermutlich schon seit der ersten Gruselszene. Meine Nägel haben bereits Spuren auf seinem Arm hinterlassen. Kleine rote Halbmonde auf seiner makellosen Haut.

»Tut mir leid.« Ganz langsam löse ich den Griff, um die Stellen zu küssen, die ich so energisch während des Films festgehalten habe. »Jetzt besteht kein Zweifel mehr daran, dass wir hier drin draufgehen werden. Ich meine, was zur Hölle war das bitte? Wie kommt man auf so ein Drehbuch?«

»Nehmen wir mal an, das hier wäre wirklich die letzte Nacht deines Lebens. Was würdest du tun?«, will Aron nachdenklich wissen. Wir liegen dicht an dicht in diesem winzigen Doppelbett und starren an die triste, dunkle Decke.

»Ich weiß nicht«, sage ich und lasse mich auf sein kleines Gedankenspiel ein. »Kommt drauf an, wie eng die Grenzen gesteckt sind. Gibt es irgendwelche Limits? Irgendetwas, das ich nicht tun dürfte?«

»Nope, dir würden alle Türen offen stehen. Na ja, abgesehen von dieser Zimmertür, denn die sollten wir heute definitiv nicht mehr aufschließen, wenn du mich fragst.« Arons Lachen kommt tief aus seiner Brust, vibriert regelrecht in der Luft und legt sich wie eine kuschelig weiche Decke um meine Schultern.

»Nun sag schon, was würdest du tun?«

»Lass mich kurz nachdenken, Aron. So eine Frage beantwortet man nicht innerhalb einer Sekunde!«, tadle ich ihn und krame in meinen Gedanken nach einer Antwort, die sich richtig und echt anfühlt.

»Also, wenn ich alles machen könnte, würde ich vermutlich die nächstbeste Wal-Tour buchen und nach Orcas Ausschau halten. Ich fand diese Tiere schon immer faszinierend. Wusstest du, dass Orcafamilien ein ganzes Leben lang zusammenhalten? Dass sie füreinander da sind, selbst nach dem Tod? Einige Orca-Mamas tragen ihre verstorbenen Babys mehrere Wochen auf ihrer Schnauze bei sich, weil sie einfach nicht loslassen können.«

In gewisser Hinsicht haben wir also ziemliche Ähnlichkeiten, die Orcas und ich. Wir sind miserabel im Loslassen.

»Woher weißt du das alles?«

»*Savetheiceland* hat ganz viele Blogeinträge über diese Tiere und ihren Schutz auf ihrer Website. Ich habe sie *alle* gelesen.«

Je mehr ich in den letzten Tagen über die Arbeit der Umweltschützer hier auf Island herausgefunden habe und je mehr ich mich in die Schönheit dieses Landes verliebe, desto dringender will ich einen Unterschied mit meinen Taten bewirken. Ich will nicht länger nur für Aron hierbleiben, sondern auch für mich. Für meine Träume, die von Nacht zu Nacht bunter werden und die sich nicht länger stumm schalten lassen.

»Weißt du, was du tun solltest? Endlich diese verdammte E-Mail abschicken, Lilly. Ich will dich diesen Sommer bei mir haben. Ich will dir die Mitternachtssonne zeigen und gemeinsam mit dir Wale sehen. Das geht aber nur, wenn du über deinen Schatten springst und endlich auf Senden drückst. Was hast du schon zu verlieren?«

Jumping over shadows to find light … Es ist, als hätten sich Aron und Luca miteinander ohne mein Wissen abgesprochen.

»Bist du dir sicher?«

Der Schlag meines Herzens wird schneller und schneller. Ein Sommer nur für uns. Lilly und Aron, Aron und Lilly.

»Schick. Sie. Ab.« Nach jedem Wort drückt er mir einen Kuss auf die Hand. »Am besten noch heute Nacht.«

Jede freie Sekunde nutzt er dazu, mich zu berühren, und ich liebe es. Ich liebe es, dass es ihm offensichtlich genauso schwerfällt, die Finger von mir zu lassen, wie es mir schwerfällt, sie von ihm zu lassen.

»Danke, Aron«, hauche ich. »Jetzt weißt du, was ich tun würde, wenn das hier die letzte Nacht meines Lebens wäre. Was ist mit dir?« Neugierig drehe ich mich auf die Seite, weil ich ihn ansehen will, wenn er mir die Frage beantwortet. Ich will seine Antwort nicht nur hören, ich will sehen, wie sie über seine Lippen kommt. Will wissen, ob seine Augen dabei funkeln, so wie alles in mir funkelt, wenn ich an die Wale da draußen in den Ozeanen denke. »Was würdest du tun, wenn das hier die letzte Nacht deines Lebens wäre?«

Seine Miene ist undurchschaubar, bis ein anzügliches Lächeln an seinen Mundwinkeln zupft, das mich mitten in der Brust erwischt wie Amors Pfeil. In letzter Zeit scheint der Kerl Überstunden zu machen.

»Das ist einfach. Ich würde dich die ganze Nacht küssen.«

Schon von Natur aus bin ich ein Mensch, der schnell rot wird, aber niemand schafft es, mich so schnell zum Erröten zu bringen, wie Aron. Schluckend fällt mein Blick auf seine Lippen, die meinen jetzt wieder so nahe sind, weil er mir sein Gesicht zugewandt hat.

»Das wäre alles?«, frage ich mit einer klitzekleinen Herausforderung in der Stimme.

»Oh, Lilly, du bist so naiv«, erwidert er, und sein heiseres Lachen verjagt jegliches Unbehagen wegen dieser gruseligen Unterkunft aus meinem Körper. Dafür ist jetzt definitiv kein Platz mehr neben all der Hitze, die in mir aufsteigt. Angefangen an den Zehenspitzen, mündend in meiner Herzregion.

»Ich würde dir dieses Shirt ausziehen …« Seine Finger streifen den Stoff meines Oberteils flüchtig und brennen ihn beinahe von meinem Körper. Obwohl ich noch vollständig angezogen bin, fühle ich mich bereits jetzt nackt.

»Und dann?« Ich erschrecke mich darüber, wie verrucht meine Stimme klingt. Als wäre ich hungrig nach mehr, hungrig nach Leidenschaft, hungrig nach ihm.

»Dann würde ich mich über dich beugen. Etwa so hier …« Plötzlich hat Aron mich auf den Rücken gedreht und ist über mir. Seine Hände neben meinen Schultern abgestützt, deckt er mich mit seinem warmen Körper zu, lässt die Härchen auf meinen Armen zu Berge stehen. »Und dann würde ich dich die ganze Nacht zum Schreien bringen.«

Unsere Blicke sind tief miteinander verkeilt, und mein Herz trommelt wie verrückt hinter meinem Brustbein. Auch wenn wir uns in den letzten Tagen ständig geküsst und berührt haben, sind wir den nächsten großen Schritt noch nicht gegangen. Mein Verlangen, mit Aron zu schlafen, war noch nie so stark wie heute Nacht.

»Ich will es.« Drei Worte, die wie Kieselsteine aus meinem Mund purzeln.

»Was willst du, Lilly?«

»Alles davon. Ich will, dass du mich die ganze Nacht lang küsst. Ich will, dass du mir das Shirt ausziehst, und ich will schreien. Deinen Namen.«

Ich bin stolz auf mich, weil ich selten so offen über meine Bedürfnisse gesprochen habe. Aron macht es mir so verflucht leicht, meine Wünsche zu äußern. Genau das liebe ich an ihm. Diese Leichtigkeit, die er mir nach Monaten der Schwere zurückgebracht hat. Sein Licht hat meine Dunkelheit einfach an die Hand genommen und ihr den Weg gezeigt.

»Ich will nichts lieber als das, aber …«

»Aber?«

Bitte, lass ihn jetzt nichts Falsches sagen!

»Um ehrlich zu sein, habe ich nicht damit gerechnet, dass wir heute Nacht miteinander schlafen werden, Lilly.« Entschuldigend sieht er auf mich herab. »Was ich damit sagen will: Ich habe keine Kondome dabei.«

»Ich habe welche in meiner Tasche«, antworte ich hastig. Arons Blick folgt meiner Hand, die nun ungeduldig auf den Rucksack am Boden zeigt.

»Du hast das alles bis ins kleinste Detail geplant, oder?«

»Was soll ich sagen? Wir Deutschen sind Planungsgenies, wusstest du das nicht?«

»Außer wenn es um das Buchen von seriösen Unterkünften geht, meinst du?«, zieht er mich auf. Empört boxe ich ihm gegen die Schulter, und obwohl wir beide herumalbern, hat die Situation ihr Knistern nicht verloren. Weil ich spüre, dass Aron es genauso will wie ich. Die deutliche Erhebung unter seinen Jeans presst sich verlangend gegen meinen Oberschenkel und lässt mich kaum noch klar denken.

Blind taste ich auf dem Boden herum, bekomme meine Tasche zwischen die Finger und fische ein Kondom heraus, das ich Aron provokant in die Hand drücke.

»Und ich soll hier der Ungeduldige von uns beiden sein, ja?«, zieht er mich auf und legt das Päckchen zu meinem Leidwesen neben dem Kopfkissen ab, anstatt es zu öffnen.

»Ich werde mir Zeit lassen, Lilly. *Viel* Zeit«, warnt er mich vor und erhebt sich, bis er vor mir auf dem Bett kniet.

In meinem ganzen Körper entzünden sich Wunderkerzen, als er nach dem Saum meines Oberteils greift und es mir abstreift. Seine Finger fühlen sich perfekt und warm auf meiner empfindlichen Haut an. Aron lässt mich keine Sekunde aus den Augen, nicht einmal, als er mit dem Daumen über den Bund meiner Jeans fährt und anschließend den Knopf in Zeitlupe öffnet.

»Heb dein Becken an.«

Ich gehorche, schiebe ihm meine Hüfte entgegen und erschaudere am ganzen Körper, als er mir die Jeans quälend langsam abstreift. Sie landen hinter ihm am Boden, genau wie mein Oberteil. Wenn es nach mir geht, brauche ich die Sachen heute Nacht ohnehin nicht mehr.

Abwartend liege ich nur in Unterwäsche vor ihm. Sicherlich glüht mein Gesicht vor Röte, weil es sich so fremd anfühlt, auf diese Weise von einem Mann angesehen zu werden. Aron weiß, was er will. Und dass ich es bin, die er will, fühlt sich wie ein Traum an, der niemals enden soll.

Gierig gleitet sein Blick über meinen Slip aus beiger Spitze, über meinen Bauch hinauf zu meinen Brüsten. Aron muss mich nicht einmal berühren, um mich zu berühren. Seine Blicke reichen vollkommen. Schaffen eine Form der Intimität, die ich bisher noch nie gespürt habe. In keiner Sekunde habe ich das Bedürfnis, mich vor ihm verstecken zu wollen, stattdessen will ich mich ihm ganz offen und verletzlich zeigen. Weil ich tief in mir hoffe, dass er gut auf mein Herz aufpassen und mir nicht wehtun wird.

»Du hast es ernst gemeint, oder? Dass du dir Zeit lassen willst?«, frage ich ihn und rutsche nervös mit dem Becken von links nach rechts, weil dieses Warten unerträglich ist.

Aron beißt sich sexy auf die Unterlippe und nickt, bevor er seine Hände auf meine nackten Knie legt und meine Beine langsam für sich spreizt. Dann liegt er über mir, deckt mich zu. Sein Herz nah an meinem, sein Atem auf meiner Wange. Er verteilt Küsse auf meinem Gesicht, arbeitet sich verheißungsvoll meine Kieferlinie entlang und presst mich anschließend mit seinem vollen Gewicht in die Matratze.

Die Umstände für unser erstes Mal sind wirklich nicht perfekt.

Das Bett ist unbequem, und eine Feder bohrt sich schmerzhaft in meinen unteren Rücken, die Luft hier drin ist stickig, und die Wände knarzen, als würden sie jeden Moment auseinanderfallen wie die Karten eines Kartenhauses. Und trotzdem will ich nichts ändern, als Aron mich endlich richtig küsst.

Noch immer spüre ich seine pulsierende Erektion an mir, wie sie sich drängend und fordernd gegen meine Hüfte drückt. Seine Hände mit meinen verschlungen, hält er mich unter sich gefangen, als hätte er Angst, ich könnte ihm sonst entwischen. Dabei will ich nie wieder woanders sein. Nie wieder *nicht* in seiner Nähe sein.

»Schlaf mit mir, Aron«, murmle ich, ohne unseren Kuss zu unterbrechen. Dann fährt er mit der rechten Hand über meine Taille, greift unter meinen Rücken und öffnet meinen BH genauso geschickt wie vor einigen Tagen unter der Dusche. Als er mir auch den Slip ausgezogen hat und ich gänzlich nackt unter ihm liege, hake ich meine Hand unter seine Boxershorts und ziehe sie sachte herunter.

Seine nackte Härte berührt meine Haut, bettelt regelrecht um Erlösung. Ganz langsam findet meine Hand ihren Weg zu seiner Länge, umfasst sie und beginnt, sich etwas unbeholfen zu bewegen.

Aron raunt meinen Namen. Mit der freien Hand fahre ich über seinen Nacken, hinauf zu dem kleinen Knoten in seinen Haaren. Als ich seinen Zopf gelöst habe, fallen mir seine blonden Strähnen sanft ins Gesicht. Habe ich schon erwähnt, dass ich es liebe, wenn Aron seine Haare offen trägt? Ich bin mir sicher, dass es keinem Zweiten so gut steht wie ihm. Ich übe etwas mehr Druck mit meiner

Hand aus, massiere ihn genauso langsam, wie er mich eben ausgezogen hat.

»Fuck, Lilly«, flucht er. »Ich glaube, das war es dann wohl mit meiner Geduld.«

Er wird unter meinen Berührungen noch härter, wenn das überhaupt möglich ist.

Aron streift sich – endlich, endlich – das Kondom über und ist Sekunden später wieder zwischen meinen Beinen. So dicht, dass ich seine Spitze an meiner empfindlichsten Stelle spüre. Ich weiß nicht, was ich erwartet habe. Ich weiß nur, dass all meine Erwartungen meilenweit übertroffen werden, als er sich Zentimeter für Zentimeter tiefer in mich schiebt.

Ein dunkles, einnehmendes Raunen tritt auf seine Lippen, während ich den Atem anhalte und mich auf diesen einen Punkt in meinem Unterleib konzentriere, der jetzt wie eine frisch geöffnete Flasche Champagner prickelt.

Mein Stöhnen wird von Arons Lippen abgefangen, als er mich erneut küsst. Dann beginnt er, sich in mir zu bewegen. Mit perfekten Stößen nimmt er mich auf diesem viel zu schmalen Bett, das sich in diesem Augenblick wie eine verflucht weiche Wolke anfühlt. Ein Bett aus Wolke sieben.

Aron vergräbt sein Gesicht in meiner Halsbeuge, streichelt mich mit seinem Atem und schlingt die Arme um meinen Oberkörper, um mir näher zu sein. Währenddessen vergrabe ich meine Hände in seinen Haaren, drücke ihn, so fest es geht, an mich und will ihn nie wieder gehen lassen.

Wir schlafen nicht nur miteinander, wir verschmelzen zu einer Einheit. Das hier geht weit über körperliche Anziehung hinaus, sprengt alle Grenzen, die ich bisher so gut aus meinem Leben kannte. Hier mit Aron kann ich grenzenlos sein, ohne Limits. Aus diesem Grund bin ich hier, und aus diesem Grund will ich auch genau hier bleiben. Mit ihm, in diesem Land, selbst in dieser schäbigen Unterkunft, die mir noch immer eine Gänsehaut über den Rücken jagt.

Ich weiß nicht, wie lange wir uns lieben. Ich weiß nur, dass ich mir nie sehnlicher gewünscht habe, dass es ein *Für immer* wirklich gibt. Für uns. Heute Nacht.

Irgendwann haben wir die Position gewechselt, ich liege auf der Seite und Aron hinter mir. Sein Oberkörper schmiegt sich auf perfekte Weise an meinen Rücken, und seine Hände setzen jeden Zentimeter von mir in Flammen.

Mit jedem Stoß werde ich weicher, während er mit jedem härter wird. Er kommt schließlich mit meinem Namen auf seinen Lippen und ich mit seinem tief in meinem Herzen. Als er sein Gesicht in meinen Haaren vergräbt, wird mir klar, dass ich nie wieder ohne ihn sein will, weder hier auf Island noch zu Hause in Deutschland. Bisher haben wir nicht darüber gesprochen, was das zwischen uns bedeutet, aber ich weiß längst, was *er* mir bedeutet. Das mit Aron fühlt sich schon nach wenigen Wochen nach so viel mehr als bloßer Freundschaft an, vielleicht sogar nach mehr als Liebe. Er fühlt sich nach meinem Zuhause an. Als ich Deutschland verlassen habe, war ich rastlos und planlos, wie eine Sternschnuppe, die sich im All verirrt und ihren Kurs verloren hat. Jetzt habe ich meinen Kurs endlich wiedergefunden.

Kapitel 23

Notiz an mich selbst: Es ist okay, mehr als einen Seelenverwandten zu haben

Nachdem mein Bruder seinen letzten Atemzug genommen hatte, wollte ich, dass die Nacht sofort endete. Ich verstand nicht, wieso sich die Zahlen auf der Uhr seines digitalen Nachttischweckers so langsam vorwärtsbewegten, obwohl ich doch einfach nur wollte, dass die Sonne endlich wieder aufging. *Mit ihm.*

In Wahrheit ist die Sonne bis heute, auch über zwei Monate später, nicht wieder für mich aufgegangen. Aber die letzten Stunden mit Aron in diesem schmalen Bett unter der dünnen Bettdecke kommen verdammt nahe an einen Sonnenaufgang heran.

Im Vergleich zur schlimmsten Nacht meines Lebens könnte es diese hier in die Top drei der besten Nächte meines Lebens schaffen. Ich werfe einen Blick auf mein Handy und stelle erschrocken fest, dass es bereits weit nach Mitternacht ist. Wieso vergeht die Zeit in schönen Momenten nur immer so schnell?

»Lilly?«, durchbricht Aron die Stille nach einer Weile, in der wir beide versucht haben, wieder zu Atem zu kommen. Ich liebe es, ihn meinen Namen sagen zu hören, weil er aus seinem Mund von Mal zu Mal schöner klingt. Weil ich mit jedem Mal das Gefühl habe, ein Stück weit mehr zu der Lilly Sommer zu werden, die ich schon immer sein wollte und die ich in der Gegenwart meiner Eltern nie sein durfte, weil sie nie gut genug war. Weil sie zu kindisch, zu tagträumerisch, zu unwichtig war.

»Ja, Aron?«

»Das, was ich sagen will, könnte jetzt vielleicht etwas kitschig werden«, warnt er mich vor. »Bist du bereit dafür?«

»Nach dem schrecklichen Film kann ich eine Portion Kitsch wirklich gut gebrauchen«, witzle ich. Meine Wange habe ich auf seine Brust gebettet und warte darauf, dass er mich in seine Gedankenwelt mitnimmt.

»Ich weiß nicht, wie ich es sagen soll, aber da ist so ein Gefühl in mir … das Gefühl, dich schon viel länger zu kennen«, murmelt er in mein Haar und inhaliert meinen Duft. Mein Körper ist neben seinem ganz weich geworden. Da ist keinerlei Anspannung in meinen Muskeln, während ich in seinen Armen liege und sein markantes Profil in der Dunkelheit mustere. Lediglich der Vollmond wirft einen silbrigen Schein auf unsere ineinander verschlungenen Körper, die man heute Nacht nicht einmal mit einem Brecheisen voneinander lösen könnte.

»Natürlich hast du das Gefühl, Aron. Weil du meine Zwillingsflamme bist.«

»Zwillingsflamme? Das Wort lässt ziemlich viel Raum für wilde Spekulationen.«

»Ich habe darüber mal einen Artikel in so einer spirituellen Zeitschrift gelesen, die bei Lucas Kardiologin rumlag. Es soll Menschen geben, bei denen sich ein Gefühl von tiefer Verbundenheit einstellt, wenn sie sich zum ersten Mal sehen. Als hätten sie sich schon einmal getroffen ... nicht am Bahnhof, beim Einkaufen oder im Lieblingsrestaurant, sondern in einem früheren Leben.«

Manche Menschen treffen ihren Seelenmenschen auch in achtzig Jahren Lebenszeit nicht. Und ich? Ich hatte das Glück, gleich zwei Zwillingsflammen in zwanzig Jahren zu finden. Habe ich dafür je genug Dankbarkeit gezeigt? Genug Demut? Gerade glaube ich, dass es niemals genug sein kann.

»Klingt plausibel für mich.« Da ist kein Funke Sarkasmus in seiner Stimme, nur Ehrlichkeit. Ich weiß nicht, ob Aron gläubig ist, aber ich habe sofort gespürt, dass er spirituell veranlagt ist. Spätestens als wir auf dem Skógafoss lagen und über die Nordlichter und Luca gesprochen haben, war mir klar, dass die Welt für ihn nicht nur aus Wissenschaft, nicht nur aus Schwarz oder Weiß besteht, sondern aus all den Nuancen dazwischen.

»Vielleicht kannten sich unsere Seelen wirklich längst, Aron. Nur unsere Körper sind sich noch fremd.« Ich kuschle mich enger an ihn, weil ich jede Lücke zwischen uns schließen will.

»Unsere Körper *sind* sich fremd? Gegenwartsform?« Arons Empörung lässt mich kichern. »Muss ich dich daran erinnern, was wir gerade getan haben?«

»Hmmm«, nuschle ich. »Mein Gedächtnis funktioniert um diese Uhrzeit nicht mehr ganz so gut. Wenn du mich fragst, sollten wir es noch einmal tun. Nur, um wirklich sicherzugehen, dass ich mich morgen daran erinnere.«

Ehe ich michs versehe, hat Aron mich auf seinen Schoß gezogen. Nackt sitze ich auf ihm. Da ist lediglich die dünne, leicht kratzige Tagesdecke über meinen Schultern, die meinen Rücken wärmt.

»Das lasse ich mir sicher nicht zweimal sagen«, raunt er.

Unsere Hände finden einander wie Magneten, die auf ganz natürliche Weise zusammengehören. Sie haben sich selbst über eine Distanz von zweitausend Kilometern gefunden, und inzwischen bin ich mir sicher, dass sie einander gar nicht mehr verlieren können.

»Aron?« Dieses Mal bin ich diejenige, die unsere Stille bricht, weil da eine Frage auf meinem Herzen brennt, die ich unbedingt loswerden muss.

»Ja, Lilly?«

»Glaubst du, dass man im Leben nur einen Seelenverwandten haben darf?« Sobald der Satz meinen Mund verlassen hat, will ich ihn schon wieder zurücknehmen. Die Verbindung zwischen Luca und mir war immer einzigartig, immer auf ihre Weise besonders. So oft habe ich zu ihm gesagt, dass es nie wieder jemanden in meinem Leben geben wird, dem ich mich so nahe fühlen werde wie ihm. In den letzten Monaten vor seinem Tod habe ich es ihm beinahe jeden Tag gesagt.

Es fühlt sich wie ein Verrat an meinem Bruder an.

Luca war mein Zwilling, der Mensch, der seit meinem ersten Atemzug, seit meinem ersten Herzschlag, an meiner Seite war. Die Verbindung zwischen Aron und mir ist anders, aber sie bedeutet mir schon jetzt die Welt. Ich wünschte, Aron wäre der Mensch, der bei meinem letzten Atemzug, meinem letzten Herzschlag, an meiner Seite sein wird.

»Ich glaube nicht, dass es ein Seelenverwandten-Limit gibt, wenn du das meinst. Du kannst zu mehr als einem Menschen eine tiefe emotionale Verbindung haben.«

»Ich hoffe, du hast recht«, sage ich leise. »Da es sich nämlich anfühlt, als wärst du eine Entschuldigung des Universums.«

Aron schluckt, seine Augen sind im Mondlicht tief mit meinen verbunden. Obwohl ich nackt auf ihm sitze, gilt sein Blick nur meinem Gesicht.

»Eine Entschuldigung wofür?«, will er leise wissen. Fast wirkt es, als hätte er Angst vor meiner Antwort, und dabei ist Aron kein sonderlich ängstlicher Mensch.

»Dafür, dass Luca sterben musste.«

Der Satz brennt auch nach Wochen noch wie Säure auf meinen Lippen, aber inzwischen bin ich in der Lage, ihn auszusprechen, ohne sofort in Tränen auszubrechen.

»Vielleicht hat mir das Universum meinen Seelenverwandten genommen und mir dafür einen zweiten geschickt.«

Über Arons Miene huscht ein Schleier aus Gefühlen, die ich nicht richtig fassen kann. Ist da ein kleiner Funken Schuld? Eine Flamme Mitgefühl? Ich sehe, wie sein

Adamsapfel hüpft, als er schluckt. Und ich habe das Gefühl, etwas Falsches gesagt zu haben. Ihn unwissentlich mit meinen ehrlichen Worten in die Ecke gedrängt zu haben. Geht ihm vielleicht alles viel zu schnell? Verdammt, seit wann bin ich so schlecht darin geworden, die Gedanken eines Menschen zu lesen? »Tut mir leid, das war zu viel, oder?«

»Es war nicht zu viel, Lilly. Das ist es nicht.«

»Was ist es dann?«, hauche ich und versuche, mir nicht anhören zu lassen, wie verunsichert ich durch seine Reaktion bin.

Anstatt etwas zu sagen, setzt Aron sich auf. Seine Hände finden meinen Rücken, halten mich fest. Halten mich *fest*, bevor er meine Lippen wieder mit seinen versiegelt. Ich grabe meine Finger in sein Haar, beuge ihm mein Becken dichter entgegen und lasse mich in diesem Kuss fallen.

Dann schlafen wir ein zweites Mal an diesem Abend miteinander. Ich dieses Mal über ihm, er unter mir. Sein Körper, der sich so perfekt mit meinem vereint, als wäre er nur für mich geschaffen worden. Langsam, fast wie in Zeitlupe, sinke ich auf seine Härte und verkeile meinen Blick dabei ganz fest mit seinem. Weil es für mich nichts Intimeres gibt als diesen Blickkontakt, während wir uns einander zum zweiten Mal hingeben.

Seine Hände ruhen auf meinen Hüften. Er füllt mich aus und lässt mich Dinge fühlen, die mir noch immer völlig fremd sind.

»Fuck, Lilly«, raunt er und beißt sich so verführerisch

auf die Unterlippe, dass ich gedanklich einen Screenshot von diesem Anblick mache. »Du hast echt keine Ahnung, wie sehr du mir seit Wochen den Kopf verdrehst, oder?«

Mit einem lautlosen Stöhnen auf den Lippen schüttle ich den Kopf. »Aber ich habe nichts dagegen, wenn du es mir zeigst«, fordere ich ihn heraus. Als Antwort wirbelt Aron mich herum und schiebt sich zurück zwischen meine Beine. Dann dringt er mit einem tiefen Stoß in mich ein, füllt mich völlig mit seiner Lust aus.

»Ich denke an nichts anderes als an dich«, murmelt er und beschleunigt das Tempo, mit dem er mich nimmt. »Und daran, was ich alles mit dir anstellen will.«

Ich grabe meine Nägel tief in das Laken und komme meinem Orgasmus näher und näher. Und dieses Mal erwischt er mich mit solch einer Wucht, dass ich mein Stöhnen nicht länger zügeln kann. Keuchend schlinge ich meine Beine um sein Becken, ziehe ihn ein letztes Mal in mich und spüre sein Pulsieren tief in mir.

»Eine perfekte letzte Nacht auf Erden«, hauche ich und grinse wie ein Honigkuchenpferd, als Aron sich hinlegt und mich an seine Brust zieht.

»Sieh mal nach draußen, Lilly.«

Aron haucht einen Kuss auf meine Schläfe und deutet auf das einzige Fenster in diesem kleinen Raum, der in den letzten Stunden den größten Gefühlen ein Zuhause gegeben hat.

Der Himmel über dem kargen Feld hinter dem Haus explodiert in neongrünen Farben. Vielleicht schon seit einer ganzen Weile, vielleicht erst seit wenigen Sekunden. Mit Aron an meiner Seite wird Zeit relativ.

»Siehst du? Dein Bruder ist nie weit weg, Lilly.«

»Um Himmels willen. Ich hoffe, dass er heute keine Schicht als Nordlicht hatte«, entflieht es mir heiser. »Sonst hätte mein Bruder gerade Dinge gesehen, die er wirklich nicht sehen sollte!«

Wir lachen aus ganzem Herzen.

Wie jedes Mal, wenn wir es tun.

Und diese Nacht mit Aron?

Sie klettert blitzschnell auf Platz eins.

• • •

Ein dumpfes Scheppern lässt mich hochschrecken. Graues Licht fällt in den winzigen Raum hinein, in dem ich mich zum ersten Mal wirklich frei gefühlt habe. Wieder ertönt dieses Geräusch, das ich jetzt eindeutig als Klopfen an der Tür identifiziere.

Mist, wie spät ist es schon?

»Oh Gott, Aron. Wach auf!«

Ich rüttle an seiner Schulter, doch er bewegt sich nicht. Aron liegt auf dem Bauch, die Decke bis zum Ansatz seiner karierten Boxershorts heruntergerutscht. Sein muskulöser Rücken bietet mir eine nette Ansicht, die ich mit dem Donnern im Hintergrund aber leider nicht wirklich genießen kann.

»Aron!«, murmle ich, wieder ohne eine Reaktion zu bekommen.

Panisch sehe ich ihn an, versuche zu erkennen, ob er noch atmet. Das Blut rauscht in meinen Ohren, macht mir das Denken unheimlich schwer. Bilder von Luca in seinen letzten Tagen flackern vor mir auf, versetzen mich in Angst und Schrecken. »Aron!« Ich atme erst erleichtert aus, als ich sehe, dass sich sein Oberkörper in regelmäßigen Abständen ganz leicht hebt und senkt.

Er schläft nur, Lilly. Komm mal wieder runter!

Derweil gibt die Person an der Tür weiterhin alles. Fluchend lasse ich Aron im Bett zurück, schnappe mir meine Jeans und sein Shirt vom Boden, damit ich bei meiner Begegnung mit der Gruselfrau nicht nackt bin. Zögernd drehe ich den Schlüssel und öffne die Tür einen winzigen Spalt.

»Ihr müsst in zehn Minuten auschecken, sonst zahlt ihr drauf!«, pflaumt mich die alte Dame zur Begrüßung an. *Ihnen auch einen guten Morgen, Sie Sonnenschein auf zwei Beinen!*

»Danke für die Info«, sage ich stattdessen und verkneife mir den Rest. »Wir müssen ohnehin gleich weiterfahren, geben Sie uns noch eine Minute.«

Ihr Blick huscht an meiner Schulter vorbei in den Raum. Im Zimmer sieht es aus, als wäre eine Bombe aus Klamotten explodiert, und verdammt, ich habe keine Ahnung, wie wir in zehn Minuten abfahrbereit sein sollen.

Schimpfend und mit einem warnenden Feuer in den Augen schlurft sie davon. Ich schließe die Tür, wische mir gedanklich den Angstschweiß von der Stirn und sehe Aron lächelnd an.

Er hat sich noch immer nicht gerührt. Wie kann man nur so einen tiefen Schlaf haben? Mich würde es schon wecken, wenn im Nebenzimmer eine Haarklammer zu Boden fällt.

Obwohl ich Aron ewig beim Schlafen zusehen könnte, wird mir kaum etwas anderes übrig bleiben, als ihn zu wecken. Ich klettere zurück aufs Bett, küsse sanft die Stelle neben der Narbe auf seinem Schulterblatt und rüttle erneut an ihm.

»Aufwachen, du Schlafmütze«, flüstere ich und atme erleichtert aus, sobald er sich endlich regt. Langsam wie eine faule Schildkröte, die in Zeitlupe ihren Kopf aus dem Panzer schiebt, dreht er sich auf den Rücken.

»Creepy Grandma war gerade da und hat mich unfreundlich daran erinnert, dass wir uns vom Acker machen sollen«, begrüße ich ihn mit einem Flattern im Magen, das definitiv nicht auf meinen Hunger zurückzuführen ist, sondern auf den Sex, den wir heute Nacht hatten. Ganze drei Mal, um genau zu sein, bevor wir völlig ausgeknockt Arm in Arm eingeschlafen sind.

Doch das Grinsen, das ich auf Arons Gesicht erwartet habe, bleibt aus. Stattdessen sieht er aus trüben Augen zu mir auf. Aus dem Flattern in meinem Bauch wird ein unangenehmes Ziehen, das mir in den letzten Monaten so vertraut geworden ist.

Es gefällt mir nicht, dass seine Haut so blass und die Ringe unter seinen Augen heute Morgen so tief sind, aber noch weniger gefällt mir sein Schweigen.

»Ist alles in Ordnung?«, frage ich besorgt. »Du siehst krank aus.«

»Alles gut, ich bin nur erschöpft.« Er fährt sich mit der Hand über das Gesicht, als würde er die Erschöpfung dadurch wie eine Maske von sich nehmen können. Wirklich zu funktionieren scheint es jedoch nicht, denn dieser undefinierbare Schleier bleibt.

»Bist du dir sicher?«

»Ganz sicher, Lilly. Die Nacht war nur sehr, sehr auslaugend.« Aron zwinkert anzüglich, und für einen kurzen Augenblick blitzt die unbeschwerte Art durch die Wolkendecke, welche heute nicht nur seine Laune trübt, sondern auch den Himmel da draußen.

Er scheint zu merken, dass ich mir ernsthafte Sorgen mache, und greift lächelnd nach meiner Hand. Dann haucht er auf jeden einzelnen Fingerknöchel einen Kuss, ohne mich dabei aus den Augen zu lassen.

Doch obwohl Aron alles daransetzt, mich davon zu überzeugen, dass alles in Ordnung ist, lässt mich dieses miese Gefühl nicht los. Ob er bereut, was wir getan haben? Dass wir miteinander geschlafen haben, obwohl er sich wenige Tage zuvor geschworen hatte, es nicht so weit kommen zu lassen?

Johannas Gesicht ploppt vor mir auf. Ihre geröteten Augen, als sie weinend und um ihre Beziehung trauernd auf Arons Bett saß, sehen mich schuldzuweisend an.

Die beiden sind erst seit zwei Monaten getrennt. Vielleicht ist ihm über Nacht klar geworden, dass es ihm mit uns viel zu schnell geht? Dass er immer noch an Jóhanna hängt und gar nicht bereit für eine neue Beziehung ist?

Eine Faust schließt sich bombenfest um mein Herz, das heute Nacht so frei und leicht geschlagen hat. Jetzt liegt es wieder schwer wie ein Betonklotz in meiner Brust und drückt auf meine restlichen Organe. Vielleicht sagt Aron die Wahrheit, und er ist lediglich ein bisschen erschöpft, aber mich lässt das ungute Gefühl nicht los, dass er mir etwas verschweigt. Und dass dieses Schweigen erst der Anfang von unserem Ende sein könnte.

Kapitel 24

Notiz an mich selbst: Schönheit liegt im Auge des Betrachters (außer auf Island)

Schon seit ich denken kann, ist meine Großmutter ein Sprichwort-Katalog auf zwei Beinen. Ihre Weisheiten haben sich bereits tief in mein Gedächtnis gebrannt, da konnte ich kaum einen fehlerfreien Satz sprechen oder fünf Meter laufen, ohne zu stolpern.

Schönheit liegt im Auge des Betrachters, Kindchen.

Ihr absoluter Lieblingsspruch hallt in mir nach, doch auf Island scheinen andere Gesetze zu gelten, denn dieses Sprichwort impliziert, dass Schönheit subjektiv ist. Aber nicht hier.

Es kann einfach keinen Menschen auf dieser Erde geben, der beim Anblick des imposanten Diamantstrandes nicht in haltloses Staunen und absolute Schwärmerei gerät.

Es. Geht. Einfach. Nicht.

Rein biologisch gesehen.

Mit all meinen Sinnen fokussiere ich mich auf diese wunderschöne Landschaft vor mir, die alle Grenzen an

Schönheit sprengt, die mir bekannt waren. Nicht der Himmel ist das Limit, sondern dieser Ort hier.

Der berühmte Diamond Beach stand schon seit Ewigkeiten auf Lucas Bucketlist, und ich hatte mir von ganzem Herzen gewünscht, dass er ihn eines Tages mit eigenen Augen sehen kann. Dass wir ihn gemeinsam besuchen können, sobald er ein neues Herz hat und gesund genug zum Reisen ist.

Tränen trüben meinen Blick, weil ich so traurig bin, dass Luca diesen Strand nicht mehr sehen kann, aber auch dankbar dafür, dass ich mein Versprechen ihm gegenüber halte. *Ich habe es tatsächlich geschafft, Bruderherz. Ich bin hier. Für dich. Mit dir in meinem Herzen.*

Völlig verzaubert betrachte ich die hellblauen Eisbrocken, die wie gigantische Monster aus dem hellen Wasser ragen. Ich kann nicht einmal sagen, was atemberaubender ist: die weit entfernte Gletscherzunge auf der gegenüberliegenden Seite der Lagune oder die kleinen, durchsichtigen Eisfragmente, die glitzernd im flachen Wasser vor mir liegen und eine ungemeine Ruhe ausstrahlen.

Alles an diesem Ort wirkt friedlich. Moosbedeckte Steine, die von ihrer Farbe her an Arons Augen erinnern, geben einen wunderschönen Kontrast zum Blau des Wassers ab und vervollständigen dieses von der Natur gezauberte Kunstwerk.

»Beeindruckend, oder?« Aron hat diesen Strand sicher schon Hunderte Male gesehen, aber seine Faszination ist scheinbar nie verloren gegangen.

»Mir fehlen die Worte, um das hier zu beschreiben«,

wispere ich voller Demut. Island hat sich bis jetzt jeden einzelnen Tag von seiner schönsten Seite gezeigt, egal ob bei Schnee oder Sonnenschein, aber das? Das hier ist mein absolutes Highlight.

»So ging es mir auch. Es ist jedes Mal wie das erste Mal«, antwortet er leise. Er scheint diesen Frieden, der hier herrscht, nicht mit seiner Stimme stören zu wollen. Ehrfürchtig greife ich nach einem der klaren Eisdiamanten, die diesem Ort seinen Namen geben, und betrachte ihn von allen Seiten. Es ist, als hielte man ein Stück Göttlichkeit in den Händen.

Einige Eisbrocken sind von kleineren und größeren schwarzen Adern durchzogen. Reste vulkanischer Asche, verewigt im Eis. In gewisser Weise fühlt sich mein Herz wie einer dieser Diamanten. Mit dem Unterschied, dass die Spuren in meinem Herzen nicht von vulkanischer Asche stammen, sondern von dem Menschen, den ich am meisten auf dieser Welt geliebt habe und den ich mein Leben lang vermissen werde.

Wäre Luca hier, würde er sich kopfüber ins bitterkalte Wasser stürzen und einen so lauten Schrei ausstoßen, dass man ihn bis in die Galaxis hören könnte. Ich habe meinem Bruder nach seinem Tod versprochen, die Welt für ihn zu entdecken, und genau das tue ich.

Mit jedem Schritt über den wohl schönsten Strand der Welt kehrt das überwältigende Gefühl der letzten Nacht zurück in meinen Körper und findet schließlich seinen Höhepunkt, als ich einen dunklen Fleck auf weißem Untergrund wenige Meter von uns entfernt entdecke.

»Oh, mein Gott, da ist eine Robbe!«, quieke ich, versuche aber, dabei so leise wie möglich zu sein, um das arme Tier nicht bei seinem Schläfchen zu stören.

Das Herz schlägt mir bis zum Hals, als ich den Blick schweifen lasse und feststelle, dass die Robbe nicht allein ist. Zwei weitere Kameraden treiben im Wasser neben der Eisscholle, von denen nur ihre rundlichen, zuckersüßen Köpfe zu sehen sind.

Da ich den Berliner Zoo aus Überzeugung mein Leben lang gemieden habe – Tiere sollten für niemanden eingesperrt zur Schau gestellt werden –, habe ich noch nie eine Robbe außerhalb des Fernsehers gesehen.

»Himmel, ich schmelze, Aron! Guck mal, wie sie sich auf den Rücken dreht!« Strahlend vor Glück taste ich nach Arons Jacke und zerre an ihr.

Als seine Reaktion ausbleibt, sehe ich zu ihm hinüber und schlucke schwer. Er blickt mit starrer Miene auf die Lagune, scheint bisher keinerlei Notiz von den fabelhaften Robben genommen zu haben. Schon den ganzen Tag über war er seltsam ruhig und distanziert, weshalb mir sein Verhalten auch jetzt einen Stich versetzt. Mich lässt das Gefühl nicht los, dass er die Nacht mit mir bereuen könnte, dass er *uns* bereuen könnte.

»Ist alles in Ordnung bei dir?«, frage ich ihn zum gefühlt zehnten Mal an diesem Tag. Vermutlich hängt ihm meine Fragerei schon aus den Ohren, aber ich kann auch nicht damit aufhören, bis er endlich mit mir gesprochen hat.

»Ich war seit diesem Tag nicht mehr hier. Es ist … seltsam.« Seine Worte reißen mich gänzlich aus dem Bann der niedlichen Säugetiere. Die Härte auf Arons Gesicht wirkt vollkommen fehl am Platz, denn sie passt weder zu ihm noch zu diesem Ort. Dann macht es irgendwo tief in mir klick, wie die Auslöser der zahlreichen Spiegelreflexkameras, die überall am Strand verteilt stehen.

»Dein Unfall«, flüstere ich. »Es ist hier passiert, habe ich recht?«

Ich habe das Video auf Instagram gesehen, aber mir war nicht klar, dass es am Diamond Beach entstanden ist. Dass seine Träume genau hier in eintausend kleine Partikel zersprungen sind, die sich nun wie zersplitterte Teile eines Spiegels auf dem schwarzen Sand zu unseren Füßen ergießen. Wir stehen buchstäblich auf Arons zerstörten Träumen.

Ob er deshalb den ganzen Morgen über so ruhig gewesen ist? Weil er Angst davor hatte, wieder herzukommen, mir meinen Trip jedoch nicht verderben wollte?

Aron ist ein Mensch, der sich selbst immer in den Hintergrund rückt. Statt ihm mit diesem Ausflug eine Freude zu machen, schleppe ich ihn an den einen Ort, der ihm vor über einem Jahr seine größte Leidenschaft entrissen hat.

Grandios, Lilly, wirklich grandios.

»Es tut mir so leid, Aron. Wenn ich es gewusst hätte, wäre ich nie auf die blöde Idee gekommen, mit dir herzufahren. Lass uns einfach zurückfahren, okay? Wir müssen nicht hier sein, wenn es zu schwer für dich ist.«

Meine Hand findet seine, und ich bin froh, dass ich

den Druck seiner Finger auch durch den Stoff meiner dicken Handschuhe spüre.

»Es ist schon okay, Lilly«, versichert er mir, aber ich weiß nicht, ob ich ihm glauben soll. »Ich kann schließlich nicht ewig vor den Erinnerungen davonrennen, oder? Dadurch kann ich es auch nicht ungeschehen machen. Es ist nur seltsam, wieder hier zu sein, das ist alles.«

Warum glaube ich dir dann nicht? Warum habe ich das Gefühl, dass hinter diesem »Das ist alles« so viel mehr steckt? Dass du mir einen Teil der Wahrheit verschweigst? Vielleicht sogar den allerwichtigsten?

Sanft lasse ich mich gegen seine Brust sinken und sehe gemeinsam mit ihm auf das Eis hinaus. Wie kann etwas so Schönes nur zur selben Zeit so gefährlich sein?

»Danke, dass du trotzdem mit mir hergekommen bist. Das bedeutet mir wirklich viel, Aron.«

Es bedeutet mir die Welt, will ich eigentlich sagen. Aber unser Morgen war seltsam distanziert, und ich möchte Aron nicht bedrängen. Auf keinen Fall will ich die klammernde Freundin spielen, nur weil wir heute Nacht miteinander geschlafen haben.

Ich bin so in meinen Erinnerungen gefangen, dass mir der beißende Wind erst gar nicht auffällt, geschweige denn der Schneefall, der gefühlt von Minute zu Minute stärker wird und alles mit einer Schicht weißem Puder bedeckt.

Die einzigartigen Flocken wirbeln fast schon angsteinflößend durch die Luft, peitschen mir wild ins Gesicht und sorgen dafür, dass ich die Augen zukneifen muss.

»Was zur Hölle ist denn jetzt los?«, frage ich Aron lachend und sehe blinzelnd nach oben ins triste Grau, das heute sicher nicht mehr verschwinden wird, so dicht sind die Wolken gewebt.

»Darf ich vorstellen: der unberechenbare isländische Winter.«

Obwohl mir bitterkalt ist, kann ich nicht umhin, diese Extreme zu genießen. Ich löse mich von Aron, beginne, mich im Kreis zu drehen, genau wie die dicken Schneeflocken, die uns tanzend umgeben.

Innerhalb weniger Minuten hat sich die Sicht so stark zugezogen, dass man kaum noch die eigene Hand vor Augen sehen kann. Es ist faszinierend und beängstigend zugleich, wie so vieles hier. Feuer und Eis halten sich auf dieser Insel an den Händen, als wären sie keine physikalischen Feinde.

»Ich will dir ja wirklich nicht den Spaß verderben«, ruft Aron mir amüsiert über den pfeifenden Wind hinweg zu. »Aber ich glaube, wir sollten langsam zurück ins Auto gehen. Diese Schneestürme können gefährlich werden, und wenn wir Pech haben, schaffen wir es nicht pünktlich zurück nach Vík, bevor die Straßen dicht sind.«

Auch wenn ich nicht bereit bin, diesen zauberhaften Ort schon wieder zu verlassen, weiß ich, dass Aron recht hat. Es ist zu gefährlich, hierzubleiben, immerhin wird die Sicht von Sekunde zu Sekunde trüber, und auch die Fotografen haben längst ihr Equipment eingepackt und sind verschwunden. Wir sind die Letzten hier. Seite an Seite stapfen wir durch den Schnee und steuern den inzwischen leeren Parkplatz an. Auf der Windschutzscheibe von Arons Pick-up hat sich bereits eine dicke Schneeschicht gebildet, genau wie auf unserer Kleidung.

Sobald ich im Wagen sitze, ziehe ich meine inzwischen klammen Handschuhe aus, reibe meine Hände aneinander und kann es kaum erwarten, sie gleich an der Lüftung zu wärmen. Doch dieser Plan zerfällt, als Aron den Schlüssel in die Zündung steckt und alles, was der Motor von sich gibt, ein jämmerliches Rattern ist. Eins von der Sorte »Wo zum Teufel ist die nächste Werkstatt?«.

»Autsch. Das klingt gar nicht gut«, kommentiere ich das Geräusch, obwohl ich von Autos so wenig Ahnung habe wie vom Avocadoanbau in Mexiko.

»Er wird gleich wieder anspringen. Gib dem Motor einen Moment, er ist nicht mehr der Jüngste!« Erneut versucht Aron, den Wagen zu starten. Wieder vergebens. Das Auto will partout nicht anspringen. »Komm schon, Kumpel. Lass uns jetzt nicht im Stich.« Besorgt sieht Aron auf den Parkplatz hinaus, der inzwischen vollkommen vom Schneesturm beherrscht wird. Der Wind ist so heftig geworden, dass der Wagen leicht schwankt, obwohl er mehrere Tonnen wiegt. Langsam bekomme ich Panik.

»Ich sehe mal nach. Vielleicht finde ich ja das Problem.« Bevor Aron die Tür öffnen kann, habe ich meine Hand auf seine gelegt und ihn an mich gezogen. Unsere Lippen streifen einander nur flüchtig.

»Pass auf dich auf, okay?«

»Ich gehe mir nur den Motor ansehen und nicht auf eine dreitägige Expedition zum Vatnajökull, Lilly.«

Aron hat recht, vielleicht bin ich etwas melodramatisch, aber wenn Lucas Tod mich eines gelehrt hat, dann Folgendes: Man sollte keinen einzigen Moment verschwenden. Sag deinem Liebsten, wie du für ihn fühlst, bevor er durch diese eine Tür geht. Umarme deine Freundin ein kleines bisschen fester als beim letzten Mal. Verteile Liebe mit deinen Worten und gehe niemals im Streit auseinander. Du weißt nie, ob du noch einmal die Chance haben wirst, mit dieser Person zu sprechen. Und manchmal bedeutet Liebe, jemandem einfach nur zu sagen, dass er auf sich aufpassen soll.

Arons Nase kitzelt an meiner, bevor er mir noch einen Kuss gibt und aussteigt. Bibbernd reibe ich meine Hände aneinander und versuche, sie mit meinem Atem zu wärmen, während Aron nach dem Übeltäter im Motorraum sucht, doch als er wenige Minuten später wieder in den Wagen steigt, ziert eine steile Falte seine Stirn, die absolut nichts Gutes verheißt.

»Ich kann das Problem nicht finden.«

»Und was machen wir jetzt?« Seit ich hier auf Island bin, war es nie *so* kalt. Meine Gliedmaßen drohen jeden Moment abzusterben, und dabei sind wir noch gar nicht so lang hier. Der Wagen bietet auch nicht unbedingt viel Schutz vor der Kälte, stattdessen verwandelt er sich in ein riesiges Gefrierfach auf vier Rädern.

»Ich rufe uns einen Abschlepper.« Aron zieht mit den Zähnen seinen rechten Handschuh aus, holt sein Handy aus der Tasche seiner Jacke und hält es sich wenige Atemzüge später bereits ans Ohr.

Da er isländisch spricht, verstehe ich kein Wort des Telefonates, aber ich bin mir sicher, dass das Gespräch kein gutes ist. Arons Stimme fegt durch das Wageninnere wie ein Donnergrollen, und als er auflegt, stößt er scharf den Atem aus. Dann schlägt er seine Faust auf das Armaturenbrett.

»Was hat der Abschleppdienst gesagt?«

»Dass der Schneesturm heftiger ausgefallen ist als erwartet und sie gerade niemanden mehr rausschicken können, um uns zu helfen. Offenbar sind wir nicht die Einzigen, die in der Klemme stecken, und die meisten Straßen sind bereits zugeschneit.«

»Mist«, zische ich. »Das ist mein Fehler. Ich hätte vorher den Wetterbericht checken müssen.«

»Das ist nicht deine Schuld, Lilly. Du konntest es nicht wissen.«

»Konnte ich nicht?«, frage ich mit erhobenen Brauen und einem sarkastischen Ton in der Stimme. Wie konnte ich nur so schlecht vorbereitet sein?

»Okay, vielleicht hättest du dich informieren können, aber das bringt uns jetzt auch nicht weiter, oder? Wir kriegen das schon hin. Zusammen. Wenn wir Creepy Grandma überleben, überstehen wir auch das hier.«

Aron versucht, sich nicht anmerken zu lassen, wie beschissen die Situation ist, doch ich durchschaue ihn. Sein Knie wippt nervös unter dem Lenkrad auf und ab, und er massiert nachdenklich seine Nasenwurzel.

»Uns wird leider nichts anderes übrig bleiben, als abzuwarten. Der Mann vom Abschleppdienst hat meine

Nummer notiert und will sich melden, sobald jemand zu uns rausfahren kann. Das kann bei dem Chaos einige Stunden dauern.«

»Stunden?« Diese Frage klebt wie bitterer Belag auf meiner Zunge. Die Vorstellung, bis in die späten Abendstunden hier drin zu hocken, sorgt nicht gerade für brodelnde Glücksgefühle. »Wir können doch keine Stunden hier drinbleiben. Ich friere mir schon jetzt den Hintern ab«, jammere ich.

»Wir könnten uns gegenseitig wärmen wie Pinguine«, schlägt Aron mit einem schelmischen Unterton vor. »Komm dichter.« Aron schält sich bereits aus seiner Jacke.

»Vergiss es, Aron. Ich werde deine Jacke nicht nehmen. Willst du auch wissen, wieso? Weil du dann erfrierst!«

»Ich erfriere nicht so schnell, Lilly. Ich bin diese ...«

»... Temperaturen gewöhnt, ja, ja, ich weiß. Das hast du schon mal gesagt. Aber wir haben keine Ahnung, wie lange wir hier drin festsitzen.«

»Nimm sie wenigstens für ein paar Minuten, okay?« Obwohl sich alles in mir sträubt, lasse ich Aron gewähren, als er mir seine Winterjacke über die Schultern legt und mich anschließend dicht an sich drückt.

»Es tut mir leid, dass dein Trip nicht so gelaufen ist, wie du ihn dir vorgestellt hast«, murmelt er in mein Haar. Ich klammere mich derweil an ihn wie ein Äffchen, versuche, jeden Millimeter Distanz zwischen uns zu eliminieren, damit wir uns aneinander wärmen können.

»Ich weiß wirklich nicht, wovon du sprichst, Aron. Mir geht es blendend! Hast du vergessen, dass ich nicht nur eine, sondern gleich drei dicke – ich korrigiere: wohlgenährte – Robben in freier Natur gesehen habe? Außerdem wollte ich schon immer mal mit einem heißen Isländer während eines gruseligen Schneesturms in seinem Auto festsitzen. Ist doch total romantisch.«

»Heißer Isländer also?« Aron reibt mit seinen Händen über meine Oberschenkel.

»Das ist alles, was du rausgehört hast?«

»Was soll ich sagen? Mein Gehör funktioniert halt sehr selektiv«, erwidert er gut gelaunt. Doch etwas im Klang seiner Stimme verrät, dass ihm die Situation genauso Bauchschmerzen bereitet wie mir.

Kapitel 25

Notiz an mich selbst: Hoffnung kann deine Rettung oder dein Untergang sein (manchmal beides gleichzeitig)

Ein lautes Brummen lässt mich hochfahren, als Arons Handy auf dem Armaturenbrett des Pick-ups vibriert. Bin ich etwa eingeschlafen? Meine Glieder fühlen sich steif und unbeweglich an.

Mein Blick huscht ungeduldig zu Aron, dessen Gesicht zur Fensterscheibe gerichtet ist und der ebenfalls eingeschlafen sein muss. Es gleicht einem Wunder, dass wir bei diesen unterirdischen Temperaturen überhaupt einschlafen konnten. Wir saßen so lange in seinem Auto fest, dass es inzwischen stockdunkel draußen geworden ist. Ich kann nicht einmal erkennen, ob der Schneefall endlich nachgelassen hat, weil um uns herum alles in Schwärze versinkt.

Da Aron sich nicht rührt, greife ich nach seinem Handy und vertippe mich einige Male, weil meine Koordination durch die Kälte ordentlich in Mitleidenschaft gezogen wurde. Beim fünften Versuch schaffe ich es, das Gespräch mit der unbekannten Nummer anzunehmen. Sofort plappert ein älterer Mann mit tiefer Reibeisenstimme auf Isländisch los.

»Entschuldigung?«, unterbreche ich ihn. »Können Sie bitte englisch sprechen?« Meine Lippen sind inzwischen taub vor Kälte.

»Natürlich, Miss. Gehören Sie zu Herrn Ericsson?«

»Absolut«, sage ich eilig und stolpere über meine eigene Wortwahl. *Ich gehöre an Arons Seite, aber das hat er sicher nicht gemeint.* Mir entflieht ein Räuspern. »Und Sie? Sind Sie unser Held vom Abschleppdienst?«

»Absolut«, erwidert der Herr witzelnd. Gott sei Dank!

»Haben Sie schon eine Information darüber, wann Sie uns hier wegholen können?«

»In spätestens einer Stunde ist mein Kollege bei Ihnen. Ich bitte vielmals um Entschuldigung. So lange dauert es normalerweise nie, aber das Unwetter hat heute die komplette Insel in den Klauen.«

Hoffnung flackert in mir auf, gemeinsam mit dem dringenden Wunsch nach einer heißen Dusche und einer Tasse warmem Kakao. Nach den letzten Stunden werde ich mir nie wieder den kalten Winter herbeisehnen, so viel steht fest! Ich bin eher kurz davor, einen Flug nach Spanien zu buchen.

»Sie sind unsere Rettung! Brauchen Sie unseren genauen Standort?« Meine Mundwinkel schmerzen vor Kälte, aber das hält mich nicht von einem erleichterten Lächeln ab.

»Sind Sie auf dem Parkplatz am Diamond Beach?«

»Ja. Wir sind die Einzigen hier, also nicht zu verfehlen.«

»Dann brauche ich keinen Standort. Mein Kollege wird schnellstmöglich bei Ihnen sein, damit Sie ins Warme können. Sollte es länger dauern, wird er sich telefonisch bei Ihnen melden, Miss. Behalten Sie das Handy im Blick.«

»Danke, das werde ich«, flüstere ich und beende das Gespräch mit einem guten Gefühl. Ein gutes Gefühl, das rasant in den Keller stürzt, weil Aron sich noch immer nicht gerührt hat.

Schläft er etwa schon wieder so fest?

Besorgt lasse ich das Handy auf den Sitz fallen und rüttle an Arons Schulter, doch genau wie heute Morgen scheint ihn meine Berührung nicht wirklich zu kümmern.

»Aron?« Meine Finger fahren sanft über seine Wange, die erschreckend kalt geworden ist. Energischer wiederhole ich seinen Namen, damit er endlich wach wird. Ganz langsam bewegen sich seine Lider, aber meine Sorge bleibt, verstärkt sich nur, weil er die Augen kaum offen halten kann.

»Hey«, hauche ich. »Der Abschleppdienst hat angerufen. In einer Stunde ist jemand da, um uns zu holen.« Plötzlich sackt mir das unterkühlte Herz in den Schoß. Irgendetwas stimmt hier nicht.

»Aron«, flüstere ich und klopfe mit der flachen Hand sanft gegen seine kalte Wange, damit er endlich wach wird und mir antwortet. »Hey, ist alles in Ordnung?«

Seine Lippen stehen leicht offen, kein Wort schafft es darüber. Heute Morgen wusste ich bereits, dass irgendetwas nicht stimmen kann, aber ich dachte, dass es an dem fehlenden Schlaf gelegen hat oder an seinen Schuldgefühlen Jóhanna gegenüber.

Wie konnte ich nur so naiv sein?

Das hier ist nichts Seelisches, das ist körperlich.

»Lilly?«

Mir fällt ein zentnerschwerer Stein vom Herzen.

»Oh Gott, Aron. Was ist los?« Noch erlaube ich es mir nicht, zu weinen. Weil ich fokussiert bleiben und herausfinden muss, was ihm fehlt und warum sein Atem so flach geht. »Hast du irgendwo Schmerzen?«

So hilflos habe ich mich erst ein einziges Mal in meinem Leben gefühlt, und ich hatte mir geschworen, diese Lawine an Ohnmacht nie wieder über mich kommen zu lassen. Jetzt begräbt sie mich spielend leicht unter ihrem schweren Gewicht.

»Du …« Es kostet Aron jegliche Kraft, mit mir zu sprechen. »… du musst …« Der Rest des Satzes verliert sich auf dem Weg über seine Lippen.

»Was muss ich, Aron?«

»Elva«, presst er hervor und beginnt, heftig zu husten. Sein Oberkörper bäumt sich auf, nur um anschließend erschöpft zurück gegen den Sitz seines Pick-ups zu sinken. »Ruf Elva an«, flüstert er gequält. »Bitte, Lilly.«

In mir beginnt ein in Ketten gelegter, ängstlicher Löwe zu brüllen.

Was zur Hölle passiert hier?

Was stimmt nicht mit Aron?

Mit zitternden Fingern fische ich wieder nach seinem Handy, entsperre es und suche Elvas Kontakt in seiner Anrufliste. Es piept und piept. Wenige Augenblicke, die sich wie eine Ewigkeit im Fegefeuer anfühlen.

»Komm schon, geh endlich ran!«

Verzweifelt schließe ich die Augen, lege den Kopf in den Nacken und stoße ein Gebet in den Himmel aus. Bitte meinen Bruder um Hilfe, weil ich nicht weiß, was ich sonst tun soll.

»*Hvar ertu, Aron?*« Im Hintergrund hört man das übliche Wochenend-Chaos im *Aska*, was bedeutet, dass Elva heute eine Spätschicht übernimmt.

»Ich bin es!«, platzt es aus mir heraus.

»Lilly?« Anfangs klang mein Name aus Elvas Mund immer wie ein Schimpfwort, doch seit der Cupcakeschlacht hat sich eine fast schon angenehme Neutralität zwischen uns eingependelt. »Warum hast du Arons Handy? Und wo treibt ihr euch herum? Anna kommt schon um vor Sorge, weil er nicht zur Arbeit erschienen ist und ihr nicht in seiner Wohnung seid.«

Warum hat Aron niemandem von unserem Trip erzählt?

»Ich weiß nicht, was ich tun soll, Elva. Irgendetwas stimmt mit ihm nicht. Wir sind am Diamond Beach in den Schneesturm geraten, und sein Auto ist nicht mehr angesprungen. Und jetzt ... jetzt ... oh, mein Gott.«

»Schalt mal einen Gang runter, Lilly. Ich versteh dich kaum, weil die Verbindung so scheiße ist. Jetzt noch mal langsam: Wo. Seid. Ihr?«

»Am Diamond Beach«, flüstere ich und werfe einen panischen Blick zu Aron, dessen Zustand sich nicht verbessert hat. Er sitzt noch immer leichenblass und zusammengesackt neben mir.

»Ihr wart bei dem Sturm am Diamond Beach?«, fragt Elva mit einer Portion Unglauben. »Aron würde niemals bei einer Unwetterwarnung rausfahren. Das passt nicht zu ihm.«

»Es war meine Schuld. Ich habe den Ausflug ohne ihn geplant.«

»War ja klar«, murmelt Elva in dem passiv-aggressiven Tonfall, der jetzt wieder aus ihr herausbricht.

»Wir wollten zurückfahren, bevor der Sturm schlimmer wird, aber … aber das Auto ist nicht angesprungen. Aron hat … hat einen Abschleppdienst angerufen. Das ist inzwischen Stunden her.«

»Stunden?« Ihre Maske bröckelt allmählich, und meine Panik beginnt nun auch ihre Stimmbänder zu benetzen. »Ihr sitzt seit mehreren Stunden in der Kälte fest?«

»Ja«, hauche ich und habe das Gefühl, das Sprechen in ganzen Sätzen verlernt zu haben. Es sind Brocken aus Buchstaben, die ich hervorwürge.

»Fuck! Lilly, hör mir jetzt ganz genau zu, okay?«

Ich nicke so heftig, dass mein Kopf schmerzt.

»Bist du geübt darin, einen Puls zu fühlen?«

»W-Was?«

Warum sollte ich seinen Puls fühlen? Aron ist jung. Er ist sportlich. Er ist gesund. Warum zum Teufel habe ich dann das Gefühl, die ganze Zeit einer Lüge geglaubt zu haben?

»Antworte mir einfach!«

»J-Ja ... J-Ja, ich weiß, wie man einen Puls fühlt.«

»Dann fühl seinen Puls, Lilly! Du musst dich beeilen!«

Wie in Trance gehorche ich, auch wenn ich nichts davon bewusst steuere. In meinem Kopf kreisen nur noch zwei Gedanken: *Was passiert hier? Warum rührt Aron sich nicht? Was passiert hier? Warum rührt Aron sich nicht? Was – zum Teufel in der isländischen Hölle – passiert hier?*

Schluchzend schiebe ich den Kragen seines Pullis zur Seite, damit ich freien Zugang zu seinem Hals habe. Das Blut rauscht so laut in meinen Ohren, dass ich eine Ewigkeit brauche, um mich auf etwas anderes als mein in Trümmern liegendes Innenleben zu konzentrieren.

»Und?«, fragt Elva gepresst.

»Er hat einen Puls.« Ich schluchze erleichtert. »Aber er ist schwach. Er sollte nicht so schwach sein, oder? Was geht hier vor sich, Elva?«

»Trägt er seine Smartwatch?«

»Ich glaube schon«, antworte ich hastig und ziehe den Ärmel an seinem rechten Handgelenk ein Stück nach oben, bis ich die schwarze Armbanduhr entdecke. »Ja, ja, er trägt sie.«

»Gut. Scroll dreimal nach links, bis du seine Notfall-App findest. Ein rotes Kreuz auf weißem Untergrund. Verstanden?«

»Verstanden«, flüstere ich.

»Wenn du drin bist, verständige den Notruf. Das Symbol muss grün leuchten, erst dann wurde der Notruf erfolgreich abgesetzt, und die Sanitäter können euch orten.«

Tränen fließen über meine Wangen, verteilen einen salzigen und zugleich bitteren Geschmack auf meinen bebenden Lippen. Das alles hier muss ein schlechter Traum sein. In Wahrheit liege ich noch immer warm und beschützt neben Aron im Bett. Wir haben die Unterkunft nie verlassen, sind nie hergekommen und nie in diesen dämlichen Sturm geraten.

Und Aron, ihm geht es gut. Das muss es einfach. Wir haben vorhin zusammen gelacht! Haben uns geküsst. Uns gehalten, einander in seinem Auto gewärmt wie Pinguine und Witze gemacht.

»Hat es geklappt?« Ihr Atem am anderen Ende der Leitung geht hektisch, und das macht mir am meisten Angst, weil Elva bis jetzt immer die Coolness in Person war und gerade ganz eindeutig neben mir am Abgrund steht.

»Ja«, sage ich schnell. »Ja, es leuchtet grün.«

»Das nächste Krankenhaus müsste sich in Höfn befinden. Sorg dafür, dass er bei Bewusstsein bleibt, bis der Krankenwagen da ist! Er muss – *unbedingt* – bei Bewusstsein bleiben, hörst du?«

»Warum geht es Aron so schlecht? Er war vorhin noch in Ordnung! Ich verstehe es nicht!«

Ich schreie inzwischen, aber selbst das scheint Aron nicht aus seiner Trance zu holen. Sein Atem bleibt flach, während ich meinen anhalte, als könnte ich damit auch alles Schlechte auf dieser Welt anhalten. Am anderen Ende der Leitung wird es so ruhig, dass ich befürchte, die Leitung sei längst unterbrochen.

»Elva?«

»Fuck«, flucht sie, inzwischen selbst sichtlich durch den Wind und den Tränen nahe.

»Was geht hier vor sich?« Sie soll dieses verfluchte Pflaster mit einem Ruck abziehen, und zwar jetzt. Weil ich es anders nicht ertrage.

»Ich hasse es, dass er mir die Drecksarbeit überlässt«, zischt sie. »Ich habe ihm von Anfang an gesagt, dass es falsch ist, dir nichts zu sagen.«

Vielleicht liegt es an der Unterkühlung, dass ihre Worte in meinen Ohren keinerlei Sinn ergeben wollen, vielleicht ist es auch ein Schutzmechanismus meines eigenen Körpers. Weil er weiß, dass ich diesen Schmerz, der in der Luft des Wagens wie ein Warnschild hängt, kein zweites Mal ertrage. Als Elva mir endlich eine Antwort gibt, bricht etwas in mir unwiderruflich entzwei. Ihre Worte hinterlassen tiefschwarze Spuren in meiner Seele, so wie die Asche in den Eisfragmenten.

»Es ist Arons Herz, Lilly.«

»Was ist damit?«

Bitte, sprich es nicht aus.

Doch sie spricht es aus.

Und. Meine. Welt. Bleibt. Stehen.

»Aron ist herzkrank, Lilly. Nicht Jóhanna.« Ein Riss, gefolgt von einem zweiten und dritten. Bis da so viele

Risse sind, dass kein Kleber der Welt mehr helfen wird, um mich je wieder zusammenzuflicken. »Es war nie Jóhanna.«

Kapitel 26

Notiz an mich selbst: Was das Schlimmste an diesem Schmerz ist? Zu wissen, dass man nichts gegen ihn tun kann

Es gibt Momente im Leben, die sind so einschneidend, dass man sie nie mehr vergisst. Manchmal sind es große Ereignisse, die sich für immer in dein Gedächtnis brennen. Der erste heimliche Kuss auf dem Schulhof hinter der alten Eiche, in die man seine Initialen geritzt hat, das erste Mal verliebt, der erste Verlust, der dich für immer verändern wird.

Doch manchmal sind es die kleinsten Dinge, die sich so tief und schwarz in deine Erinnerungen bohren, dass du sie niemals loswirst, egal wie sehr du es versuchst.

Wie der Anblick von Blaulicht, der sich auf bitterkaltem Schnee spiegelt, oder der Klang dieser drei Worte aus dem Mund eines Menschen, der dich wochenlang belogen hat.

Aron ist herzkrank.

Ein Satz, der innerhalb eines Wimpernschlages den Zauber ganzer Wochen ausradiert, als hätte er zu keiner Sekunde existiert. Ihn auslöscht, niederbrennt, bis nichts außer Asche übrig bleibt. Immer wieder schiebt sich diese Wahrheit mit aller Macht in mein Bewusstsein.

Aron ist herzkrank.

Es war nie Jóhanna.

Elva ist so lange in der Leitung bei mir geblieben, bis der Krankenwagen endlich eintraf. Sie hat mir nicht gesagt, wieso sie nicht auflegen wollte, aber insgeheim glaube ich, dass sie mich nicht alleinlassen konnte. Dabei bin ich genau das: allein. Allein mit diesem fiesen Schmerz in meiner Brust, der einfach nicht nachlassen will, weil die Verletzung zu schwer ist. Das Trauma zu groß.

Dann saß ich im Krankenwagen. Eine wärmende Decke über meinen Schultern, unter der ich mich einfach nur in Luft auflösen wollte. Während Arons Herz wenige Zentimeter neben meinem versagte.

Die beiden Sanitäter durchlöcherten mich mit Fragen, die ich ihnen nicht beantworten konnte, weil ich nicht wusste, was genau Aron fehlte. Weil alles eine Lüge war. In jedem Satz, jedem Kuss, jedem Augenblick der letzten Wochen, der letzten Monate ... hat er mir das Wichtigste verschwiegen.

Die blonde Sanitäterin hat mir die nächsten Schritte erklärt, und in der Zwischenzeit wurde Aron von ihrem Kollegen erstversorgt. Zuerst haben sie seine Sauerstoffsättigung überprüft und festgestellt, dass er es ohne Unterstützung vermutlich nicht bis ins Krankenhaus schafft. Anschließend wurde sein Blutdruck gemessen, genau wie sein Puls, den ich noch immer schwach an meinen kalten Fingerspitzen fühlen kann.

Es fielen medizinische Begriffe, die mich bereits mein ganzes Leben lang begleitet haben wie ein böses Omen, von dem ich dachte, dass ich es inzwischen abgeschüttelt hätte. Aber da waren sie wieder, diese Begriffe, und sie waren beängstigender denn je.

All die Untersuchungen, durch die mein Bruder sich so oft kämpfen musste, waren auf einmal wieder da. Hier, genau vor mir. Nur dass sich jetzt nicht mehr Luca auf dieser Liege befand, sondern Aron. Meine Geschichte wiederholte sich, ohne dass ich es verhindern konnte. Der Weg bis ins Krankenhaus fühlte sich endlos an, und auch jetzt, in den sterilen, weißen Wänden dieser kleinen Klinik in Höfn, ist die alles verschluckende Dunkelheit in mir geblieben.

Die Ärzte haben darauf bestanden, mich ebenfalls zu untersuchen und meine Vitalfunktionen zu kontrollieren, und obwohl ich sie am liebsten angeschrien hätte, mich nicht zu berühren, habe ich still dagesessen und die Prozedur schweigend über mich ergehen lassen.

Nichts davon spielte eine Rolle.

Ich wollte schreien, doch meine Kehle war wie blockiert. Ich wollte auf etwas einschlagen, aber ich konnte mich nicht rühren. Ich wollte weinen, doch meine Tränen waren versiegt.

Ich war leer.

Mein Herz ein trauriger schlaffer Luftballon, auf den in zwanzig Jahren tausend Menschen draufgetreten sind.

Niemals hätte ich gedacht, dass ausgerechnet Aron Ericsson von allen am stärksten zutreten würde.

• • •

»Kann ich reinkommen?«

Elva erscheint im Türrahmen und klopft mit dem Knöchel ihres Zeigefingers an. Ihre sonst so gebräunte Haut ist blass wie der Schnee, in dem sich immer noch das Blaulicht spiegelt. Ich will niemanden sehen, vor allem Elva nicht, aber sie ist im Augenblick die Einzige, die mir alles erklären kann.

Stocksteif sitze ich auf der Bettkante in diesem ungemütlichen Untersuchungszimmer, während sie sich mit dem Rücken gegen die Wand neben dem weißen Medikamentenschrank lehnt. Elva schiebt die Hände in die Taschen ihrer weiten Baggyjeans und presst ihre blassen Lippen fest aufeinander. Eine starre Linie als Symbol für ihre Verlogenheit.

»Ich habe eben mit einer Ärztin gesprochen. Aron ist so weit stabil«, bricht sie die unangenehme Stille zwischen uns. Ich will sie fragen, was zur Hölle ihm fehlt, aber ich kann seinen Namen nicht einmal denken, ohne innerlich ein kleines bisschen zu sterben.

Elvas braune Augen sind rot vom Weinen. In meiner Gegenwart war sie immer die Distanzierte, eine Frau, der niemand etwas anhaben kann. Jetzt zeigt sie zum ersten Mal, dass mehr hinter ihrer Fassade steckt. Das Problem?

Ich will ihre Traurigkeit nicht, ich werde schon von meiner eigenen erdrückt.

»Ihr habt mich angelogen«, sage ich tonlos und beginne, die kleinen Punkte auf dem beigen Linoleum zu zählen, damit ich etwas zu tun habe. Etwas anderes, als zusammenzubrechen, denn das bin ich in den letzten Monaten oft genug.

»Ich weiß nicht, was ich dir sagen soll, Lilly.«

»Wie wäre es mit der Wahrheit?«, erwidere ich harsch und grabe meine Nägel in die Matratze dieses bescheuerten Bettes, auf dem ich gar nicht erst sitzen sollte. Ich sollte nicht in diesem Krankenhaus sein, sollte mir nicht in Dauerschleife Vorwürfe machen. Darüber, dass ich so blind gewesen bin, darüber, zugelassen zu haben, dass Aron mit meinen Gefühlen spielt. Denn genau das hat er getan, indem er beschlossen hat, mir die Wahrheit zu verschweigen. Unser ganzes Kennenlernen basierte auf einer beschissenen Lüge.

»Ich weiß, dass wir keine Freundinnen sind und dass du kein Interesse hast, etwas daran zu ändern, Elva. Und ich weiß auch, dass du mich von Anfang an nicht in Arons Nähe wissen wolltest, aber das ändert nichts daran, dass du mir die Wahrheit hättest sagen müssen.«

»Denkst du, es hat mir Spaß gemacht?«

Ein Schnaufen dringt über ihre Lippen, das mich erschaudern lässt. »Ich weiß ja nicht, ob es dir entgangen ist, aber ich bin eigentlich kein Mensch, der ein Blatt vor den Mund nimmt und jemanden mit Samthandschuhen anfasst. Ich sage, was ich denke, das habe ich schon immer getan!«

Ich rutsche ein Stück zurück, um die Beine an den Bauch zu ziehen und meine Knie zu umarmen. Im Augenblick bin ich alles, was ich habe.

»Hör zu …« Elva ringt sichtlich mit ihrem Ego, das in diesem winzigen Raum keinen Platz zu finden scheint, genau wie meine Verletztheit. »Es war falsch, okay? Aber ich werde nicht bei dir ankommen und mich dafür entschuldigen, dass ich meinem besten Freund ein Versprechen gegeben habe. Ich kenne dich kaum, ihn hingegen kenne ich fast mein ganzes Leben lang.«

Die Matratze neben mir sinkt leicht ein, und als ich aufblicke, sehe ich, dass Elva sich mit klugem Sicherheitsabstand neben mich gesetzt hat. Ihr scheint dieses Gespräch unangenehm zu sein, denn ihre sonst so starke Fassade bekommt die ersten Risse. Zum ersten Mal wirkt sie nahbar auf mich.

»Wieso solltest du ihm dieses Versprechen überhaupt geben?« Mir ist klar, dass meine Wut eigentlich nicht ihr, sondern Aron gilt. Dem Mann, der mich so lange Zeit im Dunkeln tappen ließ und in dem ich naiv mein Licht gesucht habe. »Wieso hat er mich belogen?«

»Das muss er dir schon selbst erklären, Lilly. Es ist nicht meine Aufgabe, seine Entscheidungen vor dir zu rechtfertigen.«

Mit geschlossenen Augen warte ich darauf, dass der Albtraum endlich endet. Gleich wache ich auf, und alles ist wieder in Ordnung. So in Ordnung, wie eine Welt ohne Luca eben sein kann. Aron wird mich in den Arm nehmen und mir versichern, dass er gesund ist. Dass sein Herz gesund ist.

Aber ich wache nicht auf.

Ich bleibe hier.

In diesem Krankenhaus, das tausend Erinnerungen zurückbringt. An die Hoffnung, die Aussichtslosigkeit, an Lucas Kampf.

»Wie lange ist er schon krank?«

»Er hat die Diagnose am Tag nach dem Unfall erhalten.« Elvas Hand ruht zwischen uns auf der Matratze und zuckt leicht in meine Richtung, als würde sie tatsächlich darüber nachdenken, sie auf meine zu legen.

Und obwohl wir uns nicht sonderlich gut verstehen, würde ich sie so gerne nehmen, um mich nicht so allein zu fühlen. Aber ich kann nicht. Arons Unfall ist ein Jahr und zwei Monate her. Sechs Monate später hat er mir die erste Nachricht im Forum geschrieben.

Er hat mich belogen, während wir auf dem Skógafoss lagen und ich ihn beinahe geküsst hätte. Er hat mich belogen, als er mit mir unter der Dusche stand und ich ihm anschließend aus Lucas Tagebuch vorgelesen habe. Und er hat mich belogen, während er letzte Nacht mit mir geschlafen hat. Dreimal!

»Aron ist an diesem Tag nicht einfach nur gestürzt, Lilly. Er wurde auf dem Board ohnmächtig und hatte einen Herzstillstand.« Elvas Stimme klingt auf einmal matt und kraftlos. Mit einer Mischung aus Mitgefühl und Angst sehe ich Elva an. Diese Frau, die nie um einen frechen Spruch verlegen ist und jetzt so gebrochen neben mir sitzt.

»Ich war diejenige, die ihn zurückgebracht hat.«

»Zurück?«, hauche ich.

Eine Pause entsteht, wie vorhin am Telefon, bevor sie mir das Herz aus der Brust gerissen hat. Ihre Worte die Abrissbirne, die nichts als Schutt in mir hinterlassen haben.

»Zurück ins Leben. Ich habe ihn reanimiert«, sagt sie leise, fast schon flüsternd, und fokussiert dabei einen Punkt an der gegenüberliegenden Wand. »Ich erinnere mich nur noch verschwommen an den Moment, in dem mir klar wurde, dass Aron in ernsten Schwierigkeiten steckt. Daran, wie es war, ihn aus dem Wasser zu ziehen, seine blauen Lippen zu sehen.« Ihr Atem rasselt. »Nachdem meine Mutter gestorben ist, dachte ich, dass ich mich nie wieder so hilflos fühlen würde. Dem Leben ausgeliefert. Ich war so naiv.« Elva hat Aron das Leben gerettet, so wie ich um jeden Preis diejenige sein wollte, die Lucas Leben rettet.

Vermutlich sollte ich an dieser Stelle etwas sagen, aber ich bin immer noch so leer. Die Wut ist verschwunden, hat sich im hellen Licht der Neonröhre über unseren Köpfen in Staub aufgelöst. Weil wütend sein Kraft kostet und ich diese Kraft nicht mehr habe. Sie liegt zersplittert am Diamond Beach, direkt neben Arons Träumen und all den Diamanten aus Eis.

»Er hat sich am Eis verletzt und musste operiert werden«, fährt Elva krächzend fort, nachdem sie sich gesammelt hat. »Nach der OP wollten die Ärzte herausfinden, warum es überhaupt erst zu diesem Unfall gekommen ist. Aron war jung, sportlich und hatte nie gesundheitliche Probleme. Während der Untersuchungen wurden dann beunruhigende Rhythmusstörungen bei ihm entdeckt. Es kam heraus, dass sein Herz nicht in Ordnung ist.«

»Wie krank ist er?« Am liebsten würde ich aus diesem Zimmer stürmen oder meinen Kopf unter dem Kissen vergraben, damit ich ihre Antwort nicht hören muss. Ich will nicht wissen, wie schlecht es um ihn steht, weil ich mir dann eingestehen müsste, dass ich ihn brauche. Dass ich ihn nicht auch noch verlieren darf. Dass ich keinen zweiten Verlust überleben würde.

»Sehr krank, Lilly. Es ging ihm in letzter Zeit zwar viel besser, und er war stabil, aber es war nur eine Frage der Zeit, bis sich sein Zustand wieder verschlechtert. Ich bin echt meilenweit davon entfernt, eine Medizinerin zu sein. Aron hat es mir so erklärt, dass seine Herzmuskelzellen schwinden und im weiteren Verlauf durch Fett- und Bindegewebe ersetzt werden.«

Mit jedem ihrer Worte gewinnt dieser Albtraum an Konturen, an Schatten dazu. Weil es jetzt real wird, weil ich mir jetzt nicht mehr einreden kann, dass alles gut wird.

»Aron wollte es nicht wahrhaben. Er konnte nicht verstehen, wieso sich sein Leben auf einmal um einhundertachtzig Grad drehen sollte, obwohl er doch so jung und gesund war. Gott, er hat bis heute keinem Herzschrittmacher zugestimmt, obwohl es sein Leben so viel besser machen würde. Vielleicht schätzt man ihn auf den ersten Blick nicht so ein, aber er kann ein verdammt sturer Esel sein.«

Alles hieran erinnert mich so schmerzlich an meinen Bruder, dass ich mir am liebsten die Haut vom Körper ziehen würde.

»Als du in der Lodge vor mir standest, hatte ich erst keine Ahnung, wer du bist. Ich wusste ja nicht einmal, dass Aron jemanden im Internet kennengelernt hatte. Seit der Diagnose hat er so vieles für sich behalten, hat sich immer weiter zurückgezogen. Von mir. Von seiner Mutter. Aber am allermeisten von Jóhanna. Die beiden haben sich ständig gestritten, weil Aron es gehasst hat, von ihr mit Samthandschuhen angefasst zu werden. Er wollte nicht anders behandelt werden als vor der Diagnose, aber Jóhanna konnte nicht einfach so tun, als wäre alles beim Alten. Sie hat ihn mit ihrer Sorge regelrecht erdrückt. Vielleicht hat er sich deshalb in diesem Forum angemeldet. Weil er sich nicht mehr so fühlen wollte. Und vielleicht warst du deshalb auch die Einzige, die eine wirkliche Verbindung zu ihm hatte. Weil du die Wahrheit nicht kanntest.«

»Hast du mich deshalb wie Dreck behandelt? Weil du eifersüchtig auf mich warst?« Mit zusammengezogenen Brauen sehe ich Elva an, die heute Nacht zum ersten Mal kein Felsen ist, an dem ich mich so oft blutig gestoßen habe.

»Keine Ahnung. Vielleicht war ich eifersüchtig, ja.

Nicht, weil ich romantische Gefühle für Aron habe, sondern weil er mein bester Freund ist, verstehst du? Nach dem Unfall hat er aufgehört, mit mir zu sprechen, und frisst seitdem alles in sich hinein. Als ich erfahren habe, wie nahe ihr euch steht, sind bei mir ein paar Sicherungen durchgebrannt. Jóhanna ist seit Jahren meine engste Freundin, und ich konnte nicht mitansehen, wie er sie von sich stößt und dir gleichzeitig immer näher kommt. Es hat sich einfach so falsch angefühlt, euch so vertraut zu sehen.«

»Ich glaube, das verstehe ich sogar«, wispere ich. »Aber das heißt nicht, dass die Art und Weise, wie du mich behandelt hast, in Ordnung war.«

Sie schiebt sich eine Strähne aus dem Gesicht und beginnt, den schwarzen Nagellack nervös von ihren Nägeln zu kratzen, so wie ich gern meine Erinnerungen an die letzten Stunden aus meinem Hirn kratzen würde.

»Als Aron mir an deinem ersten Abend in der Lodge erzählt hat, woher ihr euch kennt und dass du nichts von seiner Krankheit weißt, war ich so unglaublich wütend. Auf dich, obwohl ich dich nicht kannte und ich normalerweise nicht so voreingenommen bin. Auf Aron, weil er mich angefleht hat, sein Geheimnis zu wahren, bis er den Mut fassen kann, es dir selbst zu sagen. Auf diese verfickte Welt, die mir erst einen Bruder wie ihn geschickt hat, um ihn mir dann fast wieder zu entreißen. Du hast die volle Breitseite von mir abbekommen, und na ja ... ich schätze, jetzt entschuldige ich mich irgendwie doch bei dir. Auch wenn ich darin ziemlich mies bin.«

»Danke«, flüstere ich. »Danke, dass du jetzt so ehrlich zu mir bist. Ich bin immer noch wütend, aber ich weiß, dass es nicht deine Entscheidung war.«

Sie nickt fast unmerklich.

»Aron war der festen Überzeugung, dass es besser für dich ist. Dass er dich damit beschützt. Und du weißt ja selbst, wie überzeugend Aron sein kann, wenn ihm etwas wichtig ist.«

»Ehrlich gesagt weiß ich gar nichts mehr. Mittlerweile glaube ich, Aron gar nicht richtig zu kennen. Alles, was ich über ihn gedacht habe, fällt gerade in sich zusammen.«

»Ich verstehe deine Wut, das tue ich wirklich. Trotzdem ist Aron kein schlechter Mensch. Im Gegenteil. Er ist der beste Mensch, den ich kenne, auch wenn er manchmal Entscheidungen trifft, die absolut beschissen sind. Aber tun wir das nicht alle mal? Schlechte Entscheidungen gehören doch dazu.«

Aron hat mir nach unserem Streit am schwarzen Strand etwas Ähnliches gesagt. *Ich habe viele schlechte Entscheidungen in meinem Leben getroffen, Lilly.* Ob er damit auf seine Lügen angespielt hat?

Ein Klopfen an der Tür unterbricht unser Gespräch. Dieselbe Ärztin, die vorhin meine Vitalfunktionen überprüft hat, betritt jetzt den Raum. Auf ihren rosigen Lippen trägt sie ein freundliches Lächeln, das ich nicht erwidern kann, selbst wenn ich es will, weil sie wirklich nett zu mir war.

»Ich wollte Ihnen Bescheid geben, dass Ihr Freund

nun stabil ist. Da wir nur ein kleines Krankenhaus ohne kardiologische Fachstation sind, wird er morgen früh nach Reykjavík verlegt und dort von seinen Stammärzten behandelt.«

»Dürfen wir zu ihm?« Elvas Worte überschlagen sich fast, ich hingegen wäge ab, ob ich schon stark genug dafür bin, ihm unter die Augen zu treten. Die Antwort: Bin ich nicht. Keine Ahnung, ob ich es je sein werde.

»Ja, aber Sie sollten ihn nicht gleich überfordern und vielleicht getrennt zu ihm gehen. Sein Herz hat heute einige Strapazen über sich ergehen lassen müssen, und er braucht jetzt vor allem Ruhe.«

Verständnisvoll nickt Elva. Ich wende den Blick ab und rupfe gedanklich die weißen Blüten eines Gänseblümchens, so wie ich es damals in der ersten Klasse gemacht habe, um herauszufinden, ob Mama mich noch liebt. Nur dass das Ergebnis dieses Mal so viel wichtiger zu sein scheint. Weil Aron für mich so viel wichtiger geworden ist, als ich je für möglich gehalten hätte.

Ich will ihn sehen.

Ich will ihn nicht sehen.

Ich will ihn sehen.

Ich will ihn nicht sehen.

Ich will, aber ... ich kann nicht.

»Wir werden ihn nicht überfordern. Danke, Doc.«

Sobald die Ärztin das Zimmer wieder verlassen hat, hängt betretenes Schweigen wie eine Gewitterwolke in der Luft. Ich weiß nicht, was ich Elva sagen soll, und ihr scheinen ebenfalls die Worte ausgegangen zu sein.

Auf der einen Seite will ich nichts lieber, als mich mit eigenen Augen zu versichern, dass es Aron besser geht. Aber der Schmerz sitzt zu tief, an einer Stelle, die vielleicht niemals ganz verheilen wird. Ich hasse diese Hilflosigkeit, die Erkenntnis, nichts tun zu können, um diesen Schmerz in mir zu stoppen. Aron war wie ein Silberschweif am Horizont, doch jetzt ist da wieder nur triste Schwärze.

Die erste Träne tropft auf meinen Schoß, sickert in den Stoff meiner Hose. Elvas Hand rutscht wieder auf die Matratze zwischen uns, und ehe ich realisiere, was passiert, hat sie meine gegriffen. Ihre warmen Finger pressen sich gegen meine, und ich lasse sie gewähren, weil ich gerade dringend jemanden an meiner Seite brauche.

»Ich weiß, dass ich dir in den letzten Wochen das Gefühl gegeben habe, wir könnten keine Freundinnen werden. Vielleicht stimmt es auch, und wir sind viel zu verschieden, als dass es funktionieren könnte. Aber ... na ja, du bist Arons Freundin, also bist du irgendwie auch meine. Wenn du willst, heißt es.«

Ich schaffe es nicht, Elva zu sagen, wie viel mir ihre Worte bedeuten, aber ich schaffe es, ihre Hand fester an meine zu drücken. Das muss für den Moment als Antwort reichen.

»Elva?«

»Ja, Lilly?«

Lilly, nicht Blondie. Vielleicht sind wir wirklich auf dem richtigen Weg.

»Danke, dass du Arons Leben gerettet hast.«

Kapitel 27

Notiz an mich selbst: Wenn wir alle einsam sind, ist damit niemand von uns allein, oder?

»Was meinst du? Ist heute der große Tag, an dem du diesem armen Stuhl eine Pause von deinem Hintern gönnst?« Elva lässt sich auf den Platz neben mir fallen und reicht mir einen Pappbecher mit dampfend heißem Kaffee, den ich wie meinen größten Schatz an mich reiße.

»Du bist die beste Kaffeedealerin der Welt«, nuschle ich und nehme einen vorsichtigen Schluck. Elva antwortet wie so oft, wenn wir uns unterhalten: mit einem genervten Schnauben. Inzwischen weiß ich, dass dieses Geräusch zu ihrem Wortschatz gehört und nicht immer negativ gemeint ist.

»Du lenkst schon wieder vom Thema ab, Lilly. Nun sag schon, wirst du heute endlich mit ihm reden?«

Zweiundsiebzig Stunden.

So lange ist es her, dass meine Welt zum zweiten Mal in lichterlohen Flammen aufgegangen ist und all die Fortschritte, die ich in den letzten Wochen während meiner Reise zu mir selbst gemacht habe, einfach zunichtegemacht wurden. Aufgegangen in Rauch, als hätte es sie nie gegeben. Und seit zweiundsiebzig Stunden gehe ich der Konfrontation mit Aron aus dem Weg, weil ich nicht weiß, wie ich mit ihm umgehen soll.

»Du ignorierst also einfach weiter fröhlich meine Frage? Bravo, Blondie!« Elva lehnt sich zurück, nippt an ihrem Krankenhauskaffee und starrt mit mir an die Decke des Wartebereichs. Man könnte sagen, wir sind gemeinsam einsam. Denn auch wenn sie es zu verstecken versucht, ist nicht zu übersehen, wie sehr sie Arons gesundheitlicher Zustand mitnimmt und dass sie sich genauso allein und hilflos fühlt wie ich mich.

Am Morgen nach seinem Zusammenbruch wurde Aron mit einem Hubschrauber ins *Landspitali*-Krankenhaus in Reykjavik verlegt, um hier von den besten Spezialisten des Landes behandelt zu werden. Als Elva mich fragte, ob sie mich mitnehmen solle, habe ich nicht gezögert. Auch wenn ich noch nicht bereit bin, mit Aron zu sprechen, konnte ich nicht *nicht* mitgehen. Weil ich es nicht übers Herz bringe, einfach ohne ein Wort zu verschwinden. Seitdem befinde ich mich in einer Art Zwischenwelt. Mit einem Bein in dem Leben, das ich mir auf dieser Insel und an seiner Seite in den schönsten Farben ausgemalt habe, und mit dem anderen in der bitteren Realität, die mich so sehr an mein Leben in Deutschland erinnert. An zu Hause erinnert. Und somit an all das, was ich hinter mir lassen wollte und was mich allmählich wieder einholt. Ich drehe den hellbraunen Deckel meines Kaffeebechers nervös von links nach rechts und sammle meine Gedanken. Dabei bräuchte es schon einen ganzen

Aufräumtrupp, um den Mist in meinem Kopf auszusortieren.

»Ich glaube einfach nicht, dass ich ihm schon gegenübertreten kann. Es schmerzt zu sehr.« Wer hätte gedacht, dass Elva und ich eines Tages Seite an Seite sitzen und über unsere *Gefühle* reden würden? Ich, noch immer in Arons Jacke eingewickelt, die ich seit Tagen nicht ausgezogen habe, und Elva in ihrem schwarzen Jogginganzug. Im Gegensatz zu mir war sie nämlich schon zu Hause und konnte sich umziehen, während ich langsam, aber sicher zu müffeln anfange.

»Hey, ihr Mäuse.« Arons Mutter taucht hinter mir auf, und ihre bloße Anwesenheit sorgt dafür, dass ich mich am liebsten ganz tief in mein Schneckenhaus zurückziehen würde. Nicht, weil ich ein Problem mit Anna habe – ganz im Gegenteil –, sondern weil ich mich ihr gegenüber schuldig fühle. Ich habe nichts falsch gemacht, aber dieses Gefühl ist wie ein Parasit, der sich nichts aus Logik macht. Ich lasse ihren Sohn im Stich, jede Sekunde, in der ich mich dagegen entscheide, von diesem unbequemen Stuhl aufzustehen und endlich zu ihm zu gehen.

»Willst du dich setzen?« Bevor Elva ihre Frage überhaupt ausgesprochen hat, ist sie bereits aufgesprungen, um Anna Platz zu machen.

»Das wäre wunderbar. Ich will ohnehin kurz mit Lilly reden.« *Scheiße, Scheiße, Scheiße!*

»Klar. Ich muss eh noch mal los. Mir ... Ketchup kaufen. Und einen Hund. Und Tampons! Ja, genau. Ich brauche wirklich ganz dringend Ketchup, einen Hund und Tampons. In genau dieser Reihenfolge.«

»Du hast schon einen Hund«, erinnere ich El augenrollend, weil ihr Ablenkungsmanöver so durchschaubar ist wie Klarsichtfolie.

»Na und? Man kann nie genug Hunde haben, oder?« Elva verzieht ihr Gesicht zu einem Lächeln, drückt Anna im Vorbeigehen einen Kuss auf die Wange und verschwindet über den Krankenhausflur in Richtung Fahrstuhl.

Arons Mutter nimmt neben mir Platz und legt mir mütterlich eine Hand auf den Unterarm. Seit drei Tagen versuche ich, dieser Frau aus dem Weg zu gehen, weil es so verflucht wehtut, in ihre grünen Augen zu sehen, die denen ihres Sohnes so ähnlich sind. Jetzt scheine ich mein Versteckspiel endgültig verloren zu haben und mich zumindest ihr stellen zu müssen.

»Was ist zwischen euch passiert, *Elskan*?«

»Er hat es dir nicht erzählt?« Verwundert sehe ich sie an und erhasche das wohl traurigste Lächeln, das je ein Mensch mit dieser Welt geteilt hat. Zum ersten Mal, seit ich diese Frau kenne, sehe ich geradewegs in ihre schmerzende Seele hinein. Ihr Sohn ist krank, sein Herz versagt. Dasselbe Herz, das irgendwann einmal als kleiner Punkt in ihrem Bauch zu schlagen begann und von der ersten Sekunde an unwiderruflich mit ihrem verbunden war. Ich mag mir nicht ausmalen, wie es sein muss, mitanzusehen, wie das eigene Kind vor deinen Augen erkrankt, und nichts dagegen tun zu können.

Die Gesichter meiner Eltern blitzen vor mir auf, wollen mit aller Macht von mir gesehen werden. Ich schiebe sie von mir, so wie sie mich ein Leben lang von sich geschoben haben. Ich darf gerade nicht an sie denken, geschweige denn an Luca oder daran, dass ich noch einen Menschen verlieren könnte, der meine triste Welt bunter gemacht hat.

So viel bunter passt eher.

»Mein Sohn hört sich zwar gerne selbst reden, aber nicht, wenn es dabei um ihn geht. Geschweige denn darum, wie es wirklich in ihm aussieht.« Arons Mutter drückt meine Hand fest. »Ich weiß nicht, was genau zwischen euch vorgefallen ist. Was ich weiß, ist, dass es schlimm gewesen sein muss, wenn du dich seit drei Tagen weigerst, mit ihm zu sprechen, und trotzdem noch immer seine Jacke trägst.«

»Ich bin ein schlechter Mensch«, stelle ich schluckend fest. Aron ist nur wenige Schritte von mir entfernt, in einem dieser deprimierenden Zimmer auf der anderen Seite des Flures. Aber ich schaffe es einfach nicht, mich zu überwinden und zu ihm zu gehen. Weil manche Schatten zu hoch, zu beängstigend sind, um sie zu überspringen. *Dieser Schatten könnte der größte von allen sein, Luca. Was soll ich nur tun? Was würdest* du *tun?*

»Du bist seit drei Tagen hier, Lilly.« Sie seufzt. »Seit drei Tagen hast du diesen Wartebereich nur verlassen, wenn du dich vor Aron verstecken wolltest. Du bist nicht einmal nach Hause gefahren, um etwas zu essen oder zu duschen. Geschweige denn, dich mal in einem richtigen Bett auszuruhen. Dir muss doch schon alles wehtun!«

»Ich stinke, oder?«, frage ich sie mit einem schmalen, etwas empörten Lächeln auf den Lippen, das sie umso breiter erwidert. Gott, sie ist wirklich die liebevollste Mutter auf diesem Planeten. Was würde ich dafür geben, ein Teil ihrer Familie zu sein?

»Was ich damit ausdrücken möchte: Niemand zwingt dich, hier zu sein, und trotzdem bist du da. Glaubst du wirklich, dass ein schlechter Mensch noch hier wäre?«

»Ja«, flüstere ich. »Nein«, setze ich hinterher. »Vielleicht?«

»Mein Sohn braucht dich jetzt, Lilly. Seit seiner Diagnose gab es nur wenige Dinge, die ihm geholfen haben, das alles zu verarbeiten. Die Arbeit in der Werkstatt zum Beispiel. Sie erdet ihn, hilft ihm, sich abzulenken und nicht die ganze Zeit in Angst davor zu leben, wann sein Zustand schlechter wird.«

»Was hat das mit mir zu tun?«

»Alles«, sagt sie mit einem weisen, wissenden Lächeln auf den Lippen, das dennoch an Verzweiflung kaum zu überbieten ist. Das Lächeln einer Mutter, die weiß, dass sie jederzeit ihr eigenes Kind verlieren könnte, scheint die Traurigkeit der ganzen Welt in sich zu vereinen. Es tut fast schon körperlich weh, sie so zu sehen.

»Weil du ihm dieselbe Ruhe schenkst, Lilly. Wir alle brauchen jemanden, den wir aus ganzem Herzen lieben können und der uns bedingungslos zurückliebt. Liebe ist alles, Liebe ist unser Sauerstoff, unser Antrieb. Nur durch sie können wir heilen.«

»Manchmal reicht Liebe aber nicht aus!«, erwidere ich verletzt und mit zusammengepressten Zähnen. Mein Bruder ist gestorben, obwohl ich ihn über alles geliebt habe, mehr als mein eigenes Leben, mehr, als ich jemals wieder lieben kann. Ihn konnte die Liebe nicht heilen, und genauso wird sie auch Aron nicht wie durch Zauberhand wieder gesund machen können. So naiv war ich als sechsjähriger Knirps vielleicht, aber nicht mehr heute.

»Vielleicht hast du recht, und ich bin eine hoffnungslose, leicht senile Romantikerin.« Ihr Daumen fährt sanft über meinen Handrücken, malt beruhigende Kreise auf meine Haut. »Aber es bricht mir das Herz, zu sehen, dass du hier draußen auf Aron wartest und er dort drinnen auf dich, Lilly. Niemand weiß, wie es weitergehen wird. Ob mein Sohn dieses Krankenhaus in absehbarer Zeit wieder verlassen kann oder länger hierbleiben muss.« Ohne dass sie ihre wahren Gedanken laut ausspricht, kann ich sie dennoch hören. Sie hat wahnsinnige Angst davor, ihren Sohn für immer zu verlieren.

Gemeinsam versinken wir in Schweigen, halten einander bei den Händen. Hin und wieder kommt eine Schwester vorbei, die uns warmherzig mustert. Niemand spricht uns an, weil es so offensichtlich ist, dass es nichts zu sagen gibt, das die Situation besser machen könnte.

»Hat Aron dir eigentlich je von seinem Vater erzählt?«, nimmt Anna unser Gespräch wieder auf.

»Er hat nie über ihn geredet, nein.«

»Rafael hat uns verlassen, bevor Aron das Licht der Welt erblickt hat. Er hat mir nie erklären können, warum er gegangen ist. War er überfordert? Hatte er Angst davor, Vater zu werden? Angst vor der Verantwortung, die damit einherging? Oder war da einfach keine Liebe mehr zu mir, die ihn an meiner Seite gehalten hat?« Ihre Augen stehen unter Wasser, während sie von Arons Vater spricht. »Versteh mich nicht falsch. Ich bin mir sicher, dass er seine Gründe hatte, aber ich konnte so lange Zeit nicht abschließen, weil ich ebendiese Gründe nicht kannte. Weil er einfach gegangen ist, ohne ein Wort der Erklärung. Hätte es weniger geschmerzt, wenn ich sie gewusst hätte? Vielleicht, vielleicht auch nicht. Aber es wäre leichter gewesen, loszulassen, davon bin ich überzeugt.«

Ich verspüre den dringenden Wunsch, sie in meine Arme zu ziehen und festzuhalten.

»Ich bitte dich nicht darum, hier auf Island zu bleiben, *Elskan*, denn das wäre dir gegenüber nicht fair. Aber ich bitte dich von ganzem Herzen um eins: Lass meinen Sohn nicht wortlos zurück. Es gibt kaum etwas Schlimmeres als einen Abschied, der keiner ist. Ihm bleibt vielleicht nicht mehr viel Zeit …«

Ihre Stimme bricht, genau wie diese eiserne Mauer, die ich um mein Herz gezogen habe wie einen Schutzwall. Ich will etwas sagen, um ihr einen Teil dieses Schmerzes zu nehmen, doch Anna ist genauso schnell verschwunden, wie sie gekommen ist. Hinterlassen hat sie nur ihre Bitte, die mir die Luft abschnürt, eine erdrückende, alles verschluckende Leere.

Wie versteinert sitze ich auf meinem Platz. Der Kaffeebecher verbrüht mir noch immer beinahe die Hand, aber ich schaffe es auch nicht, ihn loszulassen. Weil ich im Loslassen noch immer ein Orca bin und es so verdammt schwer ist, etwas daran zu ändern. Wie lässt man los, wenn man sein Leben lang einfach nur festgehalten werden wollte? Es gibt keinen Knopf, den man drücken kann, keinen Schalter, den man einfach umlegt, und plötzlich lässt man all das los, was einen am Leben gehalten hat. Oder ich habe einfach nicht gründlich genug nach diesem Schalter gesucht.

Seit Aron in den Krankenwagen getragen wurde, ist mein Zeitgefühl zerstört, und Minuten fühlen sich wie Jahre an. Deshalb weiß ich nicht, wie lange ich hier in diesem sterilen Wartebereich sitze, trauernde Menschen kommen und wieder gehen sehe. Mein Handy reißt mich aus meinen Gedanken, und als ich sehe, dass ich eine neue Nachricht empfangen habe, beiße ich mir die Wange von innen blutig.

Weil *er* mir geschrieben hat.

Dort, wo alles angefangen hat.

Bei *stronghearts*.

Am liebsten würde ich mein Handy im hohen Bogen von mir schleudern, damit ich gar nicht erst in Versuchung komme, diese Nachricht zu öffnen. Aber die Worte seiner Mutter sind wie ein Nebel um mich herum, lassen mir keine andere Möglichkeit, als das Handy in der Hand zu behalten. Sie hat recht. Ich würde es mir niemals verzeihen, Aron zu verlassen, ohne ihn angehört zu haben.

Also befolge ich den Rat meines großen Bruders und springe. Ich springe, so hoch und weit ich kann, indem ich Arons Nachricht öffne.

Kapitel 28

Notiz an mich selbst: Nicht nur Albträume sind aus Traurigkeit gemacht

aron: ich weiß nicht, ob du diese nachricht jemals lesen wirst und ob du hier überhaupt noch aktiv bist, aber ich ertrage diese laute stille zwischen uns nicht länger, lilly. ich ertrage es nicht, zu wissen, dass du da draußen bist und es dir so schwerfällt, mir in die augen zu sehen. zu wissen, dass du nur wenige meter von mir entfernt bist und ich dich trotzdem nicht in den arm nehmen, dich halten kann. ich habe dein schweigen verdient, das weiß ich, so wie du eine erklärung verdient hast, auch wenn sie viel zu spät kommt. acht monate zu spät. es war nie meine absicht, dir wehzutun. ich habe immer das genaue gegenteil versucht. nach meinem unfall war ich krampfhaft auf der suche nach antworten. auf der suche nach etwas, das mich ablenkt. die diagnose hat nicht nur

mein leben auf den kopf gestellt, sondern auch das leben meiner familie. das meiner mutter, meiner freundin und meiner freunde. ich kann dir nicht sagen, wieso ich mich in diesem forum angemeldet habe, obwohl ich dort völlig fehl am platz war. ich dachte, dass ich meiner familie helfen kann, mit diesem schmerz umzugehen, wenn ich sehe, wie es die anderen angehörigen tun. vielleicht wollte ich mir dadurch aber auch nur selbst etwas vormachen, weil ich dachte, dass es mir helfen würde, wenn ich anderen helfe.
jeden tag habe ich unzählige beiträge von menschen aus aller welt gelesen, die ebenfalls in tiefer trauer und sorge waren. menschen, die selbst eine tickende zeitbombe wie mich in ihrem leben hatten und nicht wussten, wie sie mit der unsicherheit umgehen sollten. mit der ungewissheit, wann diese bomben – unsere herzen – wohl hochgehen würden.
diese beiträge zu lesen hat mir geholfen, mein schicksal endlich zu akzeptieren, aber ich wollte mehr. ich wollte mehr, hatte das dringende bedürfnis, etwas zurückzugeben. anderen leuten zu helfen, so wie mir geholfen wurde. und dann warst du auf einmal da, bist wie ein blonder

komet in meine umlaufbahn gekracht. ich wollte nicht nur deine beiträge lesen, ich wollte dir zuhören, wollte dich besser kennenlernen. wir haben uns angefreundet und wochenlang geschrieben. als du mich irgendwann fragtest, wer in meiner familie betroffen ist, bin ich regelrecht panisch geworden. ich war gerade erst dabei, meine diagnose zu akzeptieren, und ich war noch lange nicht bereit, in die rolle des mannes mit dem kranken herzen zu schlüpfen. ich wollte nicht bemitleidet werden, und noch wichtiger: ich wollte dich nicht verletzen, oder dass es dir meinetwegen schlecht geht. also habe ich gelogen. ich wusste nicht, dass wir uns jemals so nahekommen würden, wusste nicht, dass wir uns jemals in der realen welt gegenüberstehen würden. und sosehr ich es mir auch tief im inneren gewünscht habe, so tief war ich schon in meine eigenen lügen verstrickt.
ich wünschte, ich könnte jede lüge rückgängig machen, die ich dir erzählt habe, weil die wahrheit zu schmerzhaft für mich war, um sie zu akzeptieren. vor einem jahr habe ich angefangen, mein herz zu hassen, weil es mich im stich gelassen hat. aber ich konnte es wieder lieben lernen, als du in mein leben getreten

bist. an deiner seite konnte ich wieder gesund sein, wieder normal sein. an deiner seite war ich einfach aron, nicht aron, der herzkranke, der nicht weiß, wie lange er leben wird. und trotzdem weiß ich, dass nichts davon mein verhalten rechtfertigt, dass nichts meine entscheidungen rückgängig machen kann. ich wollte dich nie anlügen, lilly. ich wollte dich immer nur beschützen.

Es gleicht einem Wunder, dass mein Handydisplay nicht zerbricht, so fest, wie ich es umklammere. Arons Worte nach Tagen der Funkstille zu lesen, seine Stimme in meinem Kopf zu hören, wirft mich vollkommen aus der Bahn. Brodelnde Wut steigt in mir auf, infiltriert jeden Zentimeter meines müden Körpers. Vielleicht liegt es an dem letzten, lächerlichen Satz seiner Nachricht, vielleicht auch an den Worten seiner Mutter, dass ich von meinem Platz aufspringe und über den Krankenhausflur renne. Zum ersten Mal nicht mit dem Ziel, vor ihm und unserem Gespräch zu fliehen. Die Schwestern starren mich mit gerunzelter Stirn an, als ich auf dieses Zimmer zusteuere, das ich seit Tagen so krampfhaft zu ignorieren versuche und nicht länger ignorieren kann. Mit Wucht und ohne Ankündigung reiße ich die Tür auf, höre mein Herz wie einen Presslufthammer hinter meiner Brust wüten.

»Du wolltest mich *beschützen*?«, schreie ich so laut,

dass es sicher noch auf der nächsten Station zu hören ist. Trotz meiner Wut schaffe ich es einfach nicht, Aron anzusehen.

»Lilly …« Gott, wie sehr ich seine Stimme vermisst habe. Wie sehr ich es vermisst habe, ihn meinen Namen sagen zu hören. Und doch gießt Aron damit nur Benzin ins Feuer, drückt seine Finger in meine frischen Wunden. Wunden, die er persönlich verursacht hat.

»Nein!«, zische ich und balle meine Hände pumpend zu Fäusten. »Jetzt bin ich dran, nicht du!« Mein Leben lang habe ich alles heruntergeschluckt, was mir das Schicksal in den Rachen gestopft hat, aber damit ist heute Schluss. Heute breche ich mein Schweigen, meine Rücksichtnahme auf jeden Menschen, den ich viel zu lange über mich selbst gestellt habe.

»Was wäre passiert, wenn du gestorben wärst? Ohne ein Wort der Erklärung? Wer hätte mich dann vor dem Schmerz beschützt, Aron?« Meine Füße brennen Löcher in den Boden, weil sich mein gesamter Körper wie Lava anfühlt. »Hätte es mich nicht viel mehr verletzt, dich ohne eine Vorwarnung zu verlieren? Du hast mich angelogen, Aron. Du … du … du hast mich benutzt, um dich besser zu fühlen!«

»Bitte, sieh mich an, Lilly.« Seine Stimme klingt dünn und kraftlos. Auch wenn sich jede Pore meines Seins dagegen wehrt, hebe ich den Blick. Aron liegt in diesem viel zu kleinen Bett, sieht viel zu blass, viel zu krank aus. Erinnert mich viel zu sehr an meinen Bruder, der nicht mehr da ist und mir einst geschworen hat, immer an meiner

Seite zu sein. Dunkle Ringe unter Arons geröteten Augen und absolutes Chaos in seinen honigblonden Haaren. Was würde ich dafür geben, ihm durch die Haare zu streichen und mich zu ihm zu legen? Aber ich kann nicht.

»Du hast mit meinen Gefühlen gespielt und, noch schlimmer, mit meiner Trauer um Luca. Du hast mir lächelnd ins Gesicht gesehen, in dem Wissen, was du mir antust. Jeden einzelnen Tag, an dem du mich angelogen hast, hast du unser Ende besiegelt! Ich hätte von deiner Krankheit wissen müssen, bevor ich mich Hals über Kopf in dich verliebe!«

Schweigen baut sich zwischen uns auf, verschluckt jegliche Farbe im Raum. Da ist nur noch diese angsteinflößende Schwärze, die mich von innen heraus auffrisst, weil ich Aron Ericsson liebe und nichts daran ändern kann, egal wie sehr ich ihn gerade auch hassen mag. Dieses Eingeständnis trifft mich mitten in die Brust.

Ich liebe ihn.

Und wenn sein Herz es nicht schafft, werde ich auch ihn verlieren.

Wie zur Hölle bin ich hier gelandet? In dieser niemals endenden Tragödie?

Aron richtet sich mühsam auf, steigt aus dem Bett und greift nach dem Metallständer, am dem seine Infusionsflüssigkeit befestigt ist. Dann tritt er auf mich zu. Ich will fliehen, will ihn von mir stoßen und geradewegs in die Hölle schicken, weil er genau da hingehört, aber ich verwachse mit dem Boden und rühre mich nicht vom Fleck.

»Nicht …«, krächze ich. Ehe ich michs versehe, steht Aron vor mir und nimmt mein Gesicht in seine schützenden Hände. Hände, die mich Dinge haben fühlen lassen, die ich mir bis heute nicht erklären kann. Dinge, die ich vorher nie gefühlt habe und die ich vermutlich nie wieder fühlen werde. Weil fühlen so verflucht wehtut und es einfacher ist, alles zu betäuben.

»Es tut mir leid, dass ich dich belogen habe. Du warst immer zu einhundert Prozent ehrlich zu mir, hast dich mir bedingungslos anvertraut, und ich hasse mich dafür, Lilly. Ich hasse mich mehr, als ich diese Krankheit hasse, die mein Leben und all meine Träume zerstört hat.«

Das verunsicherte Mädchen in mir will ihm diese Worte glauben, und gleichzeitig hat es so furchtbare Angst davor, noch mehr von ihm verletzt zu werden. Also schottet es sich ab, weil es so schon immer überlebt hat.

»Warum?« Reine Verzweiflung in meiner Stimme, während mich seine Hände halten, als wäre ich alles. So wie er alles ist. Alles, was ich will und doch nicht haben kann. »Ich verstehe, dass du mir anfangs nicht die Wahrheit gesagt hast. Ich war eine Fremde für dich, und du warst mir keine Rechenschaft schuldig, aber ich stand weinend vor dir, Aron. Ich bin in deinen Armen zusammengebrochen und habe dir von Luca erzählt! Du hättest es mir sagen müssen, als ich hier ankam. Spätestens am nächsten Morgen!«

»Ich weiß«, flüstert er gequält. »Du bist mit dem Wunsch zu mir gekommen, dass es endlich mal um dich gehen darf, Lilly. Einzig allein um dich, nachdem sich dein ganzes Leben um jemand anderes gedreht hat. Was wäre passiert, wenn du von meiner Krankheit erfahren hättest?« Er sieht mir so tief in die Augen, dass ich das Gefühl habe, zu ersticken, weil mir dieses traurige Grün den Atem raubt. »Hätte ich dir die Wahrheit gesagt, hätte sich wieder alles um jemand anderes gedreht.«

»Nutz mich bloß nicht als Ausrede dafür, dass du dich wie ein Arschloch verhalten hast!«, zische ich und verspüre den starken Wunsch, meine Fäuste gegen seinen Brustkorb zu hämmern. Wäre sein Herz nicht krank, würde ich es tun. Ich würde ihn verprügeln, damit ich mich besser fühle. Weil es auch mir zusteht, einmal im Leben egoistisch zu sein. Mein Wohlergehen über das der anderen zu stellen.

»Ich suche keine Ausrede für meine Lügen. Ich wollte es dir sagen. So oft. Jeden Tag. Aber ich war ein Feigling. Weil ich nicht ansatzweise so mutig bin wie du, Lilly Sommer.«

Das Schlimmste an allem? Dass ich ihn verstehen *kann*, obwohl sich alles in mir dagegen sträubt. Weil ihn zu verstehen auch bedeutet, dass ich ihm vergeben könnte. Irgendwann. Aber ich will ihm nicht vergeben, weil es leichter ist, mit der Wahrheit umzugehen, wenn ich wütend auf ihn bleibe. Und die Wahrheit ist, dass Aron eine bislang unheilbare Krankheit in sich trägt. Dass seine Herzmuskeln schwinden und es kein Heilmittel gibt, das diesen Fluch rückgängig machen kann. Nichts kann die entstandenen Verletzungen einfach verschwinden lassen. So wie ich meine Liebe für ihn nicht verschwinden lassen kann.

In den letzten Tagen hat sich meine Geschichte wiederholt. Ich war plötzlich wieder das sechsjährige, verängstigte Mädchen, das stundenlang im Internet nach Antworten gesucht hat. Nach einer Lösung für die Krankheit des Mannes, den ich liebe. Wie damals bin ich gescheitert.

»Ich bin nicht mutig«, halte ich dagegen, als wäre das der Kern seiner Worte gewesen. »War ich nie.«

»Das ist nicht dein Ernst, oder?«, haucht er und fährt mit seinem Daumen über meine Wange. »Du bist der mutigste Mensch, dem ich je begegnet bin. Du bist hergekommen. Zu mir. In ein fremdes Land, obwohl du Berlin vorher noch nie verlassen hast. Du hast dich gegen deine Eltern gestellt, nachdem sie dich dein ganzes Leben lang in einen emotionalen Käfig gesperrt haben. Du hast die schlimmste Zeit deines Lebens als Katalysator für deine eigenen Träume benutzt, Lilly. Wenn das nicht die Definition von Mut ist, was ist sie dann?«

Seine Stirn sinkt erschöpft gegen meine, und es erschreckt mich, wie warm seine Haut ist. Aron glüht regelrecht, und ich hasse es. Ich hasse es, zu wissen, dass sein Körper gegen diese Krankheit ankämpft. Gegen sein eigenes Herz. Niemand weiß, wie diese Schlacht ausgehen wird.

»Gott, ich habe es so vermisst, diese Augen zu sehen«, murmelt er. »Diese Haut zu berühren«, fährt er fort und zeichnet mit dem Zeigefinger die Konturen meiner

Wange nach. Ich weiß, dass ich ihn nicht wieder so nahe an mich heranlassen sollte, schlimmer noch: dass er mir nur wieder wehtun wird, wenn ich es zulasse. Aber ich kann nichts gegen diese unerträgliche Sehnsucht unternehmen, die mich wie eine Flut erwischt. Ich vermisse Aron. Ich vermisse unsere Gespräche. Unsere Verbundenheit. Ich vermisse meinen Seelenmenschen, obwohl er direkt vor mir steht. Meine Zwillingsflamme, deren Hitze ich zwar spüren, aber nicht mehr richtig sehen kann. Weil sie langsam erlischt.

»Und ich vermisse es, diese Lippen zu küssen.«

»Aron …« Sein Name, ein wunderschönes Wispern, das tief aus meiner Seele kommt. Ich weiß nicht, wie es passiert, denn auf einmal spüre ich die kalte Wand in meinem Rücken und seinen warmen Brustkorb an mir. Seine Hand gleitet in meinen Nacken, hoch in mein zerzaustes Haar. Dann küsst er mich. Er küsst mich, als wäre es das erste und zugleich letzte Mal. Ich kralle mich in sein Krankenhaushemd, presse meinen Körper der Länge nach gegen seinen und sauge jede Millisekunde dieses Kusses tief in mich auf. Seufzend werde ich in seinen Händen zu Wachs, lasse mich von ihm führen, wohin auch immer er mich in diesem Augenblick führen will. Und in mir keimt ein Funke Hoffnung auf. Dieser Funke, der hofft, dass alles gut ausgehen wird. Dass Aron doch wieder gesund wird und er ein langes, glückliches Leben vor sich hat. Und ich dabei an seiner Seite sein werde.

Aber was, wenn nicht? Was, wenn ich noch einen Menschen verliere, der mir die Welt bedeutet? Wenn ich ihn auch noch verliere und nie wieder aus dieser allumfassenden Trauer auftauchen kann? Mein Herz donnert noch schneller in meiner Brust, als ich zum ersten Mal wirklich realisiere, was all das bedeuten könnte.

Aron könnte sterben. Sein Herz könnte wie das von Luca versagen. Schluchzend grabe ich meine Nägel in seine Schultern und lasse meinen heißen Tränen freien Lauf, weil ein Teil in mir längst weiß, dass ich nicht hierbleiben kann. Dass ich nicht dabei zusehen kann, wie sich meine Geschichte wiederholt. Diesen Schmerz ertrage ich kein zweites Mal.

»Ich bin hier, Lilly. Ich bin hier für dich«, verspricht er an meinen Lippen.

»Wie lange?«, hauche ich und löse mich gänzlich von ihm. Sein schönes Gesicht verschwimmt vor meinen Augen, weil meine Tränen alles einnehmen. »Du bist jetzt hier, aber was passiert, wenn dein Herz schwächer wird, Aron? Was wird in einem Monat sein, oder in einem Jahr?«, frage ich und sterbe mit jedem Wort ein bisschen mehr.

»Ich kann dir nicht sagen, wie die Zukunft aussehen wird, aber ich kann dir versprechen, dass ich alles in meiner Macht Stehende tun werde, um das durchzustehen. Ich …«

»Nein«, unterbreche ich ihn schluchzend. »Ich kann das nicht. Ich kann nicht dabei zusehen, wie sich alles wiederholt. Das Krankenhaus. Die ganzen Untersuchungen. Die Tabletten. Die Unsicherheit. Die Albträume.« Ich bekomme keine Luft mehr, zerfalle zu Sternenstaub, der seinen Weg nach Hause sucht. Und mein Zuhause ist Luca, war immer Luca. Nie habe ich meinen Bruder dringender gebraucht als jetzt, und nie war mir schmerzlicher bewusst, wie weit er weg ist.

Aron umfasst erneut mein Gesicht, und dieses Mal tut es fast weh, weil er so verzweifelt zupackt. Sich so sehr wünscht, dass ich bei ihm bleibe. Was würde ich dafür geben, ihm diesen Wunsch erfüllen zu können.

»Bitte, geh nicht, Lilly.«

Seine Smaragdaugen werden mir fehlen. Ein ganzes Universum, gefangen in grünen Edelsteinen.

»Es tut mir leid, Aron. Ich muss.« Mit gesenktem Kopf will ich mich aus seiner Jacke schälen, um sie ihm zurückzugeben, aber Aron legt seine Hand auf meine, um mich daran zu hindern.

»Behalt sie«, flüstert er. »Es ist wirklich wichtig, dass du sie behältst, Lilly.«

Kopflos stürme ich aus diesem Zimmer, dessen Wände in den letzten Minuten immer näher gekommen sind. Auf dem Flur schaffe ich es keine fünf Meter weit, bis ich zusammenbreche. Mein Magen schmerzt, als hätte man wieder und wieder auf mich eingeschlagen, und ich muss mir Mühe geben, mich nicht auf den Boden zu übergeben.

Mich krümmend sinke ich an der Wand herunter, fische zitternd mein Handy aus der Tasche und wähle die einzige Nummer, die ich in diesem Moment der Verzweiflung wählen kann. Weil es nur eine Person auf diesem Planeten gibt, die jetzt noch in der Lage ist, mich aufzufangen.

»Lilly?«

Meine Großmutter klingt misstrauisch, als wüsste sie bereits, dass ich am Abgrund stehe. Ein falscher Schritt, und ich falle tiefer, als ich je gefallen bin. Ich sage nichts, höre nur dem Atem meiner Großmutter zu und wünschte, sie wäre hier bei mir. Und obwohl ich schweige, versteht sie mich. Weil sie schon immer verstanden hat, was andere nicht verstehen konnten.

»Oh, Kindchen.« Beinahe sehe ich ihr mitfühlendes, mütterliches Lächeln vor mir, obwohl sie einen ganzen Ozean von mir entfernt ist. »Es wird Zeit, dass du nach Hause kommst.«

Und ich weiß, dass sie recht hat.

Ich muss nach Hause.

Kapitel 29

Notiz an mich selbst: Auch gesunde Herzen können brechen

Zum ersten Mal, seit ich auf dieser Insel bin, klettern die Temperaturen über den Nullpunkt. Der Platzregen drischt auf die Tragflächen des Flugzeugs ein, und ich stürme mit gesenktem Kopf durch den schmalen Gang, um zu meinem Platz in der letzten Reihe zu gelangen. Obwohl ich hier im Trockenen bin, spülen die Regentropfen all die Farbe von meiner Seele, die meine Zeit hier auf ihr hinterlassen hat.

Ich fliege zurück nach Deutschland. Auch wenn sich mein Innerstes allein bei dem Gedanken daran schmerzhaft zusammenzieht.

Vielleicht – oder ganz sicher – ist es egoistisch von mir, jetzt zu gehen. Nachdem ich mein ganzes Leben lang nie an mich, sondern immer nur an andere gedacht habe, kann ich nicht anders, als jetzt auf mein Bauchgefühl zu hören. Und mein Bauchgefühl sagt mir, dass ich Abstand brauche, um zu verstehen, was in den letzten Tagen passiert ist.

Nachdem Oma mir sagte, dass ich zu ihr kommen soll

und ihre Tür für mich immer offen steht, habe ich mich von Elva und Anna verabschiedet und den erstbesten Flug gebucht, der bezahlbar war. Erleichtert stelle ich fest, dass meine Sitzreihe leer ist. Ich rutsche auf meinen Platz am Fenster, presse Lucas Notizbuch fest an meine Brust und sehe hinaus in das triste Grau des Himmels. Der Regen zieht auf dem Flugfeld Bindfäden, während die Mitarbeiter die Koffer der restlichen Passagiere einladen.

Immer wieder sehe ich Aron vor mir.

Seine Verzweiflung, als er in meinen Augen gelesen hat, was ich so schwer aussprechen konnte. In dem Moment, in dem er realisiert hat, dass ich nicht bleiben kann, ist etwas in ihm zerbrochen.

Obwohl Stunden seit unserem letzten Kuss vergangen sind, spüre ich seine Lippen noch immer auf meinen und seine Hände an meinen tränennassen Wangen. Er fehlt mir so sehr, dass ich am liebsten den Gurt lösen und davonstürmen würde. Raus aus diesem viel zu beengenden Flugzeug, das gerade seine Türen schließt und sich für den Abflug bereit macht.

Erschöpft sinke ich mit der Schläfe gegen das Fenster und versuche vergeblich, Arons Enttäuschung aus meinen Gedanken zu verbannen. Ich werde niemals vergessen, wie sich sein letzter Blick angefühlt hat. Es war kein *Auf Wiedersehen*, es war ein *Lebewohl*. Die schlimmste Art des Abschieds.

Während die Stewardess die Sicherheitsanweisungen herunterbetet, schlage ich Lucas Notizbuch auf und schalte das UV-Licht an, weil seine Worte meine Zuflucht sind. Mir fehlen nur noch zwei Einträge, bis ich mit dem Buch durch bin. Die allerletzten Gedanken meines Bruders, die er vor seinem Tod aufgeschrieben hat, befinden sich direkt in meiner zitternden Hand.

Hey, Universum!
Heute muss ich mich kürzer halten, als du es von mir gewohnt bist. Vor einer Stunde kam Mama völlig aufgedreht ins Zimmer gerannt, weil mein Doc angerufen hat. Es gibt ein Herz, Mann.
Es gibt tatsächlich ein Herz, das ich bekommen soll. In weniger als zwei Stunden werde ich wissen, ob meine jahrelangen Gebete erhört wurden. Ist das zu fassen? Ich weiß nicht, wie lange wir schon auf diesen einen Anruf gewartet haben, aber es hat sich wie eine Ewigkeit angefühlt, so viel ist sicher.
Auf der einen Seite habe ich mich noch nie so sehr auf eine OP gefreut, auf der anderen Seite ist das schlechte Gewissen lauter als je zuvor. Weil es bedeutet, dass jemand anderes sterben musste, damit ich die Chance auf ein normales Leben habe.
Wie abgefuckt ist das eigentlich? Leben und Tod liegen manchmal so nahe beieinander, dass es mir schwerfällt, den Punkt dazwischen zu finden. Den Punkt, an dem sich alles irgendwie richtig und gut anfühlt.
Ich will nicht, dass jemand anderes sterben muss, damit ich leben kann. Aber ich will leben. Ich will es so sehr, dass ich diese Schuldgefühle wohl in Kauf nehmen muss.

Ich schulde es meiner Familie. Ich schulde es meiner Schwester, die meinetwegen durch die Hölle gegangen ist.

Das hier ist vor allem für dich, Lilly. Nach der OP, wenn das gesunde Herz in meiner Brust schlägt, werden wir gemeinsam unser zweites Leben starten. Und es gibt niemanden, an dessen Seite ich es lieber tun würde, als an deiner.

Ein lautes Schluchzen bricht aus mir heraus, weil ich mich bildhaft an diesen heißen Spätsommertag erinnern kann. Es war ein Tag voller Angst, aber auch voller Hoffnung und der fragilen Vorstellung von Glück. Ich erinnere mich daran, dass Mama und Papa an diesem Tag so anders waren als sonst. Befreiter, irgendwie leichter. Es war ein Tag, an dem ich das Gefühl hatte, wieder ein Teil dieser Familie zu sein, wenn auch nur ein kleiner.

Während Lucas Voruntersuchung hat Mama im Wartezimmer sogar einmal nach meiner Hand gegriffen und sie leicht gedrückt, und das hatte sie davor schon seit Jahren nicht mehr getan. In dieser Sekunde wusste ich, dass alles gut ausgehen wird. Dass wir eines Tages wieder eine intakte, glückliche Familie sein werden, die all den Kummer mit der Zeit hinter sich lassen kann.

Ich war *so* naiv.

Mit verschleierten Augen blättere ich um, zu dem letzten Eintrag, den mein Bruder vor seinem Tod geschrieben hat. Ich will ihn nicht lesen, weil ich weiß, wie dieser hoffnungsvolle Tag endete, aber ich kann auch nicht aufhören. Zum ersten Mal beginnt mein Bruder nicht mit einem »Hey Universum«, sondern mit einem:

Fick dich, Universum.
Du bist ein Miststück, weißt du das?
Du hast mir Mut gemacht, hast dich als mein Verbündeter ausgegeben, mir das Gefühl gegeben, alles schaffen zu können, und jetzt?
Jetzt lässt du mich im Stich.
Schon wieder.
Weil Im-Stich-Lassen scheinbar deine Lieblingsbeschäftigung ist.
Ich weiß nicht, was ich dir getan habe, aber es muss etwas Schlimmes gewesen sein, denn sonst hättest du nicht zugelassen, dass ich mir Hoffnung mache. Und schlimmer noch: Du hättest nicht zugelassen, dass meine Familie sich Hoffnung macht.
Das Herz, das meines hätte sein sollen, ist jetzt nicht mehr da. Weil es nicht in dem erwarteten Zustand war, sagten die Ärzte. Es kommt häufiger vor, dass die abschließenden Untersuchungen eine Transplantation letztlich unmöglich machen. Doch alles, was ich hörte, war:
Du bekommst deine zweite Chance nicht, Luca.
Du bist es nicht wert.
Du verdienst es nicht.
Du wirst niemals ein normales Leben führen können.
Du wirst sterben.
Statt eines neuen, gesunden Herzens schlägt noch immer

dieses kaputte in meiner Brust. Dieses nutzlose Etwas, das ich mein ganzes Leben lang verflucht habe. Noch mehr verfluche ich dich, weil ich dir vertraut habe. Dabei bin ich bloß ein armer, kranker Junge, während du die Fäden von Milliarden Menschen in der Hand hältst. Und meinen Faden hast du heute Nacht einfach reißen lassen.
Manche Menschen sollen wohl nicht gerettet werden. Offensichtlich bin ich einer davon.

Wenn ich dachte, zu wissen, wie sich echter Schmerz anfühlt, werde ich eines Besseren belehrt. Luca war bis zu seinem Tod immer der Starke, der Mutige, der Sonnenschein. Er hat bis zum Ende nie sein Lachen verloren. Jetzt weiß ich, dass er es längst verloren hatte und es nur nicht zeigen wollte, um uns nicht zur Last zu fallen. Mit bebenden Lippen presse ich das geöffnete Buch an mein Herz, wünsche mir so sehnlichst, noch einmal mit meinem Bruder sprechen zu können. Ihm sagen zu können, dass ich ihn liebe, dass ich ihn immer lieben werde. Dass ich bereit bin, ihn loszulassen, solange er mir verspricht, mich trotzdem immer festzuhalten.

Ich schließe die Augen, spüre, wie die Tränen ungehindert über meine Wangen laufen. Vage höre ich mich jemanden fragen, ob ich okay bin. Ob ich etwas brauche.

Ich brauche meinen Bruder, will ich schreien.

»Ich bin in Ordnung«, sage ich stattdessen.

Weil die Wahrheit manchmal zu schmerzhaft ist, um sie sich einzugestehen. Meine Gedanken wandern erneut zu Aron und seiner Lüge. Zu den letzten Worten, die er zu mir gesagt hat, bevor ich aufgelöst aus seinem Zimmer gestürmt bin.

Es ist wirklich wichtig, dass du sie behältst, Lilly.

Mit angehaltenem Atem blicke ich an mir herunter. Ich habe es auch nach meiner Flucht aus dem Krankenhaus nicht geschafft, seine Jacke auszuziehen, weil sie alles war, was mir von ihm geblieben ist. In ihren Fasern ist jede Erinnerung an unsere gemeinsame Zeit auf dieser Insel gespeichert. Jede Umarmung, jeder Kuss, jedes Kompliment, das Aron mir gegeben hat.

Vorsichtig öffne ich erst die linke, dann die rechte Jackentasche, bis ich schließlich die Serviette herausziehe, die Aron immer bei sich getragen hat, wenn wir zusammen unterwegs waren. Auf einmal sitze ich nicht mehr in diesem Flugzeug, das gerade ruckelnd durch die Regenwolken bricht, sondern wieder am Frühstückstisch in der Northern Lights Lodge.

Das Kribbeln in meinem Bauch ist wieder da, es ist sogar stärker als zuvor. Weil seitdem so viel passiert ist, was ich auf keinen Fall mehr vergessen werde. So vieles, das mein Leben für immer grundlegend verändert hat. Die Person, die diese Insel verlassen wird, ist nicht dieselbe Person, die vor Wochen Deutschland den Rücken gekehrt hat.

Ich stehe völlig unter Strom, während ich die Serviette auseinanderfalte und schluckend feststelle, dass Aron eine neue Liste für mich angefertigt hat. Eine neue Serviette, deren Überschrift mich bereits vollkommen aus der Bahn wirft, weil sie dafür sorgt, dass ich meinen Entschluss, zu gehen, vollkommen infrage stelle.

Was ich an Lilly Sommer liebe
(und sie an sich selbst auch lieben sollte)

- Sie freut sich wie ein kleines Kind, wenn sie die Nordlichter sieht, und schämt sich nicht eine Sekunde dafür
- Sie wird rot, wenn ich sie beim Essen beobachte (was extrem süß ist!)
- Sie hasst Lakritze (fast genauso sehr wie ich)
- Sie benutzt viel zu häufig seltsame Sprichwörter, die einfach keinen Sinn ergeben – und das Wichtigste: Sie benutzt sie mit Stolz
- Ihre Augen sind diamantblau
- Wenn ihr Bauch vor Hunger knurrt, sieht sie jedes Mal beschämt zu mir auf
- Sie kann an keinem Tier vorbeigehen, ohne anzuhalten (nicht einmal an Spinnen)
- Ihre größte Schwäche: Loslassen von Dingen, die sie verloren hat
- Ihre größte Stärke: Festhalten von Dingen, die sie liebt (ich hoffe, dass ich eines Tages in diese Kategorie falle)
- Wenn sie schläft, kräuselt sie ihre Nase, als hätte man sie im Traum gekitzelt
- Jeden Tag, wenn sie aufwacht, blickt sie als Allerers-

tes in den Himmel – vermutlich, um ihrem Bruder einen guten Morgen zu wünschen

- Sie liebt Spoiler, weil sie dann das Gefühl hat, die Kontrolle zu behalten (und zum ersten Mal in meinem Leben will ich ebenfalls die Kontrolle über meine Zukunft haben)
- Sie riecht nach Veilchen, nach Frühling, nach Magie
- Es gibt so viel Liebenswertes an ihr, dass eine Serviette niemals reichen wird
- Sie hat mir das Leben gerettet, ohne es zu wissen

Der letzte Punkt auf seiner Liste lässt mich innerlich zerspringen. Wir durchbrechen die dunklen Wolken, bis wir über ihnen sind, direkt in den Sternen. In den Armen meines Bruders. Meine Tränen tropfen auf die Serviette, lassen Arons Worte vor mir verschwimmen.

Ich kam mit dem Wunsch nach Island, mich selbst zu finden, und an Arons Seite habe ich es geschafft. Ich habe mich gefunden, habe mich selbst getröstet und bin zu einem Menschen geworden, den ich wirklich mag. Doch jetzt fühlt sich all das nur wie ein zu schöner Traum an, der jeden Moment vorbei sein könnte. Wenn er nicht längst vorbei ist.

Gerade als ich die Serviette behutsam falte und zurück in die Jackentasche schiebe, ertasten meine Finger einen Gegenstand. Sachte ziehe ich ihn aus der Tasche. Zum Vorschein kommt ein Schlüsselanhänger aus Holz, den ich bis jetzt noch nie gesehen habe. Ein Herz, dessen linke Seite leicht größer ist als die rechte und das genau wegen dieses Fehlers so perfekt zu sein scheint. Aron hat die Konturen verschiedener Blumen in das Holz geflammt, wodurch es zu einem einzigartigen Kunstwerk wird.

Ich drehe den Anhänger zwischen meinen Fingern, entdecke Worte auf der Rückseite, die meine Welt stillstehen lassen. Mit dem Daumen fahre ich über die Buchstaben, die mich sofort in die Nacht am Skógafoss zurückversetzen.

You glow like northern lights

Aron hat diesen Anhänger für mich gemacht. Er wollte, dass ich ihn finde, genau wie die Serviette.

Heftige Schluchzer erschüttern mich, während wir abheben. Mein ganzes Leben hat sich um kranke Herzen gedreht, doch mir hat keiner gesagt, wie sehr es schmerzt, wenn gesunde Herzen brechen.

Aron

14 Monate zuvor

Der Januarwind peitscht mir brutal entgegen, und ich versuche, das Gleichgewicht zu halten. Direkt vor mir türmt sich das hellblaue Eis der Jökulsárlón-Lagune auf, ragt wie eine Festung aus dem aufgewühlten Wasser hervor. Eine Festung, von der ich mir vorgenommen habe, sie heute Morgen einzunehmen. Vom Ufer höre ich, wie mich meine beste Freundin Elva cheerleaderlike anfeuert, die Kamera ihres Handys auf mich hält und auf der Stelle hüpft. Zu meinem Glück bin ich heute der einzige Sportler auf dem Wasser. Es tummeln sich lediglich ein paar Touristen an Land, die mir gebannt beim Surfen zusehen und genau wie Elva ihre Kameras auf mich richten, als sei ich eine Art Sensation für sie. In Anbetracht der Tatsache, dass wir Winter haben und es noch mehrere Wochen bitterkalt auf Island sein wird, könnten sie vermutlich recht haben. Das, was ich hier tue, ist sicher nicht *normal.* Genau deshalb will ich es umso mehr. Weil ich die Extreme brauche, um mich lebendig zu fühlen.

Schon seit ich denken kann, liebe ich es, eins mit dem Wasser zu sein, mich seiner unerschöpflichen Kraft hinzugeben und die Gedanken beim Surfen auszuschalten. Sobald der Wind heftiger wird und die Eisscholle vor mir immer näher rückt, verlagere ich mein Gewicht nach hinten, atme tief ein und lasse das Brett vom Wasser abheben. Und fühle mich lebendig.

Beim Sprung halte ich den Atem an und stoße ihn erst wieder aus, als ich sicher auf der anderen Seite gelandet bin. Der Sprung war perfekt, und die Arbeit der letzten Monate scheint sich langsam, aber sicher auszuzahlen. Mein Körper ist hart wie das Brett, das mich trägt, so stark spanne ich jeden einzelnen Muskel in ihm an.

Himmel, war das gut! Wer sagt, dass man nur beim Sex einen Höhepunkt erleben kann, hat anscheinend noch nie eine Eisscholle mit einem Kiteboard überwunden. Es ist atemberaubend und unbeschreiblich.

»Bitte sag mir, dass du das drauf hast, El!«, rufe ich jubelnd zum Ufer hinüber. Mein Blick schießt zu meiner besten Freundin, die jetzt den Daumen in die Höhe reckt und wie ein Honigkuchenpferd auf Ecstasy grinst. »Yes, alles auf Kamera! Das war der Hammer!«

Ich drossle meine Geschwindigkeit und lande den roten Kite sicher auf dem Wasser vor mir, was aufgrund der zahlreichen Eisbrocken in der Lagune gar nicht so einfach zu bewerkstelligen ist. Sobald ich wieder festen Boden unter den Füßen habe, rennt Elva bereits auf mich zu und reißt mich euphorisch in ihre Arme, wobei ich beinahe auf dem Arsch lande.

»Ich bin so stolz auf dich, Mann!« Sie boxt mir gegen den Oberarm. »Unsere Follower werden das Video vergöttern! Ich werde es sofort schneiden und hochladen!«

»Na, bereust du es schon, heute gekniffen zu haben?«

Als Antwort schnalzt sie mit der gepiercten Zunge. »No way! Ich habe nicht gekniffen, ich friere mir nur ungern den Hintern ab. Bei den Temperaturen kriegen mich keine zehn Pferde aufs Wasser, so lebensmüde bin ich dann doch nicht.«

»Das Adrenalin vertreibt die Kälte, El.«

»Ich weiß, du Schlaumeier! Schon vergessen, dass ich auch surfe? Außerdem brauchst du Held jemanden, der dich filmt. Gern geschehen.« Sie rollt gespielt theatralisch mit den Augen, während ich aus den Halterungen meines Bretts steige und anschließend zu dem schwarzen Modell rechts von mir hinübergehe.

»Willst du echt noch mal raus? Das Video ist längst im Kasten, und wir sollten zurückfahren, damit du ins Warme kommst! Sobald das Adrenalin nach unten rauscht, wirst du mir dafür danken.« Innerhalb von Sekunden wird Elvas Miene ernst.

»Ich habe den Wind heute etwas unterschätzt und brauche mein anderes Board für den zweiten Sprung.« Der erste war nämlich nur zum Warmmachen, das hätte El sich eigentlich denken können. Gerade als ich in die Foot Straps meines nagelneuen Boards steigen möchte, erwischt mich der mir inzwischen vertraute Schwindel wie aus dem Nichts. In letzter Sekunde schafft Elva es, mich zu stützen, sonst wäre ich geradewegs mit dem Gesicht auf meinem eigenen Equipment gelandet und hätte mir die Haut an den Finnen meines Boards aufgeschlitzt.

»Hey, ist alles in Ordnung?« Elva schaut mich aus ihren rehbraunen Augen fragend an. Sie ist nicht unbedingt der Typ für Sentimentalitäten dieser Art, außer wenn es um mich geht. Sobald ich auch nur einen harmlosen Schnupfen habe, wird sie zur beschützenden Löwin, die mit Tees und Tinkturen nur so um sich wirft wie eine Kräuterhexe. Seit dem plötzlichen Tod ihrer Mutter vor zwei Jahren ist El ständig in Alarmbereitschaft, sucht vehement nach einem Weg, dem Unausweichlichen auszuweichen. Dem Tod und somit weiteren Verlusten.

»Mir geht es gut, El. Ich hab heute Morgen nur zu wenig gegessen, das ist alles.« Ich wünschte, ich würde überzeugender klingen, denn wenn ich ehrlich bin, glaube ich mir selbst nicht. Schon den ganzen Morgen über plagt mich dieser penetrante Schwindel, der einfach nicht nachlassen will. Meine beste Freundin sieht mich besorgt an, während ich nur Augen für die wunderschöne Lagune vor mir habe. Der berühmte Diamond Beach im Süden unserer Insel lockt vor allem im Sommer zahlreiche Touristen an, umso mehr liebe ich die Monate, in denen man fast allein hier ist. So wie jetzt. Die wenigen Fotografen, die sich um die frühe Uhrzeit hier tummeln, kann ich erstaunlich gut ausblenden.

Seit Wochen trainiere ich bereits für diesen Tag, habe in den letzten Monaten kaum geschlafen und mehr Zeit auf dem Brett als in meinem Bett verbracht. Definitiv zum Leidwesen meiner Freundin, denn Jóhanna hat mich in letzter Zeit nur selten zu Gesicht bekommen.

Auf keinen Fall werde ich mir diesen magischen Moment von dem bisschen Schwindel verderben lassen.

»Ich weiß, dass du es nur gut meinst, aber es geht mir blendend. Siehst du?« Ich lege meine Hände auf ihre schmalen Schultern und schenke ihr mein breitestes Grinsen, in der Hoffnung, dass sie es mir abkauft. Vielleicht sollte ich mich erst einmal selbst davon überzeugen, bevor ich versuche, sie um den Finger zu wickeln? Wäre ein Anfang.

»Hör auf, dir so viele Gedanken zu machen, und sorg lieber dafür, dass dieses Video so schnell wie möglich online geht.« Ich stoße sie spielerisch mit dem Ellbogen an, wuschle durch ihr braunes Haar, schnappe mir mein schwarzes Ersatzbrett und pumpe den entsprechenden Kite auf. Ich habe mir angewöhnt, immer mehrere Bretter und Lenkdrachen mitzunehmen, wenn ich rausfahre, damit ich mich auf die Wetterbedingungen vor Ort einstellen kann. Und die sind vor allem auf Island nie wirklich beständig. Sonnenschein kann sich auf unserer Insel innerhalb von Minuten in einen monsunartigen Regen verwandeln, und Schnee ist selbst im Mai oder Juni keine Seltenheit.

»Ich weiß nicht, Aron. Du bist heute richtig blass um die Nase«, foppt sie mich, und man hört ihr an, dass diese Leichtigkeit nur gespielt ist und sie mich am liebsten zurück ins Auto schleifen würde, damit ich nicht mehr aufs

Board gehe. Aber dafür müsste sie mich schon k. o. schlagen. Was sie zweifelsohne draufhätte.

»Kann ja nicht jeder von Natur aus eine so schöne Bräune haben wie du«, necke ich sie zurück.

»Touché. Manchmal vergesse ich, dass du im Vergleich zu mir ein blasser, isländischer Käse bist.«

Meine beste Freundin kam im Alter von zwei Jahren aus Bulgarien nach Island. Ihre Mutter hat sich sofort mit meiner angefreundet, und seitdem ist sie wie eine kleine Schwester für mich. Wir sind Haus an Haus aufgewachsen, und deshalb nehme ich es ihr auch nicht übel, dass sie sich Sorgen um mich macht. Nur ihr Timing ist wirklich beschissen. Heute soll es nur um das türkisblaue Wasser, den beißenden Wind und unsere gemeinsame Leidenschaft gehen. Darauf habe ich hingearbeitet, und ich werde jetzt sicher keinen Rückzieher machen.

Meine Liebe zum Kitesurfen hat schon angefangen, als ich gerade einmal vierzehn Jahre alt war, und es hat kaum einen Tag gedauert, bis ich auch Elva mit meiner Euphorie angesteckt hatte. In den kommenden Jahren waren wir gemeinsam bei so vielen Kursen, dass ich irgendwann aufgehört habe, zu zählen, wie oft mir schon Jobs als Surflehrer angeboten wurden. Und das auf Island, wohlgemerkt. Einer Insel im Nordatlantik, auf der es selbst im Sommer kaum zwanzig Grad warm wird.

»Uuuund es ist online!« Elva hält mir ihr Handy unter die Nase, um mir das Video zu zeigen, das sie soeben von mir hochgeladen hat. Vor ein paar Monaten kam sie auf die glorreiche Idee, unser Hobby mit der Welt zu teilen, und obwohl ich absolut kein Fan von Social Media bin, macht sie unser Kanal umso glücklicher. Für ihr Glück nehme ich es gerne in Kauf, für wildfremde Menschen im Internet zu posieren.

»Oh, mein Gott. Die Leute rasten jetzt schon komplett aus. Eine schreibt: Wir brauchen dringend mehr von diesem sexy Wikinger in dem engen Neoprenanzug«, grunzt Elva und schüttelt sich bei den letzten Worten. »Okay, ich will gar nicht wissen, in wie vielen heißen Frauenträumen du heute Nacht die Hauptrolle spielen darfst.«

»Bist du etwa neidisch, El?«, ärgere ich sie und schenke ihr ein Zwinkern.

»Träum weiter und schwing dich aufs Brett, du sexy *Wikinger*!« Wieder boxt sie mich, dieses Mal etwas fester. Während sie weiter unsere Kommentare durchgeht, bereite ich mich auf die zweite Session in der Lagune vor.

Sobald ich mich auf dem Wasser befinde, greife ich die gabelförmige Bar fester, die mit einem Sicherheitsseil an meinem Trapezgürtel befestigt ist und es mir somit ermöglicht, den Kite sicher durch das Eis zu lenken. Der Wind hat sich inzwischen gedreht und ist in den letzten Minuten eindeutig stärker geworden, sodass es mich viel mehr Kraft kostet, den Drachen ordentlich zu leiten.

Nach ein paar anfänglichen Schwierigkeiten gelingt es mir, die Schollen zu umrunden und mein nächstes Ziel ins Visier zu fassen. Einen Eisbrocken, der knapp einen Meter aus dem Wasser hinausragt und geradezu danach schreit, von mir überwunden zu werden.

Im Hintergrund höre ich meine beste Freundin mit

unseren Followern reden, aber ihre Stimme gerät für mich völlig in den Hintergrund. Weil alles, worauf ich mich fokussieren kann, das heftige Wummern meines Herzens unter dem schwarzen Neopren ist. Der Schwindel hat noch immer nicht nachgelassen, und je mehr Distanz ich in der Lagune zurücklege, desto stärker wird er.

Helle Blitze jagen wie Raketen durch mein Blickfeld, versperren mir die Sicht auf den Weg vor mir, tanzen vor meinen Augen wie gefräßige Dämonen, die mich nach unten in die Dunkelheit ziehen wollen. Mit der linken Hand halte ich die Bar fest und lege die rechte auf mein Herz, das immer lauter und lauter in meiner Brust brüllt und erbarmungslos um meine Aufmerksamkeit bettelt.

Fuck, was ist das?

Was passiert hier mit mir?

Das diffuse Gefühl, welches mich schon den ganzen Tag begleitet, wird von Sekunde zu Sekunde stärker und unaufhaltbarer.

Das Eis kommt rasend schnell näher. Ich jage die Nägel tief in meine Brust, als könnte ich so mein Herz greifen, das wie ein Presslufthammer in mir wütet und sich unbedingt beruhigen muss. Es schreit mit jedem einzelnen Schlag um Hilfe.

Ehe ich ausweichen kann, pralle ich bereits gegen die scharfkantige Ansammlung aus hellem Eis vor mir, spüre einen scharfen Schmerz, der durch meine Schulter bis in meinen Magen zieht und sich dort verdoppelt. Innerhalb von Sekunden sehe ich nicht mehr nur das Blau der Lagune, sondern auch das Rot meines eigenen Blutes.

Oben wird zu unten, links wird zu rechts, Himmel wird zu Erde, und ich schlittere über das Eis und lande im Wasser, das sich wie eine zweite Haut aus Kälte um meinen müden Körper legt.

Mit Mühe schaffe ich es an die Oberfläche, japse nach Luft und schreie auf, als ein Stechen durch meinen Oberkörper jagt. Während Elva panisch nach Hilfe ruft, drifte ich immer tiefer in die Schwärze. Mit dem Wissen, dass ich vermutlich nie wieder auftauchen werde.